最弱テイマーはゴミ拾いの旅を始めました。4

The Weakest Tamer Began a Journey to Pick Up Trash.

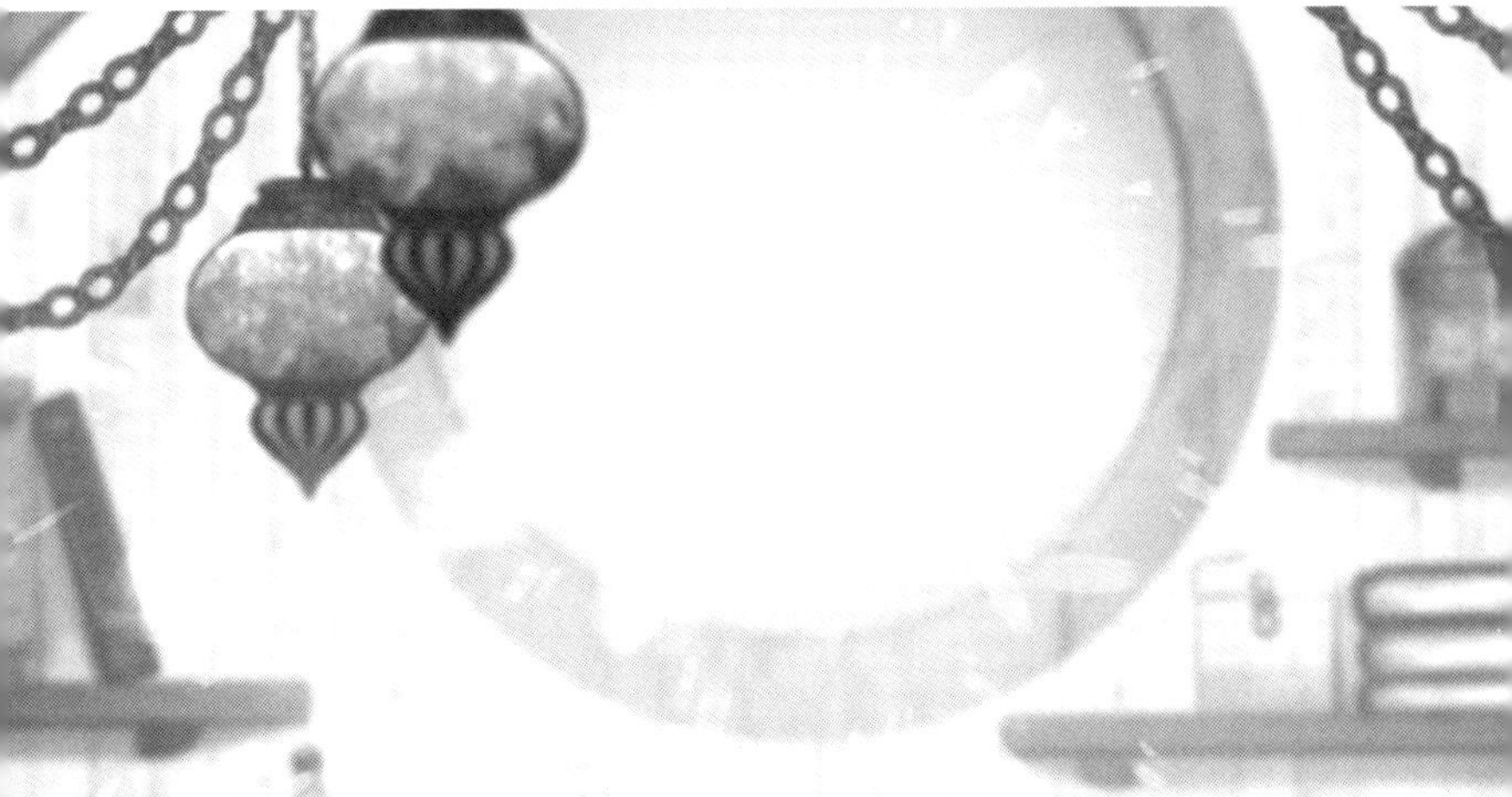

Honobonoru500

ほのぼのる500

Illustration ✿ なま

TOブックス

START!

オトルワ町を出発！

ありがとう皆、
ぜったいまた会おうね！

ソラが進化した!?
2マス進む

剣まで食べだした！
……痛くないのかな？

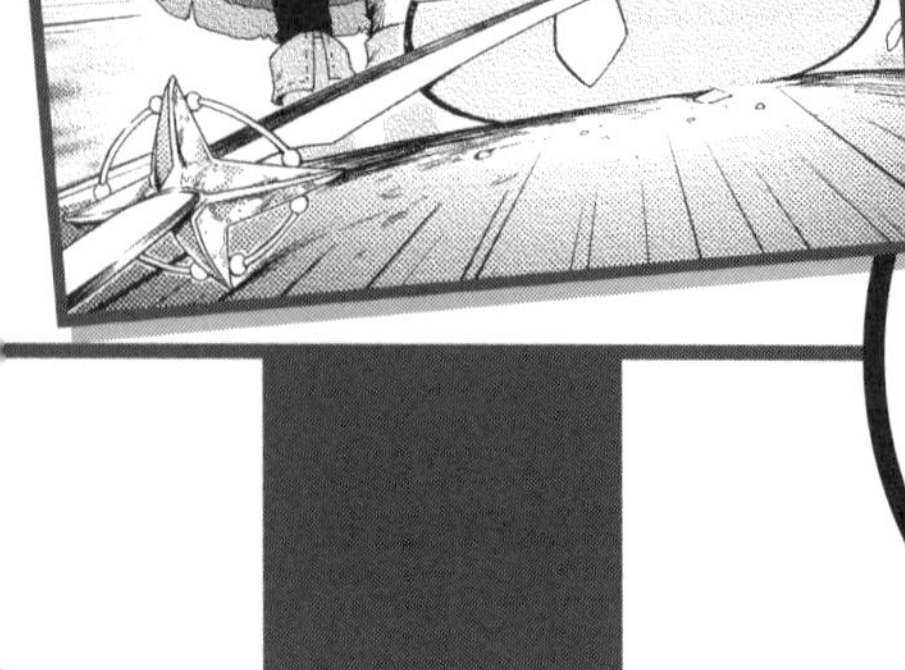

ドルイドさんのお兄さんと口論に……。
2マス戻る

刺々しい返し
しちゃったけど、
しょうがないよね。

これまでのアイビーの旅路――。

冒険者の
ドルイドさんを
救護！1回休み

大変！
魔物に襲われた人を
助けないと……。

ソラが
分裂!?
1マス戻る

と、とりあえず……
君の名前はフレム！

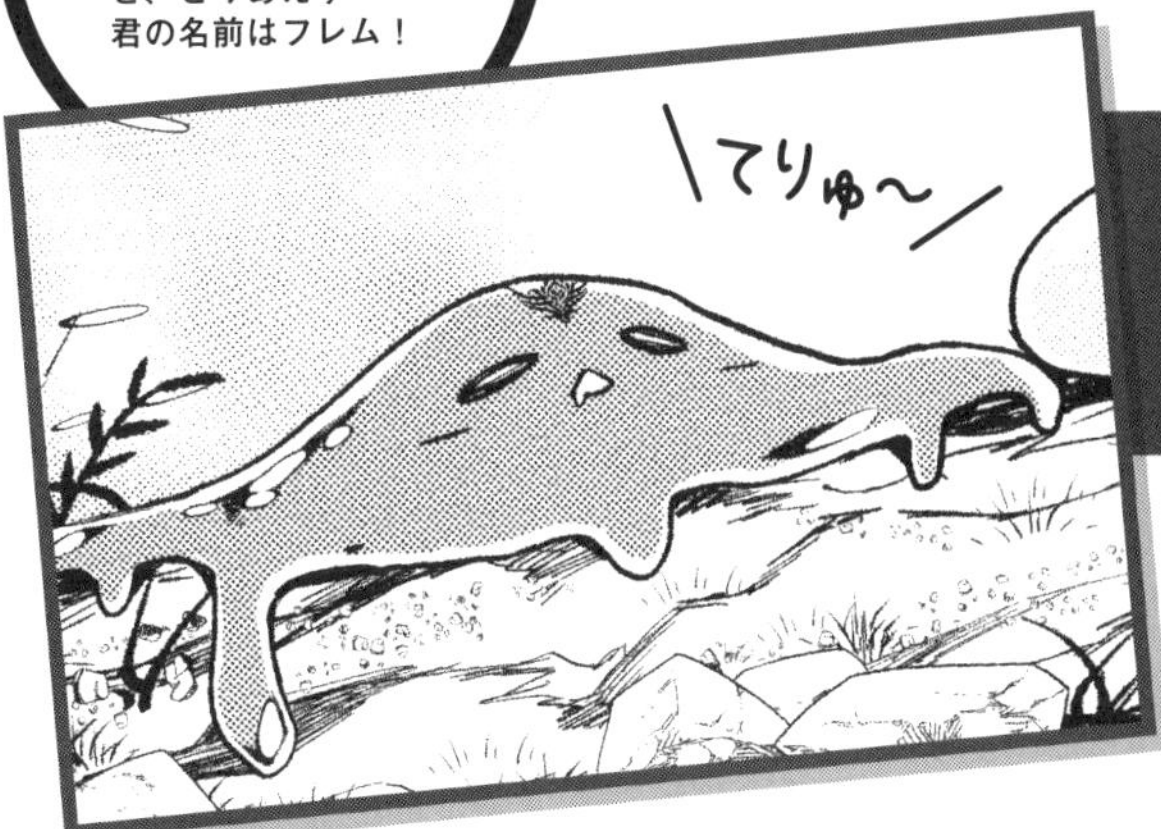

ドルイドさん
一家とご飯！
そろそろ旅の
準備を始めないと！

To be continued......

旅のお供GET！
ドルイドさんが
仲間になった！
一気に2マス進む

優しくて頼れる、
お父さんみたいな
人なんだ！

もくじ

Illustration なま　Design AFTERGLOW

✿ Character ✿
ドルイド
右腕をなくしたおっさん冒険者。
瀕死のところをソラに治療され、
仲間となる。
過保護になりがち。
アイビー
スキルの星がなかったため
親から見放され、
サバイバルの旅に出る。
前世の記憶を持つ。
男の子に間違えられがち。
シエル
行く先々で出会った
アダンダラ（猫の魔物）。
なぜかアイビーに懐いている。
ついもふもふしがち。
ソラ
アイビーが初めて
テイムしたスライム。
崩れスライムというレア種族。
最近雑食になりがち。
フレム
ソラの分裂で生まれた
色違いの分身(?)。
なぜかドルイドと仲良しで、
よく眠りがち。

第4章 ✿ オール町と仲間　後編

The Weakest Tamer
Began a Journey to
Pick Up Trash.

172話　私が代表？

「ありがとう、アイビー。これだったら『こめ』への抵抗感も薄れてくれるだろう」

「いえ、お役に立ててうれしいです」

みんなが受け入れてくれたらいいな。何だかドキドキしてきた。

「今日の配合はアイビーを代表として俺とドルイドの三人で登録しておくから。配当が出たら五対二、五対二、五でいいか？」

ん？　何の事だろう？　登録？　配当？

「あぁ、それで構わない。頼んだぞ、父さん」

「えっ？」

迷っている間にドルイドさんが答えてしまったけど、意味がわからない。登録って今のソースの事だよね？

「ドルイドさん、どういう事ですか？」

「ソースの権利の事だよ。アイビーの作ったソースを誰かが売る場合、権利料を払ってソースを売る事になるんだ。改良しても元のソースに権利が発生する」

へ～、すごいな。あれ？

「あの、私が代表って何ですか？　この場合は店主さんが代表のほうがいいのでは？」

私はほとんど言いたい放題で、頑張って作ってくれたのは店主さんとドルイドさんだ。

「いや、ソースを作るきっかけを作ったのはアイビーだし、味もアイビーが率先して考えてくれたんだから代表だろう」

そうかな？　ドルイドさんにそう言われると、納得してしまいそうになるけど。本当に良いのかな？

「父さんが言い出した事だからな、大丈夫だって」

「そうですか？　まぁ、それだったら」

まぁ、権利とかは人に受け入れられてからの事だからな。今は、食料不足の解決が先決だろう。

「いつから広めるんですか？」

紙に配合などを書き込んでいた店主さんが終わった様なので、声をかける。

「それなんだが、いい方法があるかな？」

方法？

「広める方法ですか？」

「そうだ。『こめ』だと最初から言うと、人が集まらない可能性が高い」

そんなに米に対する抵抗感があるのか。方法……あっ、奥さんやお姉さんみたいに匂いにつられて集まらないかな？

「店の前で焼いたら、匂いで人が集まって来ませんか？」

「さっきみたいにか？」

焼きおにぎりを食べに来た奥さんとお姉さんは、三個ずつ食べたらすぐに店番に戻ってしまった。

「はい」

「確かに母さんたちを見ていたら、効果がありそうだな」

ドルイドさんの言葉に、三人で顔を見合わせて笑ってしまう。それにしても、パワフルな二人だったな。ちょっと焦げたほうがおいしいとわかったら、三個目はその焦げ目を上手に付けようと二人で焼きおにぎり作りに張り付いていた。何だか微笑ましく思っていたら、私も巻き込まれて三人で焼いているおにぎりを凝視していた。しかし、どれくらいの焦げ目が一番かという話に、なぜあんなに熱くなってしまったのか。今思い出したら、恥ずかしいな。

「大丈夫だったか？　母さんも義姉さんも人を巻き込んで騒ぐのが好きだから」

「大丈夫です。驚きましたが、楽しかったので」

何だか自分の新たな一面を見た感じだ。焼き目であれほど、熱くなった事なんて今までなかったからな。うん、楽しかった。

「悪いな。何というか、あの二人が手を組むと大変なんだ」

店主さんのしみじみした言葉に、実感がこもっている気がする。奥さんの旦那さんだもんね。色々と巻き込まれているんだろうな。でも店主さん、困っているというよりうれしそうだ。きっと楽しい時間なんだろう。

「さてと、まずはこれをギルドに持って行って、明日は……」

店主さんがこれからの予定を考えているので、片づけをしていいかな？　使ったお鍋などを洗っていく。そういえば、結構な量の米を炊いたのになくなったな。まさか店主さんが五個も食べるなんて思わなかった。そうだ、今日のソースに薬味を加えて焼くのもいいだろうな。店主さんにちょっと言っておこうかな。

「あの、店主さん」

「ん？　おぉ、アイビーもドルイドも悪い。洗い物をさせてしまって」

「いえ、大丈夫です。奥さんが戻る前に手伝ってくれていたので、残っていたのは少しでした」

「そうだったのか。あっ、それで？」

「今日のソースに薬味を加えてもいいかなと思いまして」

何が合うかな？　ピリッと辛みを追加したり、食感を追加してもいいな。

「なるほどな、店の前で焼く時に色々とやってみよう」

良かった、採用してくれるみたいだ。

「アイビー、頼みがある」

「はい、何でしょうか？」

店主さんの真剣な声に少し驚く。

「焼きおにぎりを作る時に、手伝ってほしい。『こめ』を炊く指導係として」

「えっ、指導係？」

今でも時々、水分量を失敗する私に指導係なんて無理だと思うけど……。

「もちろん、仕事なので給金も払う。日数的には五日間で、まず様子を見るつもりだ。どうだろうか？」

仕事？　給金？　ドルイドさんのお父さんだから協力するのに、給金なんて……。

「アイビー、俺も協力するからがんばろうな。しっかり給金もらおうな」

「はい。よろしくお願いします……あれ？」

今、条件反射の様に答えたけど……何に賛成したんだっけ？

「ぶっ」

ドルイドさんの笑い声が調理場に響く。

「ドルイドさん！」

「いや、だって。真剣に考えているのに、即行で返事が返ってくるから」

私も自分自身で驚いた。それだけドルイドさんの事を信用しているんだろうな。まぁ、旅を一緒にするならこんな感じなのかな？

「こらっ！　ドルイド。アイビーを困らせては駄目だろう」

店主さんが、ドルイドさんを怒ってくれる。それに肩をすくめて答える姿に、体から力が抜ける。

指導係とか給金とか言われて混乱したけど、協力するのは嫌ではない。

「そんなに難しく考えないでほしい。ただ仕事として依頼したいから、指導係と言っただけなんだ。すまない」

「いえ。あの別に給金とかはいらないですけど」

「いや、売り物を作る以上、しっかりと給金は払わさせてくれ。それが商売人としてのけじめだと思ってほしい」

商売人としてのけじめなんだ。何だかかっこいいな。

「それなら、その依頼受けます。よろしくお願いします」

「そうか！　良かった。ドルイドも仕事としてしっかり頼む」

「わかった」

「ドルイドは、アイビーの下で働かせるため雇ったからこき使ってくれていいぞ」

「父さん、それはないよ」

何だか二人の関係も随分と自然になったな。

「ん？　何でそんなうれしそうなんだ？」

二人を見て笑っていたようで、ドルイドさんに訊かれてしまう。ここで二人の関係とか言ったら、二人とも緊張しそうだな。せっかく自然に関われるようになったのだから、言わないほうがいいよね。

「楽しみだなっと思いまして」

「楽しみ？」

「はい。みんなが受け入れてくれるのか心配ですが、楽しみです」

何処まで上手くいくのか心配だけど、どういう反応するのかは楽しみだ。

「そうだ父さん。食料が足りなくなってきている事は、町の人たちは知っているのか？　何だかみんなに危機感がないように思えるんだけど」

「あぁ、知っている。ただ前にも似た様な事があったんだが、その時は回避出来たからな。今回も大丈夫だろうという気持ちが強いんだ」

なるほど、だからみんな焦っていないのか。現状を知っている店主さんたちは大変だな。食料確保だけでなく、町の人の考えも変えていかないといけないのだから。

「大変ですね」

私の言葉に店主さんが苦笑いした。

「前回と今回では、人の数が圧倒的に違うからな」

あっ、そういえばトキヒさんが、隣村から人が流れこんできたと言っていた。理由を聞き忘れているな。

「ん？　もう夕方になりかけているな。急いでギルドに行かないと」

店主さんが用意していた書類を纏めてバッグに入れると、出かける用意を始めた。

「随分と急いでいるんだな」

「ソースの配合は色々な者が考えているから、完成したら早く登録しておいたほうがいいんだ。それにギルドから食料について相談を受けていたしな。大量にある『こめ』の活用法を考えたと言えば、少しは安心するだろう」

ギルドから相談されるとか、店主さんはすごいな。

店番をしていた奥さんとお姉さんに挨拶をして店を出ると、挨拶もほどほどに店主さんがギルドに向かった。

「相変わらず、忙しい人だな」

ドルイドさんがうれしそうに、店主さんの後ろ姿を見ている。それに、ついつい頬が緩む。

「ん？　何？」

「いえ。ドルイドさん、店主さんの為にも頑張りましょうね」

「あぁ、無理しない程度にがんばろうな」

あっ、照れてる。そんな彼の態度に笑みが浮かぶ。よしっ、みんなで笑えるように米もソースも成功するようにがんばろう！

173話　色々あるんだな

広場にドルイドさんと戻りながら、首を傾げる。何か、訊こうと思っていた筈なんだけど何だっけ？　バタバタしていたから度忘れしてしまった。

「どうしたんだ？」

「わからない事があったので、ドルイドさんに訊こうと思っていたのですが、何だったのか忘れてしまって」

「何だろう？」

ドルイドさんが私につられて首を傾げる。

「何でしょうね？」

「いや、俺に訊かれても困るんだけど」

「そうですよね。……あっ、隣村から人が流れ込んできたと言ってましたが、どうしてですか？」

「あぁ、その事か。村の権力争いだよ」

権力争い？　村で権力を奪い合う事なんてあるの？

「村長に子供が二人や三人いると、村長が死んだ瞬間から村を巻き込んで争う事があるんだ。もっとひどい争いになるのが、領主の時かな」

なるほど。村の人たちも自分たちが推している人が村長や領主になれば、何かいい事があるかもしれないもんね。

「権力争いに負けた村の人たちが、この町に来たんですか？」

「いや、その争いに巻き込まれたくない村人が、自分の村を捨てて逃げてきたんだ。村人同士の暴力事件も多くて大変だったらしい」

すごいな、そんな村があるのか。それにしても旅をしていると、村のいざこざや不祥事を色々と耳にするな。

「村って色々な問題を抱えているんですね」

「まぁ、人が集まればそれなりにな。一番問題が明るみに出るのが、領主と村長が代替わりする時だな。誰があとを継ぐかって町全体を巻き込んで争うから」

「あとを継ぐのは、長男や長女だとばかり思っていました」

「通常はそれでいいんだが、何と言うか権力に目がくらむんだろうな。周りの人間が煽る事もあるし。次が特産品が生まれた時だな。これは権利についてくる金の争いだな」

権力争いにお金の争い。前の私が、この考えに同調している。どの世界でも変わらないという事なんだろうな。

「あっ、ギルマスからの伝言を伝えたっけ？」

「いいえ、聞いていませんが」

「悪い。もう三日ほどで準備が出来るから、待たせて悪いなって」

「準備？　何の事でしたっけ？」

私、ギルマスさんに待たされている事なんて、ないよね？

「謝礼金の事、忘れてないか？」

あっ、確かにそんな物があったな。すっかり忘れていたな。

「思い出しました。グルバルの討伐のですね？」

「あぁ。しかも、二回分な」

アハハ、そうだった。シエルってば、二回もグルバルを狩ったんだった。

「かっこ良かったですよね、動きが俊敏で軽やかで」

シエルの狩りをする姿を思い出す。無駄がなくしなやかなで。

「確かに、あれを見た時は感動したな」

二人でシエルのかっこ良さを話しながら広場へ戻る。テントの前について……あれ？　ドルイドさんと、今日も夕飯の約束をしてたっけ？　まぁ、簡単な物だったらすぐに作れるから問題ないけど。

「あっ」

「どうしたんですか？」

ドルイドさんが困った表情をする。何かあったかな？

「いや、またアイビーについて来てしまったなって思って」

……そういえば、前にもあったなそういう事。

「出会った日ですね。簡単な物だったらすぐに作れるので夕飯を食べていきませんか？」

「いや、連日だと悪いから」

「一人分も二人分も一緒ですよ」

ん～っと言いながらドルイドさんが何か考え込んでいる。そんなに難しい問題ではないと思うけど。

「そうだ！　アイビー」

「はい」

「今日は屋台に食べに行かないか？　夕飯とまぁ、そのなんだ。奢(おご)るよ……お礼に」

微(かす)かに頬が赤くなって照れているドルイドさん。そのおもしろい……えっと、初めて見る表情にちょっと驚きながらお礼の意味を考える。お礼をされる様な事をした覚えはないけどな。

「父さんと母さんの事な」

あぁ、両親との関係修復？　の事か。でも、お互いにいがみ合っていたわけではないので、時間が経てば自然と修復出来た様な気もするけど。

「久々に両親の前で自然体でいられたよ」

確かに、お店に入った瞬間のドルイドさんの態度……ぶっ。

「アイビー」

「アハハハ、すみません。そうだ、店主さんとドルイドさんは、緊張の仕方とかそれを誤魔化す方法とか一緒ですね」

「えっ、一緒？」

「そうなんです。初めて見た時、驚きました」

私の言葉に驚いた表情を見せるドルイドさん。知らなかったのかな？

「さすが親子だなって思ったんですよ」

尊敬していると言っていたから、小さい頃から店主さんをよく見ていて自然と行動が似たんだろうな。

「そうか……そっか。親子か」

ドルイドさんが口元を隠すが、目じりが完全に下がっている。にやけている彼を見て、私もうれしくなる。役に立つって気持ちがいい。

「よし、うまい物をご馳走(ちそう)するな」

「ふふふ。あっ、屋台はまだ食材とか足りているんでしょうか？」

「そういえばそうだった。俺も駄目だな。何処かで大丈夫だろうと根拠(こんきょ)もないのに思い込んでいる」

まぁ、目の前に問題が迫らないと危機感とかは生まれないか。

「様子を見ながら屋台を回りましょう」

「そうだな。食べたい物があったら遠慮なく言ってくれよ」

「はい。ありがとうございます」

一度テントの中に戻り、ソラとフレムに声をかける。屋台に一緒に行ってくれるのか、二匹に確かめる為だ。

「屋台に行くんだけど一緒に行ってくれる？　それともテントで待ってる？　えっと、一緒に行ってくれる時はプルプルしてね。待っている時はじっとしてくれる？」

二匹が私を見ながらプルプル揺れる。どうやら、一緒に行動してくれるようだ。

「ありがとう。ソラもフレムも優しいね」

そっと二匹の頭を撫(な)でると、うれしそうにぷるぷると揺れてくれるので笑みが浮かぶ。二匹の可愛い姿を堪能(たんのう)してから、バッグに入れて肩から下げるとテントを出た。屋台が並ぶ大通りへ向かいながら、食べる物を話し合う。どうやらドルイドさんお薦めの、お肉が一杯入ったスープがあるらしい。

「では、その屋台から行きましょうか」

「そうだな」

大通りに出て屋台が見えてくる辺りで違和感を覚えた。活気がない。

「影響が出ているな」

「みたいですね」

屋台を見てみると、閉まっているお店が目に入る。おそらく食材の価格が高騰した為に続けられなかったか、仕入れる食材がなかったか。

「米が広まってくれたとしても、グルバルの問題をどうにかしないと根本的な解決にはなりませんよね？」

「そうなんだよな」

ドルイドさんが大きな溜め息を吐く。広場で聞いた噂話では、上位冒険者たちの帰りが予定より遅れているというものがあった。何かあったのではないかと、冒険者たちの間で不安な声が広まっていた。確か三組の上位冒険者たちが、グルバルの事を調べる為に森へ行っていた筈だ。無事に戻ってきてほしい。

「よぅ、ドルイドじゃないか」

声のほうへ視線を向けると、随分と体格のいい老年の男性がいた。その声に、隣にいたドルイドさんの体がびくりと一瞬震えた。不思議に思い隣を見ると、なぜかものすごく引きつった笑顔を浮かべる彼が居た。

「久々に師匠と会ったのに、うれしくないのか？」

「いえ、お元気そうで」

なるほど、ドルイドさんの師匠さんか。ドルイドさんの表情を見た師匠さんの顔が、ニヤリとする。あ～、ドルイドさん、腰が引けてる。何となく、ご愁傷さまですと言いたくなる雰囲気だな。

174話　師匠さん

「そういやお前、腕を食われたんだって？　まったく馬鹿だなぁ」

師匠さんは、容赦がないな。まさか、再会して即行でその話をするとは。

「はぁ、師匠は本当に変わらないですね」

慣れているのか。

「人間、この年になったらそうそう変われるもんじゃないよ。おっ、こっちが噂のアイビーか？」

ん？　そうい えば、私の噂が流れているのだったな、興味がないから忘れてた。

「初めまして、アイビーです。ドルイドさんにはお世話になっています」

頭を下げて挨拶をすると、ちょっと驚いたあとにニヤリと笑われた。ん〜、この笑顔。何か企んでいそうで、ちょっと背中がぞわっとするな。

「ドルイドについて回っている愚かな子供がいると聞いたが、どうやら噂とは違う様だな」

ついて回っている愚かな子供？　そういえば、最近は色々と一緒にいるからな。周りから見たらそう見えるのか。

「そんな風に言われているんですか？」

ドルイドさんの少し焦った声。別に気にする必要はないのにな。

「師匠さん」

「おっ、異論ありか？」

「異論？　いえ、ありません。私は愚かな子供でいいです」

「「えっ？」」

子供はみんな、何処か愚かな部分を持っていると思う。それの何処が悪いというのか。

「何だか随分と変わった子供だな」

「師匠！　失礼ですよ」

「相変わらず、真面目だねぇ」

師匠さんの少し呆れた表情に、疲れ切ったドルイドさんの表情。二人の表情はまったく違うのに、何だかとてもかみ合っているように感じるな。それにしてもこの師匠かなり癖が強いな。

「師匠は、ここで何をしているんです？」

「飯(めし)の調達だな。ドルイドたちもか？」

「えぇって違います。どうしてこの町にいるんですか？」

「隣町にいたんだが、この町から援助依頼が出たと知ってな。弟子たちがどうしているか気になって顔を見に来た」

「そういえば、ギルマスが援助を依頼したと言っていたな」

師匠が弟子を心配して顔を見にきたって事か。優しい所もあるんだな。

「困っているギルマスと俺を見て笑いに来たのでは？」

ん？　さすがにそれは……。

「まぁ、そんな感じだ。だがほんの少しは心配したんだぞ」

……そうなんだ。まぁ、本心を言っていない可能性もあるしね。

「しかし、かなりグルバルの影響が出てるな。半分ぐらいの屋台が閉まってやがる」

「そんなにですか？」

「おぅ、一周回ってきたから間違いないぞ」

二日前までは、まだ多くの屋台が開いていたのにな。

「そうですか。どうしようか、アイビー。屋台がこの状態だと飯屋も駄目だろうな」

「広場に戻りませんか？　食材ならまだありますし、簡単な物なら作れます。師匠さんもどうですか？」

「えっ！」

「おっ？　いいのか？　ドルイド悪いなぁ」

ドルイドさん、そこはぐっと耐えないと。口に出すから、師匠さんに遊ばれるんです。

「はぁ、師匠。アイビーに迷惑をかけないようにお願いしますよ」

「……本当に噂とは違うな」

どんな噂が流れているのか、聞くのが怖いな。これは今まで通り、気にしない事にしよう。

「アイビー、気になるか？」

あっ、師匠の狙いが私になったな。

「いえ、あまり気にならないので。それより食べられない物はありますか？」

「何だか、子供らしくない子供だな」

私が師匠の話に乗らないからと拗ねないでほしいが……。いや、これも罠かな？　ちょっと窺う様な気配を感じる。……無視しよう。

「好き嫌いはない様なので、勝手に作りますね」

「うわ～、ドルイドやゴトスの子供の時とまったく違う。本当に六歳か七歳か？」

もう、慣れたもん！　ってゴトスって誰だろう？　……あっ、ギルマスさんが確かそんな名前だった様な……違う様な？

「師匠さん、私は九歳です」

「……九歳？　その小ささで？」

ぐっ、小さいという言葉が一番心に刺さるな。

「とりあえず、広場に戻ろうか。アイビー、途中で買い物が出来る所があるか探したほうがいいか？」

材料は、えっと野兎と野ネズミの肉がまだあるし、野菜もまだ残っている。困った時の米も、今日新たに確保したし。調味料や薬草は旅の道中でかなり確保してきているし。

「大丈夫です。ただ、ドルイドさんは昨日と同じ丼物になるかもしれないですが、いいですか？」

「もちろん。手伝うから何でも言ってくれ」

「いえ。大丈夫ですよ、簡単なので」

大丈夫というか、手伝われるのがちょっと苦手だ。手伝ってくれるのはうれしいのだけど、自分の段取りで料理が作れなくなってしまうんだよね。それがちょっと嫌。お皿を取ってくれるぐらいだったら、ありがたいと思うのだけど。

そういえばラットルアさんたちと一緒の時も、最初の頃は一緒に料理を作っていたんだよね。いつの間にか、お皿を出したり水やお茶の用意をするだけに変わっていたけど。……もしかして、無意識に態度に出てしまっていたのかな？　あっ、一度聞かれた事があったな『一人で作るほうが気楽に出来る？』と。あの時は気が付いていなかったから、どうしてそんな事を聞くのか疑問だったけど。私が気持ち良く料理出来るように、気を使ってくれたのかも。今度会ったら、お礼を言おう。

「どうした？」

「いえ、ちょっと前の事を思い出して」

「そう？　何かあるんだったら言ってくれ」

「はい」

昨日が親子丼もどき、今日はお肉が一杯入っている牛丼？　野兎や野ネズミのお肉で代用出来るかな？　まぁ、作ってみよう。お肉が一杯入っていればある程度は大丈夫でしょう。あっ、丼物って結構お肉の味がわかるから、野兎も野ネズミも薬草で臭みをしっかり取ろう。

「『どんぶりもの』って何だ？　聞いた事がないが」

あっ、師匠さんに米が大丈夫か聞いてないや。

「出てからのお楽しみです」

ドルイドさん、それでは表情で何かある事がわかってしまいます。師匠さんも。

「ほ～、おもしろそうだな」

……師匠さんの性格を上手く利用したのかな？　何だかこの二人の間に居ると、心臓に悪いな。

広場に戻り、テントに入ってソラとフレムをバッグから出す。

「ポーション、置いておくね。ゆっくり食べてね」

二匹がそれぞれの速さでプルプルと揺れるのを確認してから、テントを出て料理を開始する。まずはご飯を炊いて、次に野兎のお肉の臭み取りに薬草で揉んで、次は醤油(しょうゆ)を揉み込む。そういえば記憶の中では米を水につけてから炊いているけど、ここの米はそれをすると柔らかすぎるんだよね。やっぱり、ちょっと米の性質が違うんだろうな。

「お茶の用意をするよ」

「ありがとうございます。師匠さんはいいんですか？」

「あぁ、大丈夫だ。というか、俺が休憩したい。何であんなに元気なんだ」

アハハハ、師匠さんにずっと遊ばれていたみたいだからな。

「お疲れ様です」

ドルイドさんはお茶の用意を終わらせると、大きな溜め息をついて師匠さんのもとへ。そんなに悲壮(ひそう)感を漂わせていたら、また遊ばれると思うけど……。あっ、何か言われたみたい。大丈夫かな？

米は炊けてあとは蒸らすだけだから、その間に具を完成させないと。出汁に野兎のお肉と野菜を入れて煮込んで、味付けは醤油に蜂蜜(はちみつ)。今日は乾燥させた辛みのある薬草を入れて。あとは卵……

六の実でとじて完成。

「出来た」

さて、持っていこう。ん？　どうしてドルイドさんは崩れ落ちているんだろう？　師匠さんは、あぁ、ものすごく楽しそうですね。あそこに近づくのは勇気がいるな。……ご飯が冷めちゃうし、行こう。

175話　まだ若い！

「…………………おい、ドルイド。これは何だ？」

牛という物ではなく野兎の肉なので、野兎丼を凝視した師匠さんが顔を引きつらせている。何か、おかしいかな？　ひと口食べるが、しっかりと臭みも取れておいしく出来上がっている。米の炊き加減もどんどん上手になってきているので、問題なしだ。少しピリッとした辛みがおいしいな。

「何って『こめ』を利用した丼物です。えっとこれは野兎の肉だな」

うわ～、ドルイドさんの満面の笑顔。なのに、なぜか黒く見えるのは気のせいかな？

「『こめ』……あれはエサだ。人間が食うもんじゃね～！　『こめ』など食わん！」

師匠さんは、スプーンをドルイドさんに突き付けて言い切る。何だか、拒絶反応が激しいな。そんなに駄目だろうか？　おいしいのに。

「だからアイビーは、料理を作る前に食べられない物はないか聞いたではないですか。師匠、何も言いませんでしたよね。だったよね、アイビー？」

ここで話を振るのか。確かに『食べられない物はないか？』とは、聞いた。何も言わなかった以上は、食べられない物が出てきても諦めてもらうしかない。でもまさか、エサとして利用されている米が出てくるとは思っていなかったんだろうな。

「そうですね」

とりあえず、結果だけを見て答えておこう。

「そういう事です」

「ドルイド、嵌めたな」

嵌めたというより、師匠さん自ら嵌まりにいった様な。

「師匠も乗り気だったでしょうが、自業自得です。さぁ、師匠食べてください。旨いですから」

「うっ、まさかこの年でエサを食べる事になるとは……」

そこまで嫌がられると、理由を知りたくなるな。

「どうしてそこまで拒否するんですか？」

「年をとった者のほうが拒絶反応はひどいだろうな」

ドルイドさんの言葉に首を傾げる。年配の人のほうが？

「おい、俺はまだ若い。年寄り扱いするな」

「だったら、食べられますよね？　まだまだ若い師匠なら」

アハハハ、絶対さっきまでの仕返しだ。こんな真っ黒なドルイドさん初めてだなぁ。そっと視線を二人から外して、食べる事に集中する。何だか見ていると消化に悪そうだ。あっ、米を嫌がる理由を聞けてない。……あとでいいかな、今話しかけるのはちょっと遠慮したい。

「う～、くそっ……」

あっ、食べた。視線を逸らしていたが、気になるのでじっと様子を窺う。眉間のしわが酷いな。もしかして口に合わなかった？

「……うまいな」

「アイビーの作る料理はうまいですよ。『こめ』の見た目はまぁ……」

「毒虫の卵と同じに見えるな」

「アハハハ、それは考えないほうがいいですよ」

ん？　毒虫の卵にそっくりなの？　それは知らなかった。だから、見た目で嫌がられるのかな。

「それにしてもうまいな。野兎の肉の癖に臭みがねぇな。いいなこれ」

良かった。気に入ってくれたみたいだ。

「しかし、『こめ』なんてよく食おうと思ったな」

「えっと」

どうしようかな。

「アイビーは、様々な食材で料理を作る事に挑戦していますから」

ドルイドさん、ありがとう。どう言えば納得してくれるのか、まったく思いつかなかったから助かった。あとでしっかりお礼を言おう。

「ほ〜、若いのに。野兎の臭みはどう処理したんだ？　鮮度が良くても少し臭うからな、こいつは」

「薬草を使っています」

「料理に薬草？　そんな物を料理に使うのか」

「さすがに師匠でも聞いた事はなかったですか？」

「あぁ、料理に興味はないがそれなりに情報は入ってくる。が、薬草を使った料理は聞いた事がねぇな。薬草で食べるといえば、思い出したくもない野バトのスープだろう」

野バトのスープ。師匠さんも嫌いなんだ。

「薬草を使ってうまく作れるアイビーは、すごいよ！」

前の知識を活用しているので、そう言われると何だかちょっと後ろめたいな。視線を彷徨わせていると、ポンと頭に手が乗る。見ると師匠さんが、じっと私を見つめている。

「師匠さん？」

「若いのにすごいな、アイビーは」

何だか、さっきまでとは反応が少し変わった様な気がするな。先ほどまでは、何処か棘とまではいかないけど何か排除する様な……。ちょっと違うな。友好的なんだけど、観察されている様な……難しい。

「そうだな。すごいわ」

師匠さんの眼尻に、一瞬だけ深い皺が刻まれる。あっ、笑顔が違う。裏を感じる笑みではなくて、一瞬だったけど本当にうれしそうだった。

「ごちそうさん。久々に旨い物を食った」

「ご馳走様。アイビー、ありがとう。洗い物はやるよ」

「ご馳走様でした。私もやります。二人でやったほうが早いですから」

「悪いな。まだ片手だとなれなくて」

「しかたないですよ。洗いますから水で流してくださいね」

洗い物を重ねていると、さっとドルイドさんが持ってくれる。それに感謝を伝え、二人で調理場所へ向かおうとすると。

「師匠と弟子かと思っていたが、何だか雰囲気が親子みたいだな」

師匠さんのからかう様な声が聞こえる。親子か。父親像にいいイメージはない。でも、ドルイドさんがお父さんか。

「優しいお父さんでうれしいです。お茶を持ってきますね」

「へっ？」

隣から、ちょっとおかしな声が聞こえたけど気にしない。思うのは私の自由ですから。

「ハハハ、しっかりした子供で良かったな。親としてうれしいだろ、ドルイド」

「大きな声で余計な事を言わないでください。また変な噂が流れるでしょうが」

確かに、『付きまとっている愚かな子供が、実は血のつながった子供だった！』って。店主さんとか驚くだろうな。

「悪い、また」

「問題ないですよ」

「噂とか嫌じゃないか？　好き勝手な事を言われている様だし」

一回噂が出回ったら、何をしても消える事はない。だったら、気にしないのが一番だ。

「噂は消せないですし、騒ぐともっと広がりますし。だったら、気にしないのが一番です」

「そうだが、悪いな。俺が一緒にいるから」

「ドルイドさんは悪くないです。それに『付いて回っている愚かな子供』とかおもしろい噂だと思いませんか？」

「そうか？　ムカつかないのか？」

ドルイドさんを見ると、顔が不機嫌になっている。私の代わりに怒ってくれる人がいる。それは幸せな事なのだと思う。

「気になりません。ドルイドさんがいてくれるので」

「えっ？　俺？」

「はい。噂を信じますか？」

「まさか、信じるわけないよ」

「私が大切だと思っている人が、噂など信じずに私自身を見てくれる。それで十分なので、噂なんて気になりませんし、どうでもいいです」

「…………そうか」

照れた様なドルイドさんの声。その声に、私も少し恥ずかしくなる。

「はい」

二人で洗い物を終わらせ、食器と新しいお茶を入れてテントの前へ戻る。お隣さんを見ると、今日は留守のようだ。なので、置いてあった机と椅子を無断で借りている。今度しっかり何か作ってお礼をしよう。

「師匠、少し聞きたい事があるんですが」

「おぅ、何だ。このお茶、旨いな」

「それはアイビーが森で見つけた茶葉なんですよ。グルバルが凶暴化している原因を知りませんか？」

「森で、そりゃすごい。グルバルの事か、少し調べたんだがな原因はわからなかった。だが、昔もグルバルではないが他の魔物が、ゴミ以外の理由で急に凶暴化した事があるらしい」

グルバルの話とお茶の話が……器用だな。

「昔ですか？　ゴミではないなら、その時の凶暴化の原因は何だったんですか？」

「それがよくわからん。文献には『寿命で死んだ魔物を食った為に凶暴化した』と書いてあったが。魔物の肉を食っても凶暴化はしない事はわかっている事だからな」

「ですよね？　でも文献に書かれてある。どういう事だ？」

寿命で死んだ魔物？　ドルイドさんが怪訝な表情で師匠さんを見る。だが師匠さんも、それ以上は何も知らないのか肩をすくめるだけ。残念ながら、解決の糸口はなかったようだ。

176話　おかしな書き方？

「そういえば、グルバルの事を調査しに行った上位冒険者が全滅したんだって？」

えっ？　確かに、帰りが遅いと噂は流れていたけど。全滅したの？

「馬鹿な事を言わないでください。大丈夫ですよ、連絡はあったみたいです。まぁ、あまり思わしくない状況だったそうですが」

それって大丈夫って事ではない様な……。

「思わしくないって事はやばいって事だろうが。そのあと、連絡がつかないなら覚悟は必要だ」

「まぁ、そうなんですが」

「しかし、何とかしねぇとな。今のところ町へ近づくだけのようだが、いずれ町へ入って来ようとする可能性が高いからな」

「あ〜、そうですね。えっと、まだ当分大丈夫だと思いますが」

ん？　ドルイドさんのちょっとおかしな返答に、師匠さんが怪訝な表情を見せる。私も一瞬首を傾げそうになるが、シエルの事を思い出す。おそらくシエルがいる間は、大丈夫だと思っているんだろうな。でも数で攻めてこられたら、いくら強いシエルでもやられる可能性がある。なので、あまり無理をしないでもらいたい。

「何かないんでしょうかね？　グルバルを元に戻す方法って」

「難しいな～」

師匠さんの言葉に、ドルイドさんが溜め息をつく。

「そうですか」

そういえば、昔もいきなり凶暴化した魔物がいたって言っていたけど、その時はどうしたんだろう？

「あの、ちょっと聞きたい事があるのですが」

「どうした？　気になる事でも？」

「はい、昔も似た様な事があったと師匠さんは言いましたが、その時はどうやって解決したんですか？」

「あっ、確かに気になるな。師匠、どうなんですか？」

師匠さんを見ると、すごい眉間に皺が寄っていた。しかも、目つきが鋭くなって怖い。聞いてはいけない質問だったのかな？

「あ～、それがな。さっき話した文献の続きに『寿命で死んだ魔物を燃やした』と書いてあったんだ」

燃やした？　何だか、おかしいな。さっき師匠さんが話した内容は『寿命で死んだ魔物を食った為に凶暴化した』だ。食べた筈なのに、どうして燃やせる死体があったんだろう？　寿命で死んだ魔物が一杯いたって事？

「えっと、それはまともな情報なんですか？」

あっ、偽の情報って事もあるのか。

「村が残した文献で、しっかりと署名されている物だったから本物の情報だ」

署名された文献か。それは検閲を受けて本物の情報で間違いないという事を証明された物の事だ。つまり、本当に寿命で死んだ魔物で凶暴化した魔物がいたという事になる。そういえば、どうしてわざわざこんな書き方をしたんだろう？

「どうしたんだ、アイビー？」

首を傾げたのを見たらしいドルイドさんが訊いてくる。

「えっと、どうしてわざわざ『寿命で死んだ』と書いたんでしょうね？」

「ん？　そりゃ、事実がそうだからだろう？」

「そうなんですが、書く必要がない様な気がして。それよりも死んだ魔物の名前とか書きませんか？」

寿命で死んだ魔物より、この魔物が何かのほうが気になる。その魔物が何かわかれば注意が出来るのだから。

「確かにそうだな」

「あぁ、確かにそのとおりだな」

「師匠、魔物の種類は何か書かれていなかったんですか？」

「なかった。文献には『寿命で死んだ魔物を食べた魔物たち、凶暴になり村を襲う』と『寿命で死んだ魔物、燃やす事で凶暴になった魔物が鎮静化。これにより解決』と書かれてあっただけだ」

あれ？

「凶暴化した魔物の名前は一切出てこないんですか？」

「あぁ、書かれていなかった。そういや随分と手を抜いた文献だな。よくこんな記録を残したものだ」

「そうですね。もしも魔物の名前がわからなかった場合は、特徴を細かく書いておく筈なのですが」

文献を読んだ事がないので何とも言えないけど、やはり少しおかしい書き方なのか。でも、検閲を通っているという事はその当時を知っている誰かがこれで間違いないと署名したんだよね。つまり、

「魔物の種類より寿命という事のほうが重要だという事でしょうか？」

「「えっ？」」

ん？　どうしてそこで二人揃って首を傾げるのだろう。

「えっと、署名されている文献という事は、そこには重要な事が書かれている筈なんですよね」

「あぁ、文献には過去の経験で未来に役立つと思われる事が多く書かれている。魔物の特徴や討伐の仕方。上位魔物については、手を出すとこうなるという経験談もそこには含まれる」

「命をつなぐ大切な情報源だ」

そこまで重要な物だったのか、それは知らなかったな。

「それならなおさら、魔物の種類ではなく『寿命』が重要なのだと思います。もしかしたら魔物の名前を出さなかったのはわからなかったからではなく、他の魔物でも同じ事が起こる可能性があったからかもしれません」

「他の魔物？」

「はい、えっと昔寿命で死んだのがグルバルだと書くと、気を付けるのはグルバルだけになります。でも寿命で死んだグルバル以外の魔物でも同じ現象を起こすとしたら、グルバルだけに気を付けているのは危険です」

「なるほど、魔物の名前を書かない事で全部の魔物を対象にしているという事か」

ドルイドさんの言葉に頷くと師匠さんが、私の頭をポンと撫でる。

「すごいな、アイビー。ドルイド、こいつは頭がいいぞ。もしくはちょっと変わっているか。どっちかだな」

「師匠、こいつなんて言い方はアイビーに失礼です。それに変わっているって何ですか！」

「『こいつ』という言い方は駄目だな、悪かった。だが、変わっているだろう」

師匠さんは言葉はちょっと雑だけど、特に気にはならないな。何となく雰囲気と合っているからだろうな。

「で、どうすんだ？」

「えっ？　何がですか？」

ドルイドさんと首を傾げる。師匠さん、言葉が少なすぎる。

「何って、せっかくアイビーが情報を提供してくれたんだ。ゴトスに言わないのか？」

「あぁ、そうですね。ギルマスに言っておきます」

「私の思い過ごしかもしれないですが、大丈夫ですか？」

ギルマスさんだったら、ちゃんと判断してくれるだろうけど。忙しい時に、無意味な情報を渡すのは申し訳ない。

「問題ねぇよ。すべての情報を集めて見極めるのが奴の仕事だ。それにアイビーの情報は必要だと思うぞ」

「そうだよ、アイビー。しかしこの情報、本当は師匠が気付かないと駄目だった様な気がしますがね」

「何言ってやがる、俺は情報を持って来てやっただろうが。それで十分だ」

えっと、何が十分なんだろう？

「師匠、言い訳が見苦しいです」

「何だと、何処が見苦しいって？」

言い訳については何も言わないって事は、認めているのかな？　笑いそうになるのを何とか抑える。巻き込まれると厄介な事になりそうだ。気持ちを落ち着かせる為に、少し視線を二人から逸らす。

「あれ？　ギルマスさん？」

逸らした視線の先に、随分と慌てているギルマスさんの姿があった。あっ、広場に入って来た。ドルイドさんを探しているのかな？

「今のすべてですよ」

「ほ～。随分と言う様になったな。昔はピーピー泣きながら森の中を走りまわっていたのによ」

「ピーピーなんて泣いていませんよ。まったく」

「あの、ギルマスさんが来てますが。ドルイドさんに用事では？」

私の言葉に二人の視線が、こちらに向かってくるギルマスさんに向かう。

「げっ、やっぱり！」

ギルマスさんの、ものすごく嫌そうな声に表情。あっ、これ少し前のドルイドさんと同じ反応だ。

「よう、元気だったか？」

師匠さんの、獲物を狙う目というか何と言うか。確かにこの目で見られたら、私は即行で逃げるな。

「何でここに。師匠を見たとか馬鹿な事を言う奴がいたから、ドルイドに真相を確かめようと思って来たんだが……」

ギルマスさんの視線がドルイドさんに向くがそっと逸らされている。ドルイドさんは既に経験したから、助ける気はないんだろうな。ん？　えっと、ギルマスさん、私に向かってすがる様な目を向けても無理ですって。

「ギルマスさん、頑張れ！」

「アイビーに見捨てられた」

いや、だって。師匠さんの遊び相手に私は不向きだと思いますから。

「ひどい奴だな、久々に会った師匠に対してその態度。そう思わないかゴトス？」

ギルマスさん、頑張れ！

177話　えっ？　食べる？

ギルマスさんと師匠さんが再会を果たして、五分くらいかな。どうしてだろう、ギルマスさんがちょっと老けた様な気がする。気のせいだよね、きっと。それにしても、ギルマスさんも師匠さんには丁寧な言葉遣いになるんだな。ドルイドさんも基本丁寧だし、ただ時々素が出ているけど。

「師匠、それぐらいに。ギルマスが使い物にならなくなります」

「何だ、情けないなぁ。これぐらい言い返せないでどうする？」

いや、グルバルの対応が出来ていない事でつつくのはどうかと思うけどな。頑張っているのだから、少しは応援をしてあげてもいいと思う。それとも、これが師匠さんなりの応援の仕方なのかな？　ちらりと師匠さんの顔を見る。ものすごく楽しそうだ。

「それで、上位冒険者どもは全滅か？」

「……はぁ、正直わかりません。音信不通になって三日目です」

三日目かぁ。私が思っているより問題は大きくなっているな。上位冒険者が帰って来たら、何らかの解決策が見つかるものだと思い込んでいた。まさか、帰って来ないなんて考えもしなかった。

「だったら、次の手を考えているんだろうな」

「…………」

ギルマスさんが険しい表情をして黙り込む。次の手はないのだろうか？　それとも、かなり難しい？

「ギルマス、言っておくが巻き込むなよ」

ドルイドさんが、聞いた事がない様な声で言葉を吐き出す。いつもとは違いすぎた為、一瞬誰の声かわからなかったほどだ。

「あぁ、わかっている。屑にはなりたくないからな」

巻き込む？　屑？　よくわからないけど、相当難しい事のようだ。ん～、何かお手伝いが出来ればいいけど……私自身は弱っちいからな。何かするとなるとシエルに頼る事になる。それもすべて。そんなの駄目、私自身が自分で出来る事でお手伝いしないと。

「何だ？　こんな状況で駄目も何もないだろうが」

「師匠、これだけは譲れません」

ドルイドさんの厳しい目が師匠さんを見つめる。その視線に師匠さんは少し驚いたようだ。微かに息を呑み、理由はわからないだろうに「わかった」と頷いた。

……私の尊敬する人は、かっこいいです。ちょっと言ってみたいと頭をかすめるが、今はやめておこう。あとで、ソラとフレムに聞いてもらおう。

「あぁ、そうだ。アイビーがおもしろい事に気付いたぞ」

いや、おもしろい事って……。それに他にも気付いている人がいると思うのだけど。

「何ですか？」

「魔物が凶暴化する事例について調べたか」

「えぇ、もちろん。かなり昔の文献でしたが、似た様な状況だと判断出来る物がありましたが、使えませんでした」

「寿命って奴か？」

ギルマスさんが、疑問を浮かべた表情で師匠さんを見る。

「そうです。あの中途半端な文献ですよ。魔物の名前、もしくは詳細がもっと書かれてあれば、今回の事に役立ったかもしれないのに。なぜ、あんな文献が存在するのか信じられない」

やっぱりそういう風に解釈してしまうのか。

「ほらみろドルイド、この考え方が普通だ。アイビーがちょっと変わっているんだ」

師匠さん、今はそれを証明する時ではない様な気がします。それと、頭がいいがどっかへ行ってしまって変わった子が確定している。まぁ、前世ある時点で変わった子にはなるかな。

「変わった子だけになってます、師匠」

ドルイドさんが呆れた表情で溜め息を吐いた。

「何々ですか、さっきから！　それにアイビーは、何に気付いたんです」

「その文献の違う解釈だ」

師匠さんが何か言う前にドルイドさんが口を挟む。きっと師匠さんだと、余計な言葉を挟むからだろうな。

「違う解釈？　……わからん。どういう意味だ？」

「魔物を特定する様な情報は、一切書かれていなかっただろう？」

「あぁ、だから使えない文献だと思ったんだが、違うのか？」

「アイビーは、寿命という事が重要なのではないかと考えているんだ」

「寿命？」

ギルマスさんが私を見るので、頷いて同意を示す。

「そうだ。寿命で死んだ魔物なら、どんな魔物でも同じ現象を起こすのではないかと。だからあえて魔物を特定出来る様な事を一切書かなかった。それに凶暴化した魔物についても特定されない様な書かれ方をしている」

「つまりどんな魔物でも影響を受ける可能性がある、だから魔物の情報がない」

ちょっと驚いた表情をするギルマスさん。

「なるほど、それならあの文献の書き方にも意味がある……そうか」

ギルマスさんが何か考え込んでしまった。これで私の解釈が違ったら、やっぱり申し訳ないな。

「だとしたら、解決方法はどういう意味だ？」

そう、そこが問題なんだよね。寿命で死んだ魔物を食べて凶暴化した、つまりそこで死んだ魔物はなくなる筈。なのに、解決方法の所に寿命で死んだ魔物を燃やすとある。さっぱり意味がわからない。

「そうなんだよな〜。そこがわからん」

この文献を書いた人は、誤解を生まないように重要な部分だけを書いている気がする。つまり解決方法も、成功した方法を簡潔に書いてくれている筈。

「食べたのにまだある？　食べた……実は食べていない？」

「アイビー、どうした？」

ん？　頭の中の言葉を口に出してしまったかな？

「食べてもなくならない物って何でしょうか？」

「……えっと、なぞかけ？」

「違います！　えっと……」

聞き方が悪かったな。どう訊けばいいかな……。

「食べたのに、燃やせたって事は、食べたのになくならなかったって事ですよね？　あっ、実は食べた物が死骸ではなく、死んだ魔物の何かという事はないでしょうか？」

そうだ、これだったら何とか筋が通るかな？　でも、その何かを文献に書かなかった理由は思いつかないけど。

「なるほど、そういう考え方も出来るな。こい……アイビーの発想はおもしろいな」

またこいつって言いそうになっている師匠の、ちょっと焦った表情がおもしろいな。私は呼び方なんて、別に気にしないのに。

「こっわ。そんなに睨みつけんなって言うんだ。ドルイドの奴」

ん？　師匠さんが何か言っているけど、声が小さすぎて聞こえない。

「師匠さん？」

「いや、何でもない。それよりその何かを思いつかないか？　お前ら」

ギルマスさんとドルイドさんが真剣に考え込んでいる。しばらく考え込むが首を横に振った。師匠さんも、考えていたが大きな溜め息をついてしまう。魔物を凶暴化してしまうもの……難しいな。

「あの、魔物が寿命を迎えるのは、難しいのですか？」

ちょっと気になっていたんだよね。寿命を迎える魔物で凶暴化するなら、もっと一杯事例があってもいい筈。でも文献は、かなり昔の一つだと言っていた。つまり魔物が寿命を迎えるのは難しいという事になる……のか？

「その辺りはよくわかっていない。だが、弱肉強食の世界だから少しでも弱くなれば、どんな上位魔物でもエサとして狩られるだろう」

なるほど、どんな強い魔物も老いがくれば弱くなる、弱くなったら狩られる対象になってしまうのか。厳しい世界だな。

「魔物の寿命ってどれくらいなんですか？」

「寿命か、文献によると二〇〇年以上だ」

二〇〇年！　それはすごい、二〇〇年間生き延びるのか。寿命を迎える魔物は相当な強さを持っているんだろうな。年老いて弱くなっても襲われないぐらいの。

「強い魔物、魔物だから魔力を持っていますよね？」

「そりゃそうだ、魔物だからな」

「ですね。あの、寿命を迎えられるほど強い魔物の魔力って死んだらどうなるんですか？」

「ん？」

師匠さんが首を傾げる。

「二〇〇年以上生きられて、年老いても襲われないほど強い魔物の魔力。相当な力を持った魔力ですよね」

死骸から魔力が溢れる事はあるのかな？　もし溢れるなら。

「魔力を食べる事が出来たりして」

「「はっ？」」

「死んだら体から魔力が溢れ出して、それを食べた他の魔物が凶暴化……なんて、馬鹿な考えですよね。あっ、でもこの考えだと死骸が残るので燃やすという解決方法が出来ますね」

なんて、考えすぎか。

「アイビー！」

「はいっ！」

驚いた、いきなりドルイドさんが叫ぶんだもん。何？　何か問題でも起こったの？

「すごいな、アイビーは。ハハハ、そうか。魔力か」

師匠さんが、何かものすごく感心した視線を送ってくる。えっ、何怖い。

「ありがとうな、アイビー。そうか、魔力か」

えっと、ギルマスさん、何がありがとう？　意味がわからないのだけど。

「そういえば、報告の中に魔力について何かあったな。あの時は、今回の事とは関係ないと処理したが」

魔力？　あぁ、食べた何かを魔力と考えたのか。えっ？　魔力って食べる事が出来るの。

178話　魔物の世界は厳しいな

「悪いが、俺は戻って文献と報告書を見直すわ」

ギルマスさんが慌ただしく席を立つ。

「俺も行こう」

師匠さんは、ギルマスさんのお手伝いをしてくれるようだ。……ギルマスさん、その嫌そうな表情を見られたら。

「おっ、何か問題でもあるのか？　優しい師匠が手伝ってやろうっていうのによ」

ほら、絶対につけ込まれるから。

「ハハハ、あ～感謝します」

ギルマスさんの諦めた表情と、師匠さんの満面の笑み。ドルイドさんの時も思ったけど、いい関係に見えるから不思議だ。

「じゃ、またな」

「はい。頑張ってくださいね」

これからギルドに戻って文献とか読み直すのか、大変だなギルマスさんは。あっ、ドルイドさんに訊きたい事があったんだ。

「ドルイドさん、魔物は魔力を食べたりするのですか？」

先ほど感じた疑問をドルイドさんに訊いてみる。

「ん？　もしかしてアイビーは知らない？」

「えっ？」

何の事だろう？

「悪い、知っていると思い込んでいた。魔物の多くは魔力を食べると言われている」

「そうなんですか？」

食べるのか。というか、ドルイドさんの言い方からして、これって知っていて当たり前の事なんだよね。……うわっ、恥ずかしいな。

「魔物の中には、森の奥に自生する魔魂（まこん）という木の魔力を含んだ実しか食べない魔物もいるそうだ」

「そんな魔物が……魔物の中の草食動物？」

「えっ、何？」

「いえ、何でもないです」

また、前の知識が！　はぁ、ドルイドさんの前だと、緊張感が薄れてしまってどうも口が滑りやすい。気を付けないと、他の人の前でもやってしまいそう。

「魔物が寿命以外で死ぬ場合は、何が考えられますか？」

他の原因で死んだ場合も、魔力は溢れ出すのかな？　いや、もしそうなら凶暴化する魔物の情報がもっとある筈。という事は、他の原因で死んだ場合の魔力は……消える？

「寿命以外で死ぬとしたら、戦って死ぬ場合が多いだろうな。その場合は戦いで相当な魔力を使うから、死んでもそれほど魔力は残っていない筈だ」

あっ、そうか。戦う時に魔力を使うのをすっかり忘れてた。命を懸けて戦っているのだから、魔力の出し惜しみなんてしない筈。そうなると、負けたほうの魔力は相当減っているだろうな。残っている魔力ぐらいなら、食べても凶暴化はしないという事なのかな？　ん～、他に死ぬとしたら病気かな？　でも病気だとしても、弱っていくと狙われやすくなるんだろうな。寿命を迎える魔物って、かなり珍しいのかもしれない。だから文献もあまり残っていないのかもしれないな。

「でも、どうして文献に魔力の事を書かなかったのでしょうか？」

魔物が魔力を食べるのが当たり前なら、文献にそう書く筈。どうして書かなかったんだろう？

「もしかしたら、知らなかったのかもしれないな」

「えっ？　でも当たり前の事なんですよね？」

ドルイドさんが、言ったんだけど……。

「魔物が魔力を食べるとわかる以前の文献には、黒い靄（もや）の様なと書かれてあったりするんだ」

そういえば師匠さんが、古い文献で読んだと言っていた。つまり魔力を食べるという事が、まだ知られていない時代の文献の可能性があるのか。

「もう一度、読み直すと言っていたから何かわかるといいけどな」

「そうですね」

「さて、そろそろ帰るな。お茶のコップは……」

「あっ、私がします。お湯を作っている間に洗っちゃえますから」

「いいのか？」

「はい、お湯が沸くのを待っている間は暇なので、何かやる事があったほうがいいんです」

お湯が沸くのをただ待っていると、何となく時間が長く感じるんだよね。洗い物などしている時は、あっという間に過ぎるのに。

「そうか、ありがとう。野兎の丼物おいしかったよ。また明日」

「また明日。帰り道、気を付けてくださいね」

「ハハハ、ありがとう」

ドルイドさんが広場から出ていくのを見送る。

「今日は、何だか慌ただしい一日だったな」

お湯を沸かしている間にコップを洗い、テントに戻る。

「ごめんね、お待たせって既に寝ているよね」

ソラもフレムも既に夢の中だった。体を拭いて新しい服を着る。そろそろ服の洗い物が溜まっているな。森の川を探すか、町の洗い場を探すか。シエルと一緒にいられる時間が長くなるので、川のほうがやっぱりいいよね。

「よし、明日は川を探そう」

寝る場所を整えて体を横たえる。

「ソラ、フレムお休み」

明日は川へ行って洗濯して、店主さんの店へ行ってソースの事について話を聞こう。ふわ～……お休み。


人が行き交う気配に意識が浮上する。

「んっ、おはよう。ソラ、フレム」

声をかけるが、二匹はまだ寝ている。その様子を見て、もう一度寝たくなるがテントの外がかなり騒がしい。何かあったのだろうか？　もしかして寝過ごした……いや、それはないな。テントの入り口から入ってくる光の角度から、まだ朝だとわかる。なのにテントの外では、慌ただしく人が動き回っている。

「……確かめたほうがいいよね」

体を起こし腕を上に伸ばす。気持ちいい～。その間にも、テントの外は騒がしさが増している。急いで確かめよう、不安になってきた。服を着替えて、テントの外に出る。

「おはよう」

声に後ろを振り向くと、お隣のマシューラさんだ。

「おはようございます。何かあったのですか？」

「グルバルの件を調べに森の奥へ行っていた上位冒険者たちが、数名戻って来たらしい」

「えっ、本当ですか？」

良かった、無事だったのか。……あれ、でも今数名って……。

「全員ではないのですか？」

「まだ、ちゃんとした情報ではないが、三人だけらしい。それに、その三人もかなりひどい怪我をしていると聞いたよ」

三人だけ！　確か上位冒険者の三チームが、グルバルの件で森の奥へ行っていた筈。ドルイドさんは三チームで……三人だと言っていた。それが三人だなんて。昨日の情報が、役に立てばいいけれど。マシューラさんにお礼を言って、テントの中に戻る。今すぐドルイドさんの所に行って情報を訊きたいけど、少し時間を置こう。私が行っても、何の役にも立たないし。

「ソラ、フレム、起きて。ご飯食べよう」

パチッと目を開けるソラは、欠伸をすると私を見る。

「ソラ、おはよう」

私の言葉にうれしそうにぷるぷると揺れるソラは、マジックバッグからご飯用のポーションを出している私の周りをうれしそうに飛び跳ねだした。

「ソラは。朝から元気だね」

ソラの頭を撫でていると、フレムが目を覚ましのんびりと体を縦に伸ばした。

「フレムもおはよう」

フレムはぷるんと一回揺れると目の前に並んでいるポーションを凝視する。お腹が空いているのかな。

「どうぞ。ゆっくり食べてね」

ソラとフレムが並んでいるポーションを食べていくのを見守る。テントの外は、先ほどと変わらず、随分と慌ただしい。何か新しい情報でもあったのかな？

「やっぱり気になる！　ドルイドさんを探しに行こうかな？　でも邪魔したら……」

私の独り言に、ソラとフレムがそれぞれプルプルと揺れる。まるで応援されているみたいだ。

……違うかもしれないけど。よし。

「探して、いなかったら諦める。見つけて、忙しそうなら戻ってくる。そうしよう」

うん、けっして邪魔はしないように気を付けて……。

「アイビー、起きているかな？」

「うわっ！」

「えっ、アイビー。ごめん」

「いや、大丈夫です。ちょっと待ってください」

考えていたドルイドさんの声が、不意に聞こえたから驚いた。というか、考え事に没頭しすぎて周りの気配をすっかり確認し忘れていた。ふ～と気持を落ち着ける。それにしても、まだ早朝だ。こんな時間にドルイドさんはどうしたんだろう？

179話　シエルは恩人

「おはよう」

テントを出ると困った表情のドルイドさんがいた。それに首を傾げる。

「おはようございます。何かありましたか？」

「朝早くから悪い、ちょっとついて来てもらっていいかな？」

本当に何かあったようだ。

「わかりました。ちょっと待っててもらっていいですか？　すぐに用意します」

「ゆっくりでいいよ。悪いな」

急いでいるわけではないのかな？　テントに戻り、ソラとフレムにドルイドさんに呼ばれた事を話す。

「一緒に来てくれる？」

私の問いに、二匹がそれぞれの速さでぷるぷる揺れてくれた。これは『いいよ』という事だ。最近二匹は、嫌な場合は揺れずに視線を逸らす事を覚えた。初めてされた時は、驚いた。まだ意味を把握していなかったので、かなり焦った。

「お待たせしました」

「ごめんな、こんな朝早くから」

「私もご飯を食べ終わったら、ドルイドさんを探しに行こうと思っていましたから」

「そうか。えっと、話は聞いた？」

「詳しくは聞いていません。ただ、三人の方が大けがをして戻ってきたと……本当ですか？」

「あぁ、でもしっかり治療されたから大丈夫」

大丈夫なのは良かったけど、やはり三人だけだったのか。

「この辺りでいいかな？」

「えっ？」

ドルイドさんについて来ていたので、場所を確認していなかった。周りを見ると、大通りから少し離れた周りに人がいない場所。

「ギルマスが事の詳細をまだ発表していない今は、全員が聞き耳を立てているからな。マジックアイテムを持っていない限り、人に聞かれる可能性が高いんだ。ごめんアイビー、この辺りに人の気配はある？　俺は気配を掴めないから」

聞かれたくない話って事か。人の気配は……。

「気配がないので、私たちの周辺には人はいないようです」

「ありがとう。その助かった三人だが、ギルマスが聞いた話ではどうもシエルが助けた様なんだ」

「……えっ！」

シエルの話だから、人がいない場所を探してくれたのか。というか、シエルが助けた？

「そうなんですか？」

「あぁ。大怪我はしているが、意識ははっきりしているようだ。話を聞いたギルマスが教えてくれたんだが、依頼を受けた冒険者たちは、凶暴化した原因を探る為に森の奥へ行ったそうだ。だがそこで、グルバルの大群に襲われて、ほとんどがその時に殺されたらしい。何とか三人だけ町の近くまで戻って来たが、気付くと周りをグルバルとチジカに囲まれて逃げ場がなくなっていた」

「チジカ？」

「大きな牙を持つ性格の大人しい魔物なんだが、凶暴化しているみたいだな」

「そうなんですか」

「もうダメだって思った時にアダンダラに酷似した魔物がいきなり現れて、そこにいたグルバルとチジカを倒してくれたそうだ」

倒した？　もし本当にシエルなら、かなり大変だっただろうな。

「襲い掛かってきたグルバルとチジカが倒されて、次は俺たちの番かと思っていたら足を怪我した仲間を背中に背負って、町まで連れてきてくれたんだと」

シエルだったらいい子だな。褒めてあげないと。

「今、森の奥へギルマスと師匠、それと数名の冒険者がグルバルとチジカの死骸の確認に行っている」

「あの、森へ行けますか？　本当にシエルなのか確認したいのですが」

「ギルマスからは許可をもらっているよ。何処にいるかわかるかな？　ギルマスたちのほうへ行く可能性もあるかもしれないが」

「どうでしょう。森の中でのシエルの様子はちょっとわからなくて。あのシエルは怪我とかしていませんか？」

「あ～、悪い。俺が冒険者に直接話を聞いたわけではないから、怪我についてはわからない」

「そうですか」

凶暴化した二種類の魔物の相手をするなんて、大丈夫なのかな？　怪我の薬とか……ソラがいるから大丈夫か。

「森へ行こうか？」

「はい」

大通りでは町の人たちが集まって話をしているが、かなり悲壮感が漂っている。昨日までは、まだ何処か余裕があったのに。

「既に町中に噂が広まっているな」

「そうですね。広場も朝からかなり慌ただしかったです」

「上位冒険者がやられたとなると、相当な痛手だからな。誰が町を守るんだって、騒ぎ出すまでそう時間は掛からないだろう」

「ギルマスさんは大丈夫ですか？」

「師匠はいい勘を持っているよな」

「師匠さんですか？」

どうしてここで師匠さんが？

「あの人は名の知れた上位冒険者だったんだ。おそらく元仲間にも声をかけているだろう」

師匠さんはすごい冒険者だったのか。元仲間という事は、チームで組んでいた人たちかな？

「町の人たちが騒ぎ出したら、おそらく表に出て暴動になる前に抑えてくれる筈だ。自分たちの名前をフルに使ってな。師匠たちが町の人たちの相手をしてくれれば、ギルマスは動きやすくなる」

師匠さんは、もしもの事を考えて町へ来てくれていたのか。何だか、すごいな。

「はぁ～、いつまでたっても頭が上がらないな」

「素敵な師匠さんですね」

「……からかう癖がなければ、もっと最高なんだが」

そうかな？　あの性格だからこそ、師匠さんって感じがするけど。


「お疲れ様」

「ドルイドさん、本当に森へ？　アイビーまで連れて」

「確かめたい事がどうしてもあるからさ。頼むよ」

門番さんがちょっと困惑している。おそらくこんな状況で森へ子供を連れて行くなんてありえないんだろうな。でも、必要なのでお願いします。

「はぁ、本当に、本当に気を付けてくださいね」

「あぁ、何かあったらしっかり守るから大丈夫だ」

「……気を付けて」

門番さんは諦めたのか、門を開けて外へ出してくれた。すっかり顔見知りになってしまったな。

「ありがとうございます。行ってきます」

挨拶をして森へ向かう。さて、シエルは何処にいるだろうか？　とりあえず……捨て場かな。

「何処へ行こうか？」

「捨て場に行きましょう」

二人で捨て場へ向かう。途中で周りを確認して、ソラをバッグから外へ出す。

「ソラ、グルバルとチジカという魔物が凶暴化して暴れているから、遠くへは行かないでね」

「ぷっぷぷぷぷぷ～」

フレムは……まだ寝ているな。

「フレム、そろそろ起きている時間を長くしない？　体もしっかりしてきたし」

「てりゅりゅ～……りゅ～……」

どうして起きてと言ったのに、鳴いている最中に寝るかな。ん～、凶暴化の事が片付いたら一度しっかり話し合おう。というか、起きている時間を長くするように懇願してみよう。うん。

「お待たせしま……した」

いつの間にかソラは定番の位置へ。本当にドルイドさんの頭の上が気に入っているよね。

「どうしたんだ？」

ドルイドさんも、頭にソラがいる事にまったく疑問を持っていないし。それってどうなんだろう。

「いえ、行きましょうか。あっ、シエルがこっちへ来ました」

ふわっと風に乗ってシエルの気配を感じた。そのまま待っていると、ふわりと木の上からシエルが降りて来る。すぐさま全身を見回す。怪我をしている様子はない、血もついていない。

「シエル、町の冒険者を守ってくれたの？」

「にゃうん」

ちょっとドヤ顔のシエル。どうやらシエルで間違いないようだ。

「やっぱりシエルだったか～、ありがとう」

ドルイドさんが、シエルの頭をそっと撫でる。

「シエル、偉いね。すごいね～。でも怪我をしていないか心配したよ。大丈夫だった？」

全身を見て問題ないと思ったが、見えない場所を怪我しているかも。

「にゃうん」

大丈夫って事かな？　良かった。それにしても。

「大変だったでしょ？　グルバルとチジカが大群だったって、すごいね」

「にゃうん」

あっ、ものすごく機嫌がいいのはわかるんだけど。えっと、言いたくないな……でも、さすがに。

「シエル、えっと。尻尾はちょっと抑えようね」

ぴたりと止まる尻尾。そして耳を少し寝かせてしまうシエル。あ～、だから言いたくなかった。

絶対、シエル落ち込むもん。

「怒ってないし、困ってないよ。ただ、ちょっと砂埃（すなぼこり）が……」

何を言っているんだ、私は。余計シエルが落ち込んでしまう。

「シエル、町の仲間を助けてくれてありがとう。助かった彼らが言っていたよ、命の恩人だって」

ドルイドさん、フォローしてくれてありがとう。シエルの尻尾が軽く揺れる。良かった、今度は加減をしてくれている。

「かっこいいね、シエル」

私の言葉に激しく尻尾が二回揺れるが、すぐにゆっくりした揺れに変わる。シエルも可愛いが、尻尾も可愛いな。

180話　進化？　成長？

シエルが助けてくれたのはいい事だけど、問題になってないかな？

「あの、シエルの事はギルマスさんどう言っていましたか？」

「心配しなくても大丈夫。ギルマスというか師匠が、アダンダラは頭がいいからそういう事もするって断言したらしい」

「そうなんですか？」

「いや、聞いた事はないんだ。おそらくギルマスの態度を見て、何かあると判断した師匠が場を収める為に言ったんだろう」

あとで師匠さんには事情を説明しよう。そのほうが、いい様な気がする。

「それでアイビー、シエルの事なんだが師匠には話していいだろうか？　あの人の事は俺とギルマスが保証する。絶対に人に言い触らす様な人ではないから」

「問題ないです。私も師匠さんには知っておいてもらったほうがいいと思いますから」

「ありがとう。師匠を味方に付けておけば、何があってもアイビーとシエルたちは絶対に守ってもらえる」

すごい信頼だな。そう思わせる事を、師匠さんがずっとしてきたって事なんだよね。今度ゆっくり昔の話を聞きたいな。……ドルイドさんとギルマスさんの過去の話とか、おもしろそう。

「ぷ～？」

ソラの声にドルイドさんの頭に視線を向けると、ソラが私がいる反対の森に向かって鳴いている。

何かあるのかと気配を調べるが、特に何もない。

「ソラ？」

どうしたのだろう？　何の気配もないのだけど……。

「ぷ～、ぷっぷぷ～」

あっ、元に戻った。何だったんだろう。

「大丈夫？」

「ぷっぷ～」

大丈夫みたいだ。気になるけど、気配は感じないし。ソラの言っている事を理解したいけど……

さすがに無理だよね。

「大丈夫そう？」

「はい。大丈夫みたいです。何だったんでしょう？」

「わからないけど、ちょっといつもと鳴き方が違ったな」

確かに何か疑問に思う様な、ちょっと語尾が上がった鳴き方だった。語尾を上げる鳴き方なんて初めての様な気がする。なので少し身構えたが、問題ないようだ。ソラは既に機嫌よく、ドルイドさんの頭の上で縦運動をしている。見慣れてしまったな。

「さてと、シエルには悪いがそろそろ戻ろう。森に長くいると門番が探しにきそうだ」

まさか、それはないと思うけど。まぁ、心配かけているのはわかっているからな。

「ごめんねシエル。今回は町の人を助けてくれてありがとう。でも無茶な事はしないでね。怪我をする様な事は駄目！」

「にゃうん」

わかっているのだろうか？　心配だな。


シエルと別れて町へ戻る道を歩く。ソラはドルイドさんの頭から降りて、周りをピョンピョンと跳ね回っている。どうやら、かなりご機嫌だ。

「ソラ、そろそろバッグに戻ってくれる？」

「ぷぷっぷぷ～」

ピョンと大きく跳ねて、そのまま私の腕の中へ。あれ？　もしかして、距離をしっかり測って飛び跳ねた？　今までは私が調整して、捕まえていたんだけど。今は、自然に胸へ飛び込んできた。

「ソラ……まぐれ？」

「ぷ～」

今『ぷ』と鳴いたよね？

「おっ、新しい鳴き方か？　確かにその鳴き方のほうが文句を言っている様には聞こえるな」

隣を歩くドルイドさんの感心した声が耳に入る。聞き間違いではないようだ。

「ごめんね。怒らないで。それにしても、しっかり距離が測れるようになったんだね」

「ぷ～」

進化なのか成長なのかどっちなんだろう？　どちらにしても、今よりもう少し気持ちがわかりやすくなったな。

「ありがとう、ソラ」

「ぷっぷ～？」

あっ、語尾が上がった。可愛い。ソラを思う存分撫でてからバッグに入れる。フレムはソラが入ると、大きなあくびをしてまた寝てしまった。

「もう、フレムは」

しかたないか。フレムにはフレムの成長が……あっ、フレムの欠伸なんて初めて見たかも。ソラの欠伸は、よく見るけれど。欠伸、これも進化や成長なんだろうか。悩むな。

ゆっくり町へ戻っていると、遠くからこちらに向かってくる気配を感じる。しばらくすると、三人の門番さんたちが重装備でこちらに向かってくる姿が目に入る。

「やっぱりな」

ドルイドさんの呆れた声。まさか本当に来るとは。それに、まだ数一〇分しかたっていないと思うのだけど。

「心配で様子を見に来た。もう用事は終わったのか？」

「はい。ありがとうございます」

「では、俺たちが警護に就くから帰ろうか」

警護って、もう少し歩いたらすぐに門なんだけど。

「お前らな、大丈夫って言っただろうが」

「もしもがある。未来ある子供を死なせるわけにはいかん」

一番年長に見える門番さんが、言い切る。何だか、すごい燃えている様な気がする。気のせいかな？

「はいはい。ギルマスたちはどうした？」

「少し前に戻って来たぞ。グルバルとチジカの肉を確保してな」

「そうか。アイビー、ギルドに顔を出すが、どうする？」

「一緒に行きます。師匠さんにお礼を言いたいので」

そこで話を聞いてもらおう。

「そうか。お疲れ」

「ありがとうございました」

無事、門から町へ入ったので門番さんたちにお礼を言う。三人とも満足そうだ。

「すごいですね。本当に迎えに来るなんて、思いませんでした」

「ハハハ、それより師匠には俺から話そうか？」

「いえ。私の事なので私が話します。ありがとうございます」

師匠さんは、スライムの事やアダンダラの事に詳しいかな？ もう少し大切な仲間の知識がほしいのだけど……。ギルドに近づくと、その周辺に多くの人が集まって来ていた。

「どうしたんでしょう？」

「たぶん、状況を知りたい町の人だな。あと、グルバルとチジカがどういう魔物か、確認しにきているんだ」

よく見ると、ギルドの前に二種類の魔物が数匹ずつ転がっている。シエルが倒した魔物かな？

「チジカも大きいですね」

グルバルより大きく、牙もかなり太い。足はグルバルより長く、太い。体格もかなりガッチリしている。

「森の奥が縄張りで、怒らせない限り温厚な性格だったんだが」

グルバルもチジカも凶暴化して、行動範囲が広がっている。何がそうさせているのだろう。

「行こうか。こっちだ」

「はい」

ドルイドさんのあとを追って、人の間をぬうように進みギルドに入る。人込みの中を歩くのは、初めての経験だったので、通り抜けた時は安堵してしまった。

「はぁ～」

「大丈夫か？　想像以上に人がいたからな、大丈夫か？」

「はい、大丈夫です」

背が小さいから、何度かもみくちゃにされてしまった。その度にドルイドさんに助けてもらったけど……二度と経験したくない！

ギルドの中は外ほど人が多くはないが、それでもいつもより多くの人が集まっている。どの人の表情もかなり険しくなっている。

「お～、こっちだ」

階段の上から師匠さんの声がしたので見ると、私たちを見ながら手を振っていた。階段を上がると、師匠さんに似た年代の男性が二人。誰だろう？

「やっぱり来たか。あの二人は師匠の元仲間だ。あの三人でチームを組んでいたんだよ」

ドルイドさんが言っていたとおり、仲間に声をかけてくれていたのか。

「おはようございます。お久しぶりですね」

ドルイドさんの言葉に、二人が挨拶を返している。師匠さんとは違って、真面目そうだ。

「アイビーも一緒か、おはようさん。紹介するわ、マルアルとタンバスだ」

二人が手を振ってくれるので、頭を下げる。

「初めまして、アイビーです」

「よろしく。マルアルだ」

「初めまして、タンバスです」

「さっき話した事は、このアイビーが発見したんだぞ。賢いだろう」

「ほ～、すごいな」

発見？　何の事だろう。

「俺たちは下の魔物を調べてくる。何かわかったら報告するから、マルアル行くぞ」

タンバスさんがマルアルさんに声を掛けると、階段を下りていった。外の魔物を調べに行くみたい。あそこで解体でもするのかな？　あっ、それより師匠さんに話があるんだった。

「師匠さん、聞いてほしい事があるんですが」

「ん？　今は忙しいから、あとでもいいか？」

「師匠、先に話を聞いてください」

ドルイドさんの真剣な表情に、師匠さんが近くの部屋を指す。

「ありがとうございます」

三人で部屋に入ると、師匠さんが何かを取り出す。見ると、ボロルダさんが持っていた会話を外に漏らさないマジックアイテムと同じ物。やはり、上に上り詰めた冒険者の人は持っているんだな。

秘密が多い私もほしいな、あれ。いくらぐらいするんだろう？　買える値段かな？

181話　戦闘狂!?

「それで、話とは？　ゴトスが隠し通したアダンダラについてか？」

ギルマスさんは、何も言わなかったのか。師匠さんの追及を躱（かわ）すのは、大変だっただろうな。

「はい。そうです」

「そうか。……なら話を聞く前にアイビー、約束をしよう」

約束？

「ゴトスがあれほど隠すんだ。これから話す事は、知られたくない重要な内容だろう。だから」

師匠さん、いったいギルマスさんにどういう聞き方したんだろう。ギルマスさん大丈夫だったかな？

「何を聞いても、誰かにその話を洩らす事はしない。またそれを利用する事もない。口での約束だから心配だろうが、信じてほしい」

いつもと少し違う話し方に、真剣な表情。これがドルイドさんやギルマスさんが信頼している師匠なのかと納得してしまう。

「ありがとうございます。すべて話します」

一つ頭を下げてから三人で椅子に座って話を始める。まず、私が星なしのテイマーである事、そしてアダンダラをテイムしている事。テイムした方法は不明な事、ついでに崩れスライムも二匹テイムしている事など。正直、何処まで話そうか迷った。でも、真剣な表情で約束をしてくれた師匠さんを信じる事にした。ドルイドさんも保証してくれた人だ、きっと大丈夫。それにソラも、反応しなかった。

「…………………………」

えっと、すべて話したんだけど、師匠さんが反応してくれず長い沈黙が続く。困ったのでドルイドさんを見る。

「たぶん、予想以上の話だったから処理が追いつかないんだよ。しばらくしたら落ち着くから大丈夫」

予想以上か。

「ソラもシエルもフレムも、すごい存在ですもんね」

有機物、無機物を同時に処理出来るスライム、上位魔物で存在そのものが珍しいアダンダラ。一緒にいる時は感じないけど、人に話すと相手の反応で珍しい存在なんだと強く感じるな。

「そのすごい存在に、アイビー自身も入れてほしいな。あの子たちをテイムしているアイビーも、すごいんだよ」

「えっ？」

私も？　それはないと思うけど。

「はぁ～」

師匠さんがいきなり大きな溜め息をつく。えっと、何か問題でもあったかかな？

「ハハハ、ゴトスが意地でも話さないわけだな」

「あっ、ギルマスさんにはソラとフレムの事は話していません」

「そうなのか？　まぁ、アダンダラの事だけで十分だな」

「しかし、アダンダラをテイムしているか……。いや～死ぬ前に、そんな話を聞けるとは」

そんなに衝撃を受ける事なのかな？　いまいち自分の事なのでわからない。

「アイビー、いいか。この話はだれかれ構わず話すなよ。話す奴は必ず吟味してからだぞ」

あっ、まただ。ソラたちを紹介すると、みんな同じ様な注意をしてくる。

「はい。わかっています」

「なら、いいが。だがアダンダラが完全に問題ないと知って安心したよ」

どういう事？

「アダンダラは戦闘狂と言われるほど、戦闘行為が好きな魔物だからな」

ん？　戦闘狂？

「これで、実はアダンダラも敵だとなったら町を捨てて、危険でも他の町か村に避難するしかなくなる」

えっと……。

「あの、戦闘狂って……アダンダラという魔物は」

あれ？　何を聞きたかったんだっけ？　衝撃が強すぎて。

「師匠、アダンダラは戦闘行為が好きな魔物なんですか？　あまり聞いた事はありませんが」

「あまり知られていないが、間違いないぞ。俺が若い時にアダンダラをテイムしようと躍起になったチームが複数あってな、今流れている情報はほぼほぼそいつらが持ち帰って来た情報だ。その中に、戦闘行為を好む性格というものがあったんだ」

アダンダラの事は知りたかったけど、思っていた事と違うな。それにシエルは特に戦闘が好きなようには……。そういえば、グルバルを倒している時は楽しそうだったな。

「テイム出来た冒険者はいたんですか？」

「いや、アダンダラが強すぎてな。名の知れた冒険者が一〇人ほどテイムに失敗して死んでからは、テイムしようとする冒険者が居なくなった。命は惜しいからな」

「えっ！　一〇名ほど？」

名の知れたという事はかなり強い力を持った冒険者の筈、そんな人が約一〇人も……やられたの？　想像以上にシエルは強いんだ。

「まぁ、昔から『リュウ、スハバ、アダンダラに手を出す奴は愚か者』と言われるほど危険な魔物だ。テイムしようとするほうが悪い。だからアイビーがテイムした事に驚きだ。テイム出来た方法はまったく思いつかないいか？」

「はい。印……えっと。テイムしたら体の一部に現れる印を、シエルはソラのを真似て作っていたんです。それだけだったんですが、いつの頃からかその印から私の魔力を感じるようになって」

「印を真似る？　そんな事出来ない筈……いや、アイビーが嘘を言っても……本当の話か」

師匠さんを、また困惑させてしまったみたいだ。

「よし、理解した。そういえば崩れスライムもいるって言っていたな」

「ソラとフレムはここにいます」

肩から提げているバッグを指す。師匠さんが興味深げにバッグを見る。

「見ますか？」

「い、いいのか？　崩れスライムを見た事はあるんだが、すぐに消えちまうからな」

バッグの蓋を開ける。

「ソラ、フレム、ギルドの中にいるから静かにね。それと師匠さんが会いたいって。いい？」

私の言葉にソラもフレムも揺れて許可を示してくれる。

「ありがとう。師匠さん、どうぞ」

「おう。んっ、これが？」

師匠さんはバッグを覗き込んで動きを止め、眉間に皺を寄せる。そして、首を傾げる。

「師匠？」

ドルイドさんが声をかけると、バッグから視線をあげて。

「崩れスライムか？　随分としっかりしているようだが」

あぁ、本などで紹介されている崩れスライムとはかなり違うだろうな。師匠さんは、実際に見た事があるみたいだし。

「最初はすぐに消えてしまいそうなほど、弱々しかったんです」

「そうなのか？」

「はい。でも、少しずつしっかりしてきてくれて今の姿になりました」

「ほぉ、崩れスライムって成長するのか。他のスライムとは違うんだな」

スライムって、普通は成長しないの？

「それにしても綺麗な色だな。半透明のスライムか。そういえば、何処で二匹とは出会ったんだ？」

「えっと、最初はソラです。綺麗な花が咲いていた湖の近くで出会いました」

初めてテイムした事で記憶に強く残っている。

「えっと、フレムはソラが産みました」

「はっ？　産んだ？」

あっ、ちょっと違うな。

「すみません。正確には、ソラが二つに分裂して、フレムが産まれたんです」

こちらのほうが正確な言い方だな。

「………スライムがスライムを産む」

「はい」

やはりこれも珍しい事なのかな？

「えっと、師匠さん？」

「やっぱり珍しいか」

ドルイドさんがバッグを覗き込むと、ソラがうれしそうにプルプルとゆれる。

「分裂する現場に出くわしたけど、自分の状態の確認より目の前の物が信じられなかったからな」

そうなんだ。私は混乱状態だったから、ドルイドさんの反応とか覚えていないな。自分の腕を失うより、ソラの分裂って強烈な印象を与えるのか。

「悪いがアイビー。言っていない事があるなら今のうちに話してくれ、心構えが必要だ」

心構えって、そこまで？

「えっと、話していない事ですか？」

もう、大丈夫だと思うけど何があったかな？

182話　最強の魔物

ドルイドさんに何を話せばいいか聞くと、代わりに話してくれる事になった。隣で聞いていると、結構話し忘れている事が多い事に気付く。ドルイドさんを助けたソラの力や、食べる物については覚えていたけど私の中では重要度が低かった。そういえば、真剣（しんけん）を食べた事を忘れていたな。

「喜怒哀楽がはっきりしていて、アイビーに鳴き声で色々な事を伝えてきます」

それは他のスライムでも同じでは？　師匠さんを見ると、唖然（あぜん）とした表情。……どうやら違うらしい。でも、テイムした魔物や動物とは意思の疎通が出来るんだよね？　魔物でも動物でも喜怒哀（きどあい）楽（らく）はあるだろうし……伝える手段は鳴き声ぐらいだと思うのだけど。

「フレムの能力は今のところ不明です。確実ではありませんが、アイビーの話を聞いてソラはアイビーにとって、善人なのか悪人なのかを判断しているのではと思う所があります」

私にとって善人か悪人か？　……あっ、組織の人を判断した事を言っているのか。えっ、あれって私が基準だとドルイドさんは思ったの？　……そうなのかな？

「師匠、大丈夫ですか？」

考え込んでいるとドルイドさんの声が耳に届く。見ると、師匠さんが頭を抱えてる。えっ、何があったの？

「ドルイドさん、師匠さん大丈夫ですか？　何か――」

「アイビー！」

「はいっ」

声を低くした師匠さんに、話を遮(さえぎ)られる。何だろう怒ってる！

「駄目だ！」

「えっ？」

「いいか、こんな重要な事をまだ会って数日の俺なんかに話すのは駄目だ！　人というのはもっと疑って掛かれ、話をしていく中で大丈夫かどうか判断するんだ！　いい奴そうに見えたってそうじゃない奴なんて腐るほどいる。そんな奴らにこんな金になる話をしたら、アイビーが大変な目に遭う事になる。いいな、人は見かけで判断しない、数日前に初めて会った様な人物を信用しない。わかったか？」

えっと、早口だった為途中がちょっとわからなかったけど。たぶん人をちゃんと見て判断しろって事だよね。

「わかりました。でも、大丈夫です」

「大丈夫じゃない！　俺と出会ってまだ数日だ、それなのにこんな重要な事を話しちまって。俺がこの情報を金に換えようとしたらどうする？　アイビーからソラやフレムを奪う事は出来るんだぞ」

たぶんそういう事をする人は、自分を信用するなとは言わないと思う。

「あの、ドルイドさんが師匠さんを保証してくれましたし、ソラも大丈夫と判断しましたから」

師匠さんの話をした時、ソラもフレムも楽しそうに跳ね回っていた。正確には、フレムはソラに転がされていただけだが。バッグから出ている時、問題ありの場合は止まってじっと私を見つめてくる。楽しそうに何かしている時は、問題ない時だ。

「ソラ？　あぁ、そういう事か。いや、そうかもしれないが……はぁ、とりあえずすぐに人を信用しない、いい、いいな」

「はい。わかりました」

「ドルイドも、数年間会っていなかった人間をすぐに信用するな。俺が変わっていたらどうするつもりだ？　アイビーが被害に遭うんだぞ。ドルイドを利用して何か事を起こす事も出来るんだ。人間はたった一年で変わる事もある、それが数年間の空白があるんだ。もう一度しっかり見直してから判断しろ」

「はい。ですが師匠は昔のまま変わっていませんけどね」

師匠さんの怒りは、ドルイドさんに向かってしまったようだ。それにしても、『自分の事を信用するな』と言うとは。さすがドルイドさんが信頼するだけの師匠さんだ。

「は～、しかしアイビーはすごい子供だったんだな」

少し怒りが収まったようだ。

「私ですか？」

「そうだ。これだけの存在を仲間に出来る力があるんだから」

仲間に出来る力？

「私に力はないですよ？　星なしですし」

そういえば、師匠さんは星なしに対して反応が薄かった。昔、星なしについて聞いた事があったりして。

「そういえば、そうだったな。色々聞きすぎて衝撃が薄れたが、それもすごい事実だったな」

忘れていただけか。残念。

「なので力はないです」

「いや、そういう力ではなくてだな。何て言えばいいのか、人や魔物を引き寄せる力というか、引き寄せられた者たちをつなぐ力があると言うか」

どういう意味だろう？

「悪い、説明が上手く出来ん」

「いえ」

「アイビーの人柄に引き寄せられるんだよ」

ドルイドさんの言葉に驚く。私の人柄？　えっ……何処に？

「それはあるな」

師匠さんまで！　ん～、わからない。首を傾げていると、バッグの中でソラとフレムも体が横に傾く。どうやら一緒に首を傾げているようだ……首はないけど。

「そういえば、師匠。冒険者たちの話に魔物の死骸や魔力について何かありましたか？」

あっ、そうだ。寿命で死んだ魔物か、もしくは魔力の塊の情報があれば解決出来る可能性があるのだった。

「あぁ、リュウの死骸があったらしい」

リュウ、確か魔物の中で最強と言われるほど強い存在だよね。森の最奥へ行かない限り出会う事はないから、まったく馴染みがないな。

「リュウですか、確かに寿命を迎えられる可能性の高い魔物ですね」

「あぁ、死骸を見た時はかなり驚いたそうだ。しかも、アイビーが想像したとおり魔力が溢れていたそうだ」

「本当ですか？」

文献を読み間違っていたらどうしようかと不安だった。

「あぁ。ゴトスが帰ってきた三人に、何度も確かめたから間違いない」

予想合ってたんだ。良かった。それにそのリュウを燃やしたら、この凶暴化する問題も解決出来るかもしれない。

「森の、どの辺りにあるのか話しましたか？」

ドルイドさんの質問に、なぜか師匠さんがニヤリと笑う。

「場所は、森の奥にある一番でかい崖の下だそうだ。いい場所だろ？」

「あそこですか？　確かにいい場所ですね」

「あぁ、あそこなら飛び火の心配をしなくていいから容赦なく燃やせる」

リュウの死骸は、燃やすのにとてもいい場所にあるようだ。森の奥へ行く事は心配だが、何とか解決出来そうかな？　ドルイドさんと師匠さんが、これからの行動の事について話を進めている。

正直、何を言っているのか少し不明だ。ただ、森へ行くのは危険度が高い事と、ある程度の日数は掛かるという事はわかった。ドルイドさんも行くのかな？　片腕でも、やはり冒険者だけあって知識は豊富だし機転も利く。ん〜、どうするんだろう？

「さて、アイビー。そろそろ店へ行かないか？　きっと父さんが待ち構えていると思う」

あっ、話は終わったのかな？

「はい。師匠さん、話を聞いてくれてありがとうございます」

「いや、話してくれて感謝する。あ〜……アイビー、お願いがあるんだが」

「何でしょうか？」

随分と言いにくそうだけど、何だろう？　あれ？　ドルイドさんが笑いを堪えている。師匠さんが何を言うのか、予測出来ているのかな？

「アダンダラ、ええっとシエルだったよな。頼む、会わせてくれ。このとおり」

そう言うと、師匠さんは椅子から立ち上がって深く頭を下げる。

「うわっ！」

ドルイドさんが、師匠さんの態度に驚きの声を上げた。

「師匠さん、頭をあげてください。シエルになら、会えますから」

「本当か？　昔から一度でいいから会ってみたかったんだ。本当にいいんだな？」

「はい」

「ありがとう、アイビー、いや～生きてて良かった」

そこまで！　時々シエルが遠い存在に感じるな。森であったら、そんな印象は持たないんだけど。

……アダンダラとは違う種類って事はないよね？

「あの、アダンダラに似た魔物っていたりします？」

「「はっ？」」

いや、そんな不思議なモノを見る様な目で見ないでほしいです。

「アイビー、シエルは間違いなくアダンダラだぞ」

ドルイドさんに考えが読まれた様で、苦笑いされてしまった。でも、みんなの話すアダンダラとシエルが一致しないんだもん！

183話　吹っ切れた女性は最強

お店に着くと、何やら騒がしい。どうしたんだろうとドルイドさんと顔を見合わせる。

「どうします？　中に入りますか？」

「その前に、ちょっとだけ様子を見ようか」

扉の窓から、二人で中を覗きこむ。うわっ！

「げっ」

私は声を抑えられたが、ドルイドさんは無理だったようだ。ちらりと隣に視線を向けると、眉間にすごい皺が。それにちょっと笑いが込み上げる。前までは、ぐっと感情を抑え込んでいる節があったが今は感情がもろに出ている。ドルイドさんの中で、何かが変わったのかもしれないな。

もう一度、店の中を覗き込む。ドルイドさんに突っ掛かってくるお兄さんドル……あれ？　何であの人の名前はなかなか覚えられないのだろう。無意識の拒絶反応だろうか。

「どうして、奴をここに入れるんだ！」

店の中では問題児さんが店主さんを怒鳴っている。傍にいる店主さんの奥さんは、あきれ顔だ。その隣ではお姉さんが……えっと、小馬鹿にした様な目で見ている様な……気のせいかな？

「どうします？」

「何だろうな」

ん？　どういう意味だろう？

「前までは、後ろめたいという気持ちが強かったんだけど……」

今は違うのかな？　それって過去が吹っ切れたって事でいいのかな？

「前へ進めたって事ですね」

「えっ？　そうか……前へ」

違ったのかな？　いや、でも過去に囚われていたからずっと後ろめたく感じていたんだよね。それがなくなったという事は、前へ進んだって事にならない？　まぁ、違ったとしてもいいか。ドルイドさん、何だかうれしそうだし。

「で、ドルイドさんどうします？　お店に入って笑顔で挨拶してみます？」

「……アイビーって時々何と言うか黒さが出るよな」

「失礼です。挨拶は大切ですよ？」

「いや、今入って『いい笑顔』で挨拶したら完全に嫌味だろう」

「え～、いいと思ったんですが」

笑顔であいさつは基本です。だから嫌味ではない筈……きっと。

「何々だ。どいつもこいつも、俺は被害者だぞ！　何であいつを」

問題児さんの声が大きくなる。さすがに外にまで声が響くのは駄目だろう。ドルイドさんもそう感じたのか、すっと店の扉を開ける。

「はぁ、いい加減にしてくれないかしら？　馬鹿なの？　それとも屑なの？」

えっ？　扉を開けた瞬間、聞こえてきたお姉さんの声。その言葉にドルイドさんと一緒に固まる。

そっとお姉さんを見る。見た目は何と言うか、清楚で大人しそうな印象を受ける。きっと男性から見ると、守ってあげたくなるだろうな。そんな人の口から……気のせいであってほしい。

「さっきから聞いていれば、馬鹿の一つ覚えの様に被害者、被害者って」

「何を、本当の――」

「いつまでも被害者面しているんじゃないわよ。五歳や六歳の子供じゃないのだから」

「何をっ！」

お姉さんは、けっして怒鳴っているわけではない。涼やかな印象を受ける静かな声なのだが、聞いていたらなぜかものすごく背中が寒くなった。季節は夏で、今日は暑いのですが。

「はぁ～、本当に頭が悪いわね、可哀想に。あの事がなかったら、もっと前にこの店から追い出されていたわよ。それを優しいお義父さんが人として成長してほしいから、見込みもないのに店に置いてあげているだけ。私だったら追い出しているわね。いい加減、自分の立場をちゃんと認識したらどう？　誰も、ドルガスの味方になんて、なってくれないわよ。するだけ無駄だもの」

あっ、ドルガスさんだ。いい加減、ちゃんと覚えないとな。それにしても、話の中にすごい言葉がちょいちょい紛れ込んでいた様な……。まさか、あんな可憐な印象を持つ人が、あんな言葉を言うなんてちょっと驚き。

「な、ふざけるな。だいたいこの店から追い出すなんて、お前に何の権限があって」

「あぁ、言っていなかったわね。ごめんなさいね。この店は私が継ぐ事になったから。という事だから、いつまでもその状態なら出ていって。この店に必要ないわ。というか、顔も見たくないわ」

怖いです。というか、お姉さんの眼が本気だ。すぐにでも追い出しそうだ。隣の店主さんの奥さんが、拍手を送ってお姉さんを応援している。店主さんは苦笑い。何だろうこの混沌とした空間は。

「出直したい」

小さなドルイドさんの声が届く。私も同意見です。でも、扉を閉めるときっと音がする。開ける時は、お姉さんの声と一緒になった為気付かれなかったけど。ドルイドさんと顔を見合わせる。きっと二人とも逃げたいという表情になっている筈だ。

「あら、ドルイド。それにアイビー」

奥さん、今は呼んでほしくなかったです。

「あら、おはよう。アイビー、今日はよろしくね」

「えっと、おはようございます。何がよろしくなのでしょうか？」

お姉さんが普通に声をかけてくる。私も普通に返すが、お姉さんを見ると近くにいるドルガスさんが視界に入ってくる。ものすごく怖い表情のドルガスさん。あれには近づきたくないので、お店には入ったが扉の前から移動はしない。

「あれ？　まだ聞いてないの？」

何の事？　ドルイドさんを見るが、彼も首を傾げている。

「悪い。伝言を届けたんだが既にいなかったみたいでな」

今日は朝早くから森へ行っていたからな。

「すみません。少し用事があって、それで何かありましたか？」

ドルガスさんを無視して会話を続けていると、彼の顔がどんどん真っ赤に染まっていく。かなりお怒りのようだ。怖ろしいので視界に入らないように、そっと視線をずらす。

「アイビー？　どうかした？」

お姉さんが、私のおかしな行動を不審に思ったのか隣を見る。あっ、大笑いしだした。うわ〜、ドルガスさんの表情が、もっと怖くなった。奥さんも、笑わないでっ！

「ふっふざけるな！」

「「アハハハ」」

『女性は強い』という言葉が、頭の中でぐるぐる回る。今の私には馴染みがないので、前の私の知識なんだろうけど。確かに強い。あんな怒り狂っている人を見て、大笑い出来るんだから。お姉さんも、奥さんも最強かもしれない。

「くそっ、退け！」

入り口に立っているドルイドさんと私のほうへ大股で歩いてきたドルガスさんは、ドルイドさんを思いっきり睨みつけて出ていった。

「ごめんね〜。まったくいい年して相変わらず頭の中は残念なんだから」

奥さんの言葉に、店主さんが諦めた笑いを浮かべる。

「何かあったのか？　対応が今までと違うんだが」

そうなの？

「旦那を立てていたからよ。でも、代替わりするならもう我慢する必要ないでしょ？」

「えっと、母さんは我慢していたのか？」

「当たり前じゃない。ドルガスも可愛い我が子だけど、ドルイドだって私の大切な子供なの。それを上二人が揃いもそろって弟を苛めるなんて。愚か者のする事だわ。何度注意しても『俺は被害者だ』の一点張り。性格も悪ければ頭も悪いなんて、何度も話し合って来たけど無駄だったわね」

奥さんの言葉に、ドルイドさんの表情に照れが混じる。

「ごめんなさいね、ドルイド。これまで色々と我慢させて」

「いや、俺のせいで何度も大ゲンカさせてしまって、悪いなって」

「いいのよ、そんな事思わなくて。あの二人の母親なんだもの、ケンカしたって間違っている事はちゃんと教えないと。でも諭すように話しても駄目、ケンカしても駄目。正直、なぜ通じないのか悩んだものよ」

一瞬だったけど、奥さんの表情に疲れが見えた。

「母さん」

「まぁ、今はスッキリしているわ。もう諦めたもの。だからあとはシリーラさんの邪魔をさせないようにするだけ。出来の悪いドルウカのお嫁さんに来てくれた人よ。大切にしなくちゃ」

「お義母さん、ありがとうございます」

あっ、さっきの怖い雰囲気がまるで嘘の様な綺麗な笑顔。声からも冷たさは感じない。こっちがいつものお姉さんだ……きっと。

「ごめんね、アイビー。我が家のいざこざに巻き込んでしまって」

奥さんが私を見て一つ頭を下げる。

「大丈夫です！　気にしていませんから」

「ドルイドの事でもお礼を言いたかったの。この子を救い上げてくれてありがとう」

「いえ、私は何も……」

何かをした覚えはない。

「一杯私がお世話になっているので、逆にドルイドさんには迷惑ばかりかけています」

あっ、焦ったからおかしな話し方になったかも。ポンと頭に優しい手が乗る。見ると、優しい笑顔のドルイドさん。

「俺にとって、アイビーが救世主だな」

救世主！　いやいや、それ違いますよ！

184話　準備中

ちょっとした衝撃の言葉から、ようやく落ち着いたので店主さんに用事を聞く。まさか救世主とか、ありえない、絶対にありえないです。ドルイドさんからすれば、それはソラだろう。

「それが、金持ち連中が麦の買いだめをしたみたいで、食料が思ったより早くなくなっているそうなんだ。制限をかけたそうなんだが、ちょっと遅かったみたいだな」

「まったく、何て奴らなんだろう。こういう時は助け合いでしょうが！」

お姉さんが、ちょっと声を荒げる。確かに、こういう時の行動はあとあと響いてくるのにな。

「それでだ、ギルドから『こめ』を早めに広めてほしいという依頼がきた」

「そうなんですか、ではいつからしますか？」

「今からはどうだろうか？」

今から？　準備は……必要ないか。米もある、ソースもなるべく多く収穫出来る物を選んだのですぐに大量に作る事が出来る。

「大丈夫です。えっと、店先で作りますか？」

「そうね。あの匂いはどんな言葉より人を寄せつけると思うわ。『こめ』という抵抗感を無視させるぐらいにね」

確かに香ばしくて、食欲をそそる匂いだった。あ～、思い出しただけでお腹が空いてきた。

「アイビー、良ければ『こめ』の炊き方を教えてもらえないかしら」

「いいですよ。と言っても、私もまだ色々試行錯誤の段階ですが」

「ふふふ、ありがとう」

本当にお姉さんは綺麗だな。ふんわりと言うかふわふわと言うか、近くにいると柔らかい風が吹いてくるみたいに感じる。

「えっと、必要な物は。『こめ』とお鍋だよね」

調理場所に移動しながら、必要な物を確かめていく。

「はい。あとバナの木の木箱です」

二人で手分けして準備に取り掛かる。鍋に米を入れて水を調整する。今日は少し湿気が高い気がする。なのでほんの少しだけ、水分を減らす。

「上手くいけばいいですが」

「大丈夫よ、失敗しても裏の倉庫に『こめ』が大量に積み上がっているから」

「そうなんですか？」

「えぇ。他の店ではをあまり買い取ってくれないから、義父さんがほとんど買い取っているの。だから『こめ』はいつも大量よ。毎年無駄になる米の事で旦那とケンカしているんだけど、私は義父さんのやり方が好きよ。続けていきたいと思っているわ」

無駄になる米？　意味がわからず首を傾げる。需要がないなら育てる量を減らせばいいのに、何でしないんだろう。私の様子を見てお姉さんが、少し悲しそうに笑う。

「町の外壁の近くの農村部なんだけど、なぜか『こめ』以外の作物が育たないのよ」

えっ、米以外育たない？　そんな事があるんだ。

「人口が増えた為に農村部を新たに作る事業だったたんだけど、『こめ』しか育たないから大失敗。でも、その土地を購入してしまった人たちは逃げ場がなくて、そこで『こめ』を育てているんだけど『こめ』の需要はエサだけでしょ？　あまりお金にならなくて。他の店では二束三文にしかならないわ。お父さんが何とか支えているけど、毎年大量に『こめ』が余ってしまうのよ」

余るとわかっているのに買い取る店主さんは、すごいな。それにしても『こめ』しか育たない土なんてあるのかな？

「あの、その場所で生活している人たちは、土を改善しようとはしないのですか？」

肥料を入れたり、土を入れ替えたり……何て言うんだっけ、開拓だっけ？　いや、何か違う様な気がするな。

「それが、なぜかその土地は何をしても改善しないみたい。土を入れ替えたりもしたそうなんだけど、無駄だったらしいわ」

土を入れ替えても無駄？　本当に『こめ』しか育たないんだ。

「米が広まって買う人が増えたら、その農村部の人たちが、他の土地へ移れるぐらい稼げるかもしれませんね」

「えっ？　アイビー『こめ』が普及してある程度の値段で売れるようになったら、移動する必要はないと思うけど」

ん？　あっ、そうか。米は荒れ地でもちゃんと育つって言っていた。というか、米しか育たない場所にいるんだった。前の知識が邪魔をして、豊かな土地が必要だと思い込んでしまったみたい。前の知識と今の知識がごちゃごちゃしてる。

「そうでしたね。そこに住む人たちの為にも、頑張りましょう！」

「そうね。無駄な事はやめろって言っていた旦那に、恥をかかせてやるわ。あのとうへんぼく野郎！」

……ちょいちょいお姉さんの黒さが顔を見せるな。綺麗なバラには棘がある？　ん？　また、前の知識か。不意に頭に浮かぶと、口に出してしまいそうになるから気を付けないと。

米の炊きあがる匂いが調理場に広がる。何だかこの匂いってホッとするんだよね。鍋の蓋を持って、ちょこっとお祈り。態度に出すと周りが引くみたいだから、こそっと。上手く炊けていますように。蓋を開けると……。

「良かった。いい具合に炊けています」

「本当だ、おいしそう。だいたいの水の量はわかったけど、いつも一緒の分量なの？」

「いいえ、今日は湿気が高かったので少しだけ減らしました」

「なるほど。あとは何度か繰り返して覚えるしかないわね」

考えごとをしているお姉さんは可愛らしいな。こんな可愛い女性になりたいな。

「さてと、これを～」

「あっ、木の箱に移して少し冷ましてから握りましょう。今の状態では熱すぎます」

一度炊き立てを握ってみたけど、あれはものすごく後悔した。歪なおにぎりが、もっと歪になって形を成していなかったしとにかく熱い！　すっごく熱い！

「その間にソース作っちゃいますね」

「あっ、義父さんから配合の割合を書いた紙を預かっているんだった」

お姉さんから受け取った紙を見る。おにぎりに塗るソースの割合が細かく書かれている。すごいな、私だったら適当に作っちゃいそう。って、みんなにおいしいって思ってもらわなくちゃダメなんだから、ちゃんと作らないと駄目だよね。よしっ！　しっかりと計量しながらソースを作ろう。こんな作り方をするのは初めてだな。

「ソース、出来ました」

しっかり計量しながら作ると、思ったより面倒だったな。

「よし、握ろう！　昨日一個作ってみておもしろかったのよね。ただ、三角にはならなかったけど、今日こそは綺麗な形のおにぎりよ！」

お姉さんがぐっと拳を握る。

「強く握っては駄目ですよ」

確か昨日お姉さんは、思いっきり力を込めて作ってしまい失敗していたよね。早めに注意をしておかないと。

「大丈夫、今日は昨日の様な失敗はしないわ……たぶん」

二人でおにぎりを握っていると、店主さんとドルイドさんと奥さんが調理場に顔を出す。

「焼く為の準備は整ったけど、何か手伝おうか？」

ドルイドさんが私の隣にきて、おにぎりを見る。

「お姉さん、もっと優しく握らないと」

「う〜、わかっているんだけど、ついつい力が入ってしまって」

何度か注意しても、すぐにぐっと握ってしまうみたいだ。見かけによらず、握力が強い。細い手をしているのにな。お姉さんって何だか不思議な存在だ。

「出来ました」

頑張った。というか、あと少しで第二弾の米が炊ける。あちらも頑張らないとな。

「アイビー、水の分量だが、これでいいと思うか？」

店主さんが持ってきた紙を確認する。炊く時の米の量と水の量が書かれてある。

「はい、大丈夫です」

ドルイドさんが器用に、バナの木箱を三箱積み上げて焼く場所まで移動してくれる。

「ありがとうございます」

「いいよ、さて頑張って焼きますか」

「あ～、私がソースを塗っていくわね」

「シリーラ、つまみ食いは駄目よ」

奥さんがソースを塗る為の刷毛（はけ）を持って来てくれた。つまみ食いって、そんな事しそうにないけどな。

「大丈夫よ。つまみ食いなんてせずにガッツリ食べる予定だから」

本当に見かけってあてにならないよね。

「それは駄目でしょう」

「あっ、一番下の箱にお姉さん用が」

「えっ？　……あぁ、握り込んでしまった奴ね」

そう、最初の数個、やはり力を込めすぎたのかかなりギュッと強く握られている。さすがに、それを出すのは駄目だろうと話していたのだ。なのでお姉さん用。

「焼きおにぎり、焼きおにぎり！」

おにぎりにソースを塗っていると、隣からかなりご機嫌なお姉さんの歌声が。視線を向けると、うれしそうに固めのおにぎりにソースを塗って既に焼き始めている。匂ってくる香ばしい香り。あ～、私も食べたいかも。

185話　ありえない忙しさ

「米、炊いてきます！」

おかしいな。どうしてこんなに忙しいんだ！　みんな、米への拒絶反応は何処へ行ったの？　慌ただしさに混乱気味の頭で色々考えながら、売り場から奥の調理場へ急ぐ。調理場に戻ると、新たに米を炊く準備をする。その隣では四つのお鍋が米を炊いている最中だ。その中の二つは、あと少しで完成だ。

「ごめん、ソースがそろそろなくなりそうなんだけど。材料は何処だろう？」

ドルイドさんが、少し慌てた様子で調理場に来る。

「材料はすべてここにあります。材料を記した紙もそこに……そんなに作るんですか？」

ドルイドさんが持ってきた、作ったソースを入れる陶器の壺の大きさを見て、少し驚いてしまう。どう見ても、最初の壺より三倍の大きさがある壺だ。

「材料と紙は、これか。やっぱりこの壺はでかすぎるよな？　でも、これぐらいは必要だろうって、渡されたんだ。俺でも出来るかな？」

随分大量に作るんだな。余ると思うけど。

「大丈夫です。しっかり混ぜてくれればいいだけですから」

「なら片腕でも出来そうだな」

材料を量る準備を始めるドルイドさんを見ながら、炊きあがった米を木箱に入れていく。どんなに急いでいても、炊き立ては駄目。奥さんが急いで握ろうとして、その熱さに驚いていた。団扇を借りておいたので、風を送って粗熱を取っていく。

「すごいですね。こんなに人が集まるとは思いませんでした」

「俺もだよ。最初の客が『こんなエサを売るなんて』と怒鳴ったから、やはり難しいかと思ったんだが。子供たちは、こだわりがないみたいで飛びついたもんな」

「はい。いい匂いって集まってきて、米だと聞いてもまったく躊躇なく値段を見て安いってすぐに買ってくれましたから」

「そうそう。そのあと店の前でうまいって大騒ぎ。俺一瞬父さんが頼んだのかと慌てたよ」

子供たちの口に合ったのか、子供たちは違う子供たちを呼んで一時店の前にはかなりの子供たちが集まっていた。どんどん注文するものだから、焼くのが大変で。店番をしていた奥さんまで呼びに行ったんだよね。店主さんも店の前で対応してくれたっけ。子供たちが、親にも話したようで最初は米という事で恐る恐るだったけど食べたら気に入ってくれて。そうしたら次々と米が売れていくから、今度は店番の人手が足りなくて一番上のお兄さんも参加する事になった。紹介はされたけど、緊張した。

粗熱が取れた様なので、次は移動。ちょっと重いけど、大丈夫かな？

「手伝うよ」

「えっ？」

後ろから聞こえた声に視線を向けると、先ほど紹介されたドルイドさんの一番上のお兄さんドルウカさん。

「これを持っていけばいいのかな？」

「はい。ありがとうございます」

「いや。……ドルイド、ソースが出来たら急いで持って来てほしいと父さんが言っていた」

「あっ、あぁ、了解しました」

ドルイドさん、緊張しすぎ！

「ドルイドさん、出来ました？」

「えっ、あ～と、あとは混ぜるだけかな」

「しっかり混ぜてくださいね。塩と砂糖が溶けないと味が変わるので」

「わかった。というか、これ、やっぱり多いよぉ」

「そうですよね？」

入れ物は、一〇リットルぐらい入る蓋つきの壺だ。作った量を見て二人で首を傾げる。どう見ても多すぎる。何かするつもりだろうか？

「『こめ』を購入した奴……客が焼きおにぎりのソースがほしいって頼み込んでいたんだよ。たぶんその対応をする為じゃないかな」

「売るんですか？」

あれ？　まだソースの評価がギルドから出ていないから、売れない筈だけど。何処かに同じ様な分量のソースがないか、ギルドで厳しく調べられるのだ。そして不具合がなかったら、問題なしとして売る許可が下りる。それまでは確か売る事は禁止されていた筈。

「売るのではなく『こめ』の付属品として渡すのかもしれないな」

ドルイドさんの言葉に首を傾げる。付属品。そういえば、買いに行った物にプレゼントがついている事がある。あれかな？

「プレゼントですか？」

「『ぷれぜんと？』」

あっ、やってしまった。気を抜くとすぐに言ってしまう。あれ？　でも、占い師は確かプレゼントって……？

「贈り物の事です」

「あぁ、プレゼントか。馴染みがないから忘れていたよ」

あれ、知っているみたい。

「俺たちは贈り物と言うほうが多いから、何となく違和感を覚えるな」

「そうだな」

そうなんだ。あっ、ドルイドさん普通にお兄さんと話せるようになってる。良かった。

それにしても、プレゼントという言葉はあるのか。前世の言葉の中でどれが駄目で、どれが大丈夫なのかさっぱりわからないな。

「待たせているので、戻りましょうか」

「そうだな、いい加減怒鳴り込んできそうだ」

いやいや、そんな人はいないと思うけど。お姉さんがちらつくけど、今は忙しい筈だし。

「お待たせしました！」

「ごめん、握ってくれる？　余裕なくて、ごめんね」

お姉さんの言葉に、店の前の客を確認するとかなり並んでいる。しかも、先ほどまでは見られなかったちょっと年配の人の姿もある。どうやら、エサという抵抗感より興味のほうが勝ったようだ。

これなら、米が馴染むのも早いかもしれないな。一度食べてしまえばこちらのモノだ。

「握っていきますね」

木箱の中を確認したが、残りのおにぎりはかなり少ない。間に合って良かった。数をこなしてきたからか、おにぎりの形が安定してきた。握る時の力加減も完璧だ。ただ……握る数が多いよ！

「お疲れ様～。アイビー、疲れたでしょう？」

「はい。さすがに疲れました」

「休憩部屋があるから、そこでゆっくりしてて。ごめんね、休憩を挟めなくて」

「ありがとうございます」

どうやら『珍しくておいしい』という噂が町に流れたようで、次々と客が集まってしまった。その為、お昼頃から夕方まで客足が途絶える事がなく、休憩も挟めなかったのだ。

「はい。水分補給」

ドルイドさんが飲み物を持って来てくれた。店主さんと奥さんはあと片付けをしている。手伝いたいが、体が動かない。本当に疲れ切ってしまったようだ。

「大丈夫か？　最後ふらふらしていたけど」

「大丈夫です」

何度か休憩していいよと言われたが、さすがに客の多さに遠慮した。でも、みんなはさすがだな。あれだけ忙しかったのに、まだまだ余裕があるように見える。

「はぁ～、疲れた」

隣に座ったドルイドさんを見る。かなり疲れた表情だ。

「腕を失ってから鍛えてなかったからな、体が鈍っているみたいだ。旅に出る前に鍛え直さないと」

どうやら、ドルイドさんは私寄りみたいだ。ちょっとうれしい。

「疲れ組ですね」

「疲れ組？　あぁ、父さんたちはまだまだいける組？」

ドルイドさんがおもしろそうな表情をして言う。

「はい。まだ余裕そうに見えるので。私は限界です、残念ながら」

「途中で休憩もなかったからしかたない」

あれだけ忙しいのに休憩とか無理。気になって休憩出来ない。

「それにしても、朝組んだ予定はまったく意味がなかったな」

隣から聞こえてきた言葉に笑ってしまう。朝、お店を開く前に店主さんとドルイドさんが予定を組んでいたのだ。米が受け入れられなかった場合の対処方法を。とりあえず一口食べてもらう事が重要だと、ある程度、無料で配る予定にしていたのだ。それを聞いた奥さんとお姉さんは、「大丈夫よ、問題ないわ」と笑っていたけれど。その自信は何処からくるんだと店主さんが首を捻っていた。最終的な話し合いで、客足を見て作る事にしたのだが、作らなくて良かった。

「奥さんとお姉さんの言うとおりでしたね？」

「確かに。あぁ、そうだ昨日あたりから食べ物がなくなるという噂があったらしい、その影響も関係しているかもな」

お店から商品がなくなれば、気付くよね。でも、米は大量にあると言っていたから、その不安は少し緩和される筈だ。

「お疲れさま〜！　もう、最高！」

売り場と調理場の真ん中にある休憩場所に、機嫌よくお姉さんがやって来る。何かいい事があったみたいだ。先ほどまであった疲れが今は見られない。

「どうかしましたか？　お姉さん」

「聞いて～、一番買いだめした屑の家の者が、米を買いにきたわ。ざまーみろって感じ」

疲れでちょっと黒さが増してしまっているのかな。うん、きっとそうだ。

「義姉さんの黒さに、慣れてきている自分がちょっと嫌だな」

ドルイドさんの小さな声に、つい頷いてしまった。慣れって怖い。

186話　広まった！

「夕飯、本当に食べていかないの？」

「はい、すみません。おかず、ありがとうございます」

夕飯を一緒に食べようと誘われたのだが、ソラとフレムの事がある為断った。朝から今までずっとバッグの中なのだ。上から覗いた時は、二匹とも問題なかったが早く外に出してあげたい。それにお腹が空いている筈だ。

「おかず、足りるかしら？」

奥さんの言葉に、持っている木箱を見る。そのずっしりとしている重さから、食べ切れない量のおかずが予想出来る。

「大丈夫です。これだけあれば十分です」

「本当に？　まだあるんだけど」

「いえ、本当に大丈夫ですから」

おかずの木箱の他におにぎりの木箱まであるのだ。それはドルイドさんが持ってくれている。どれだけ入っているのか、ちょっと重そうに持っている姿から中身を確かめるのが恐ろしい。

「今日は悪かったな。あんなに忙しくなるとは思わなかった。今日の給料は明日でいいか？」

「はい」

今日は予想外の忙しさにみんな疲れた表情だ。明日に回しても問題ないものは明日で十分だ。

「ドルイドさん、いいんですか？」

「あぁ、アイビーと一緒に広場に戻るよ」

ドルイドさんも夕飯に誘われていたのだが、私と一緒に広場に戻る事に決めたようだ。関係は改善されているようだから、一緒に食べていってもいいのだけど。……荷物はちょっとお願いするかもしれないが。

「二人とも、気を付けてね。また明日」

家の用事でお兄さんとお姉さんはいない。なので店主さんと奥さんに見送られながら広場に戻る。

「ソラたち、大丈夫だったか？」

ドルイドさんが、ソラたちが入っているバッグを見る。

「はい。上から様子を見る限りでは問題ないようです」

「そうか、良かった」

ずっと放置していたから心配していたようだ。ドルイドさんは、もしかしたらかなりの心配性かもしれないな。

「おっ、ドルイド君か、うまかったよ」

「えっ、ありがとうございます」

広場に戻っていると、年配の男性に声をかけられる。男性は言うだけ言って、すぐに何処かへ行ってしまったが。

「何々でしょうか？」

「たぶん、焼きおにぎりの感想だと思う」

あぁ、なるほど。わざわざ声をかけるなんて珍しいな……って思ったけど、声をかける人は結構多いようだ。ドルイドさんがその都度、挨拶とお礼を言っている。

「大丈夫ですか？」

「あぁ、大丈夫。しかし本当にたった一日で随分と広まったんだな。それがすごいよ」

確かに、声をかけてくる人たちの年齢層は幅広い。世代関係なく受け入れられたようだ。

「明日も、すごいんでしょうか？」

「あぁ、数日は続く可能性があるな。ただ、それほど長くは続かないだろう。目的は『こめ』を広める事だから」

確かに、米の抵抗感をなくす為に考えたのが焼きおにぎりだ。その目的はほぼ達成したと言っても問題ないほど、町の人たちは抵抗なく焼きおにぎりを食べていた。戸惑った人もいたが、おいしいの前にはそれもどうでもよくなったようだ。米も調子よく売れていたな。

「アイビーっていい商売人になれると思うよ」

「えっ？　何ですか？」

「人を惹きつける物を考えるのが上手だから」

そうだろうか？　前の私の知識を駆使しているからちょっと卑怯な気もするが。

広場に戻ると、米の炊ける匂いがあちらこちらからしてくる。それに二人で笑ってしまう。さっそく、食べてくれているらしい。

テントに戻り、ソラとフレムをバッグから出す。

「ごめんね。今日は放置してしまって」

二匹がプルプルと揺れている。良かった、怒っていないようだ。こちらが何をしていたか気付いているのかもしれないな。

「ポーション、置いとくね」

いつもより、ちょっと多めに並べておこう。食べだした二匹をしばらく眺める。食べ方もいつも通りだし、本当に大丈夫だったようだ。

「ご飯食べてくるね」

声をかけてからテントを出る。

「ありがとうございます」

「広げるだけだから」

テントから出ると、お隣からまたまた机を借りてきて、もらってきた夕飯を広げているドルイドさん。おすそ分けをしようかと隣を見るが、どうやらいないみたいだ。何度か無断で机を借りているので、しっかりお礼がしたいのだけど。

「食べようか」

「あっ、お茶を用意しますね」

調理場所でお湯を沸かしお茶を用意する。近くではご飯が炊かれているようで匂いがする。それに顔がにやける。まさかたった一日でここまで効果が出るとは。何だかおもしろいな。

「お待たせしました」

「ありがとう。それにしても母さんはいったい何人前を持たせたんだ？」

やはり木箱に詰められたおかずもおにぎりも大量。どう見ても二人分ではない。

「よぅ、成功したみたいだな」

「えっ、師匠さん、いい所に。一緒にどうですか？」

疲れた表情で師匠がこちらに歩いて来る。私が指す方向を見て、おっと顔を輝かせた。

「旨そうだな。いいのか？　俺が食べても足りるか？」

三人で木箱を見るが、どう見ても三人で食べても十分に余る量だ。というか、食べていってほしい。さすがに量が多すぎる。

「師匠、どうぞ」

ドルイドさんが椅子を用意する。もちろんお隣の方から借りている椅子だ。やはり一度しっかりとお礼をしなければ、駄目だろう。

「随分と疲れていますね。大丈夫ですか？」

「あぁ、冒険者が集まったのはいいんだが、今回の凶暴化を抑える方法がしっかりと検証された情報ではないからな。まぁその事で色々とあるわけよ」

確かに、確実な情報ではない。過去の文献を読んで導き出した答えだ。間違っている可能性もある。冒険者たちが騒がしくなる理由もわかるな。

「そういや、商業ギルドの奴らが喜んでいたぞ。食料問題に目途がついたってな」

そういえば店主さんが、商業ギルドからお願いされていたんだった。成功して良かった。

「もう少し抵抗があるかと思いましたが、意外になかったですね」

ドルイドさんがおにぎりを食べる。そのおにぎりには、しっかりと味が染み込んでいる。米本来の味では、濃い味に慣れきっている人には物足りなさがどうしてもある。なので米を炊く時に味を付けたのだ。香ばしいかおりが強くなって、かなりドルイドさんの家族には好評だった。中に具を入れているのもいいらしい。

「これ、うまいな」

師匠さんもどうやら気に入ってくれたらしい。そういえば、師匠さんの米に対する拒絶反応が減っている。慣れたんだろうか？

「米、大丈夫なんですか」

「あぁ、自分でも意外だが、平気だ」

やはり一度食べておいしいと感じると、抵抗感がなくなるみたいだな。

「どうしてあんなに拒絶したんですか？」

ずっと疑問だった。確かにエサと言われている物なので、ちょっと困惑する事はあるだろうが完全に拒絶だった。

「教会だな。昔、『こめ』は人の食べる物ではないと宣言した事があるんだ」

教会？　教会がそんな事を？　随分と不思議な事をしているんだな。

「教会か……余計な事をよくするよな」

ドルイドさんの言葉に驚く。何だか、いつもより低い声で硬さがあった。もしかしたら、何か嫌な事でもあったのだろうか？　私は……まぁ、いい思い出はないな。

187話　上に立つ素質

大量にあったおにぎりとおかずはかなり減ったが、やはり残ってしまった。奥さんは二人分だと言っていたけれど……。三人でかなりの量を消費したが、余裕であと一人前はありそうだ。とりあえず、おにぎりとおかずを一つの木箱に詰め直し、時間停止がしっかり出来るマジックバッグへと入れる。これで明日も、安心して食べる事が出来る。

「はぁ～、朝から何も食っていなかったから助かったよ」

師匠さんが、お腹をさすりながらお茶を飲む。何だかものすごく寛いでいるなぁ。

「森へ行く日程は決まったんですか？」

ドルイドさんの質問に、一度頷く師匠さん。

「まぁな、あぁそうだ。ギルドに、俺の時代に活躍していた冒険者どもが集まっているからおもしろいぞ」

俺の時代？　そういえば、ドルイドさんが『師匠さんは、当時の仲間に声をかけているだろう』と予測していた。本当に集まってくれたのか、すごいな。

「この町に無事、到着出来たのですか？　相当強い者が集まったんですね」

グルバルが暴れている森を通って来たんだもんね。すごい。

「あいつらは俺より下だ。とはいえ、グルバルが凶暴化したぐらいだったらチームワークさえしっかりしていれば突破は出来る。まぁ、倒すとなると難しいが」

そうなんだ。この町の上位冒険者が倒されたから、誰もこの町へ来る事は出来ないと考えていた。

師匠さんの様な強い人でないと。

「町の冒険者どもが死んだのは、自業自得の面が強いな」

「えっ？　自業自得ですか？」

ドルイドさんも首を傾げているので知らないようだ。

「何かあったんですか？」

ドルイドさんの言葉に師匠さんが大きく肩をすくめる。

「あの馬鹿ども、今回の件を甘く見たんだよ。道中、主導権争いを繰り広げていたらしい。まったく、何を考えているんだか」

「…………」

それは確かに、自業自得の面があるかも。

「しっかり、自分のやるべき事をしていれば逃げる事は出来ただろう。馬鹿な考えを起こして、手柄を立てて出し抜こうとさえしなければな」

「今まで引っ張ってきていた上位冒険者が、人さらいの組織に加担していた事が発覚して急にいなくなりましたから、欲が出たんでしょう」

欲を出すのはいい事だと思う、向上心にもつながる。でも、それも時と場合によるだろう。亡くなってしまったので可哀想だが、彼らの失敗で被害が大きくなる可能性がある。まず、何を優先するかを考えるべきだ。

「集まった冒険者の中にも、上に立ちたいと思っている奴らが混じっていてな。これが暴走すると厄介だ。どうしたものか」

森の奥へ行くならチームワークが大切だろう。それを乱されたら、危険度が上がる。

「目に余る者がいるなら、外したらどうですか？」

「さすがに人数が足りなくなる。色々と人手が必要だからな」

上に立ちたいと思っている人がいる。それも数名。どうやったら落ち着かせる事が出来るのか？　順番に上に立ってもらって、仕事をしてもらいどれだけ大変かを身を以て実感させる？　上手くこなせる人がいるなら、そのまま上にいてもらえばいいのだし……。あれ？　上に立つ人は何をするんだろう？　ボロルダさんみたいに、討伐隊が組まれた時のリーダーとか？

「あの、上に立つ人とは討伐隊のリーダーの事ですか？」

「それも含まれるが、それだけじゃない。ギルマスの片腕と言われ、冒険者を身近で見て判断する役目もある。それに伴い、ある程度の権限ももらえる」

そんなに重要な立場になるのか。軽く決めていい事ではないな。どんな人が上に立てば、みんな納得するんだろう？

「あの、上に立つ人の最低条件って何ですか？」

ある程度これでふるい落とせるのでは？

「条件か……絶対に必要なのは強さだな、あと人を導く力も必要となる。引っ張る力は必要だが、周りが見えない独裁者は駄目だ。あと、今何が必要で不必要かを判断出来る頭も必要だな。やるべき事を間違うと、仲間の命にも関わってくる」

ドルイドさんの話を聞く限り、とりあえず強さが重要。そして人を導く力……これは難しいだろうな。それにその立場になってから、力を付ける人もいる。あとは引っ張る力か、でも独裁者では駄目。それと、必要な事を判断出来る頭。……何気にこれが一番重要かも、命も関わってくるし。

「アイビー、何かいい方法がありそうか？　とりあえず、なりたい奴全員に回してみるかって提案が出たんだが、さすがに今回は危険すぎるからな。却下された」

あっ、一緒の事を考えた！　でも駄目なのか、残念。条件の中で、わかりやすくふるい落とせるのは強さかな。強さ、強さか～。あっ、強さなら……。

「殴り合いで、一番強い人を決めたらどうでしょう」

これならわかりやすい！

「……まさかの方法が出てきたな」

師匠さんが驚いた表情で私を見る。あれ？

「アイビー、さすがにそれは駄目だろう」

ドルイドさんも、驚いた表情をしている。えっと、駄目？

「えっと、強さが必要みたいだったので。時間もないし、だったら手っ取り早く殴り合いである程度の人をふるい落としたらって思って。そうしたら無謀な事をする人は減るかと……駄目ですか？」

語尾がどんどん小さくなる。う～、やはりちょっと過激すぎたか。

「怪我人が出ると人手が足りなくなる可能性があるからな。手加減なんてしないだろうし」

ドルイドさんの言うとおりだ、人手が足りない時に怪我などとんでもない事だ。

「すみません、怪我の事を考えていませんでした、確かに今は駄目ですね」

「アイビー、今っていうか……」

ん？　あぁそっか、時間がある時ならもっと他の方法を採るか。わざわざ殴り合いなんてしないよね。

「ハハハ、すみません。殴り合いはなしで」

「アイビーはおもしろいな～」

師匠さんを喜ばせてしまった。

「しかし殴り合いか、手っ取り早く強さだけを見るならいいかもな」

「師匠、駄目ですよ」

「わかってるよ。今、そんな事をしようとする奴がいたら、それこそ上に立つ素質なしだ」

う～、実行しようとした私は、上に立つ素質はないらしい。まぁ、ものすごく大変そうなので考える事もないが。

「「あっ！」」

ん？　なぜか師匠さんとドルイドさんが驚きの声を同時にあげた。何かいい案でも浮かんだんだろうか？

「アイビー、それだ。それっ！」

「本当にアイビーはおもしろいっ！」

……それって何？　どうしておもしろいの？　困惑している私の様子には気付かず、何か重要な事でも話す様に声のトーンを抑えて二人が話し出す。

「殴り合い、採用するんですね」

えっ！　でも怪我をする可能性があるからダメだって。

「あぁ、参加希望者を募る。で、参加を表明した奴は全員資格なしだ」

どういう事？　参加希望者を募るのに、参加希望を出したら資格なし？　えっと、殴り合いでは怪我をする可能性がある……参加者は怪我をするかもしれない……。あっ、今必要な事と不必要な事が判断出来るかどうかを調べるのか。怪我をする可能性がある殴り合いに参加するなんて、人手が足りない今は特に駄目だ。それなのに自分の欲を満たす為に参加しようとする。確かに、こんな人に命は預けられないな。

「この方法なら、間違った事に簡単に手を出す者が区別出来ますね。それと、ギルマスや団長が間違った事をしようとしたら、それについて意見を言う事が出来るかどうかも調べられる」

何だか、他にもいい点があるようだ。

「アイビー、ありがとうな。殴り合い、使わせてもらうがいいか？」

「もちろんです。頑張ってくださいね」

二人につられて小声で話す。というか、別に殴り合いの事で私に許可を取る必要はないのだけど。

「明日は楽しい事になりそうだな」

「……師匠、やりすぎは駄目ですよ」

ドルイドさんの言葉に師匠さんを見ると、ものすごい良い笑顔。これは絶対に何かやりそうだ。

「大丈夫だ。まぁ、騒ぐ奴はちょっと黙らせる予定だが」

何とも言えない笑顔を見せる師匠さん。ドルイドさんが大きな溜め息をついた。どうやら諦めたらしい。確かに、今の師匠さんは止められる気がしないな。

188話　ドルイドさんの発表

「おはようございます」

お店の扉を開けて挨拶をする。さて、今日もがんばろう。

「おはようアイビー」

ドルイドさんが笑顔で迎えてくれる。……えっ？

「師匠さんのお手伝いに行ったのではないのですか？」

「えっ？　いや、行ってないよ。朝方ギルマスには師匠がしようとしている事は伝えたけど」

そうなのか。今日はドルイドさんがいないから、昨日より忙しくなると思って覚悟してきたが、いてくれて良かった。覚悟はしたが、正直不安だったのだ。

「良かったです。昨日のように忙しかったらどうしようかと不安だったので」

「さすがに昨日の状態を知っているからな、途中で投げ出したりはしないよ」

ドルイドさんの性格だったらそうだな。やるべき事をしっかりとやる人だ。

「あっ」

聞きなれない声に、視線を向けると問題児のドルガスさんが奥から出てきた。言えた！　初めてだ、ドルガスさんの名前を一発で思い出せたのは。心で喜んでいるけど、私の周りの空気が重いです。朝のさわやかな空気は何処へ行ってしまったのだろう。

「あら、おはよう」

奥さんが、奥から大きな袋を持って店に顔を出した。

「おはようございます」

「ドルイド、今日も悪いわね。ドルガス、手伝わないなら家に籠もるか出ていくかしてちょうだい。邪魔だから」

……この何とも言えない重い空気を一切気にせず、笑顔で邪魔と言える奥さん、容赦がない。お姉さんだけではなかったようだ。

「母さん！」

「昨日も言ったでしょ？　あなたの我がままに付き合う人はもういないって。いい加減成長しなさい」

えっと、この場所から離れたほうがいいよね？　でも、奥さんたち二人が立っている場所は奥へ行く通路の入り口。店の外へ出ていこうかな？　ドルイドさんを見る。あっ、ものすごく困ってる。一生懸命、普通を装おうとしているけど、頬が痙攣してる。

「……何でだよ」

ドルガスさんが力なく項垂れる。

「みんな、色んなつらい経験をして成長していくの。星が消えた事がドルガスにとってつらい事だったのは知ってる。でも、健康な体があって、支えてくれる家族がいる。これがどれだけ恵まれているか、ちゃんと考えなさいと何度も言ってきたわよね？　今度こそ本当にちゃんと考えなさい」

ドルガスさんは、怒りを見せる事なくスッと奥へと帰っていく。おそらく家のほうへ戻ったのだろう。

「ごめんなさいね。変な所を見せちゃって」

「いえ」

私が知っているドルガスさんと、今最後に見た彼は違った。いい方向へ転んでくれればいいけれど。

「ドルイドも、嫌な思いしたでしょ？」

嫌な思いという言葉に首を傾げる。先ほど見たドルイドさんの表情は、移動出来ない事への困惑だけだった。

「大丈夫だよ、母さん。俺も成長してるから」

「えっ？　そう。そうね。ふふふ、アイビーのお蔭なのかしら？」

えっ？　私？　いや、私は何もしていないですが。

「あぁ、アイビーのお蔭。そうだ、母さんには先に言っておくよ」

「どうしたの？」

「アイビーと旅をしようと思っているんだ。って少し違うな。アイビーの旅に同行させてもらおうと思っているんだ。色々な世界をアイビーと一緒に見たいと思って」

あれ？　私が旅に一緒に来てくださいってお願いしたんだよね？　ドルイドさんの言い方、ちょっと違う様な？

「あら、そうなの？　アイビー、いいの？　片腕だから邪魔にならない？」

だから奥さん、容赦がないです。

「問題ないです。というか、私が一緒に来てくださいってお願いしたので」

「そうなの？　まぁ、ドルイドでいいならしっかりこき使ってちょうだい」

「いや、それはちょっと……」

えっと、こき使う為に一緒に行こうと言ったわけではないのだけど。奥さんは機嫌良く、仕事を終わらせて奥へ戻って行く。

「アイビーには本当に感謝している」

「えっ？」

驚いてドルイドさんを見ると、真剣な表情で私をじっと見ている事に気がつく。いつもと違う、その雰囲気に緊張感が走る、

「アイビーが幸香を見つけてくれたおかげで、今回のすべての原因が依頼主という事が決定した。だから、依頼失敗の借金も奴隷落ちも回避出来た。ありがとう」

そうだったのか、良かった。

「それと、ちゃんと返事していなかったよな。旅のお供に選んでくれてありがとう、よろしく」

返事、まだだったかな？　この間『旅に行く前に体力を付けないと』と言っていたから一緒に行ってくれるものだと思い込んでいた。

「こちらこそ、よろしくお願いします」

頭を下げると、ドルイドさんも軽く頭を下げてくれる。何だか、畏まって挨拶すると照れるな。

「『こめ』の件とグルバルの件が落ち着いたら、一緒に旅に必要な物を用意するか？」

「はい。楽しみです」

「その為には、今日を乗り切らないとな」

そうだった。旅のお供はドルイドさんで決定だけど、とりあえず今日を頑張らないと！


「お疲れ様」

昨日同様、休憩場所でぐったりとしているとドルイドさんが飲み物を持って来てくれた。

「お疲れ様です。すごかったですね」

昨日の今日で、どれくらいの人が来てくれるのかと少し不安だった。前日に来た人は、もう来ないだろうと思ったからだ。だが、お店を開けると一番最初に飛び込んできたのは、前日お店の前でおいしいと騒いだ子供たち。しかも新しい子供たちを連れて来てくれたようで、昨日以上に忙しかった。子供たちが一段落すると親たちが集まりだして、少し前までまったく客が途切れなかったのだ。

「あぁ、予想以上だった」

「はい」

連日の慌ただしさで、体がそろそろ限界を訴えてきている。足がガクガクだ。……無事に広場に戻れるかな？

「お～、いたいた。これ、昨日と今日の給料だ。助かったよ本当に。まさかこんなに忙しくなるとは思わなかったからな。本当にアイビーとドルイドがいてくれて助かった。ありがとう」

そういって、私とドルイドさんにそれぞれ紙を差し出した。何だろうと不思議に思い見ていると、隣でドルイドさんが紙を受け取っている。なので、私も慌てて受け取る。紙には店主さんのお店と名前、それと金額が書かれてある。もしかして給料？　店主さんは忙しいのか、紙を渡すと店の奥へと戻ってしまった。

「あのドルイドさん、これが給料ですか？」

「初めて？」

給料という形でもらうのは初めてだ。

「はい、初めてです」

「そうか、これをギルドに持って行くとお金に換えてもらえるんだ」

「そうなんですか、すごいですね」

「口座に直接入れてほしいという希望も聞いてくれるから」

あっ、それはうれしい。それにしても、紙には五ギダルと書かれている。

「ドルイドさん、多くないですか？」

「いや、お店の忙しさから考えたらこれぐらいだろう。もっとほしい場合は交渉してもいいぞ」

「いえいえっ！」

ドルイドさんの言葉に慌てて否定する。

「ハハハ」

どうやらからかわれたようだ。まったく。

「あっ、いたいた。今日は夕飯を一緒に食べられるのかな？」

お姉さんが休憩場所に顔を出す。

「すみません。落ち着いたら広場に戻ります」

ソラとフレムをバッグから出してあげたい。

「え～、そうなの？　残念。よし、昨日のように木箱に夕飯を詰めておくわね」

「あっ！　量を少なめでお願いします。昨日のおかずもまだ残っているので」

朝、残りをいただいたがまだ十分残っている。

「アイビー、しっかり食べないと駄目よ」

しっかりって、さすがにお腹が空いていても二人前とか無理ですから！

189話　誰も残らなかった？

「ドルイドさん」

「ん？」

「私、少なめでお願いした記憶があるのですが……」

「ハハハ」

私が持っている木箱とドルイドさんが持っている木箱。それだけだったら昨日と同じなのだが、彼が持っている木箱、どう見ても昨日より少しだけ大きい様な気がする。広場に戻る時に渡された木箱を見て驚いていると、奥さんから『遠慮なんてしなくていいの。体力を付けないと旅はつらいわよ』と言われた。

「あ～、義姉さんはたぶん伝えてくれたと思うよ。ただ、母さんには遠慮だと思われたみたいだけど」

なるほど、結果昨日より大きな木箱になったのか。

おいしいので、沢山もらえるとうれしいが『いいのかな?』と少し不安になる。それにしても、正規版のマジックバッグがあって良かった。暑い季節の今、食べ物には最大の注意が必要だ。バッグをくれた方たちには本当に感謝だ。

広場に戻りテントの中でソラとフレムを出す。

「今日もごめんね。でも、今日までだから。明日は森へ行こうか?」

二匹はうれしそうにプルプルと揺れてくれた。

米が思ったより早く浸透したので、これ以上は必要ないと今日のお昼頃店主さんが決定を下した。その後『本日最終』と看板を出したら、噂が広まったのか人が押し寄せ大忙し。米を売っていたお店のほうも、米がなくなると勘違いした人たちが店に集まり大混乱。店主さんが慌てて、「いつでも『こめ』は購入出来ます」と新しく看板を出して何とか落ち着いたようだ。噂ってすごいな～と、感じる一日だった。

「ポーション置いておくね。どうぞ。う～、腕がいたい」

おにぎりの握りすぎだ、動かすと鈍い痛みが……。バッグから出して並べたポーションを食べていくソラとフレム。少し様子を見るが二匹とも問題なし。眠いな～。二匹の食べているところをじっと見ていると、相当疲れているのか瞼が落ちてくる。

ぐっぐ～……。

「あっ……」

お腹から、とても大きな音がテントに響いた。ソラとフレムだけだが、ちょっと恥ずかしい。

お腹の音ってこんなに大きくなるんだ。テントの中で良かった。

「えっと、ご飯食べてくるね。行ってきます」

「お待たせしました……あっ。師匠さん、ギルマスさん」

テントを出ると、見た事のない机と椅子が用意されていた。机の上には持って帰って来た木箱の蓋が開いた状態で置いてある。やはり随分と量があるようだ。師匠さんたちが来てくれて良かった。

三人を見ると癖のある笑顔だが、少し疲れた表情の師匠さんと、あきれた表情のドルイドさん。そして、大丈夫なのかと心配になるほど疲れ切っているギルマスさん。何があったんだろう。

「お待たせしました。えっと、この机と椅子は……」

まずは、簡単に聞ける事から解決していこうかな。

「余っていた物を持ってきた。やるよ。これいいぞ、マジックアイテムで小さく出来るから」

ん？　聞き間違いかな？　マジックアイテムの机と椅子なのに『やるよ』と聞こえた。気のせいだよね、かなり高そうな物だし。

「アイビー、良かったな。師匠が持っていた物だから間違いなしだ」

ドルイドさんの笑顔で、ようやく実感する。どう見ても、かなり高額のマジックアイテムをくれるらしい。

「いえ、師匠さん。さすがにこれは高すぎます」

「いいの、いいの。同じ物をあと二つ持ってるから気にするな。今日のお礼だ」

今日のお礼って『殴り合い作戦』の事かな？　どうなったか気になるが、ギルマスさんの状態を見ていると聞きづらい。それにしても、いいのかな？　かなり高額の値がつくマジックアイテムだと思うけど。

「これこれ、この机のおすすめの所だ」

師匠さんが指す方向を見ると、見た事があるマジックアイテムが机に埋まっている。これ、周りに声を聞こえなくさせるマジックアイテムだ。あれ？　これもしかしてレア物？

「師匠さん！」

「旅を続けるならアイビーには絶対にこれが必要になる。これから人が多くいる場所へ向かうんだろう？」

あっ、だから師匠さんはこれを選んだのか。でも、これってすごい高いよね。

「アイビー、もらっていいと思うよ。俺も弟子の時色々もらったし」

ドルイドさんは弟子だったから……。でも、私の事を考えて選んでくれたんだよね。

「えっと、ありがとうございます」

「いいの、いいの。気にするな」

うわ～、すごい物をもらってしまった。確かに声を聞こえなくさせるマジックアイテムは、ほしいと思っていた。なのでかなりうれしい。

「さて、食うか」

「はい。いただきます」

四人で食べ進めるが、異様な静けさだ。ドルイドさんもギルマスさんも話す元気がない様子。まぁ、確かにかなり忙しかったからな、ギルマスさんも忙しかったのかな？　それとも何かあったのかな？　……気になる。こういう時は、一番元気そうな……。

「師匠さん、何かありましたか？」

「ん？　いや、問題なく人はふるい落とせたよ。ちょっと予想外な事があったが」

ちょっと予想外な事？

「集まった冒険者どもが痛い奴ばかりだったんだ。まさか全員が登録しに来るとは思わなかった」

あちゃ～。まさかの全員。

「はぁ、ありえないだろう？」

「そうですね。全員はさすがに」

ギルマスさんの疲れた表情は、師匠さんではなく冒険者たちが原因か。

「ドルイドから話を聞いて、これはいい人材を見つけられる機会だと思った。まさか誰一人残らないとは思わなかったからな」

ギルマスさんには、冒険者たちを育てるという重要な仕事があると聞いた。次の世代の上位冒険者であったり、次のギルマス候補だそうだ。大変だよね。

「えっと、お疲れ様です」

これ以外に言葉が出てこないです。

「はぁ、ありがとう」

「えっと、これ、おいしいので食べてください。これも」

とりあえず、お腹が一杯になれば少しは落ち着くかな？　無理かな？

「しかしゴトス、どうするんだ？」

何がだろう？

「あ～、そうなんですよね。上位冒険者がいないのは町として痛い。何とか今いる奴らを育てるしかないんですが……」

そうか、グルバルにやられてしまったから、今この町には上位冒険者がいないんだ。それはかなり不味い状況だと思う。上位冒険者は、町の人たちの安心材料でもある。いないというだけで、不安を感じる人たちもいるぐらいだ。

「旅をしている上位冒険者に声をかけて専属になってもらう方法もあるが、難しいだろうな」

理由があって旅を続けている冒険者も多いと聞いた。なのでそう簡単に専属にはなってくれないだろう。

「どっかから湧いて出てこないかな」

ギルマスさん、それはちょっと怖いです。土の中からにょきにょきと人がでてくる……あっ、これ駄目。出てきた人が、死んでいる気がする。というか、無茶苦茶怖い想像をしてしまった。これって、前の私の記憶が混ざっているのかな？　というか前の私の世界には、死んだ人が復活する様な事があったの？　恐すぎる。

「どうした、アイビー？　顔色が悪いが」

「いえ、大丈夫です」

想像で気分が悪くなるとか、最悪だ。えっと楽しい想像、楽しい想像。

190話　フレムも！

町の門を出て森へ向かう。

「………………疲れたな」

「はい。森に出るだけで、こんなに疲れるとは思いませんでした」

「はぁ。仕事熱心なのはいいんだが」

「すみません。本当の事が言えたら問題なく森へ出られるのでしょうが」

「いや、シエルの事を言ったとしても一緒だと思う。あいつらだからな」

二日ぶりにシエルに会えると喜んでいたのだが、門番の説得に数一〇分掛かった。グルバルの目撃情報が増えているのでしかたないとは思うが、疲れた。ドルイドさんが一緒に来てくれて良かった。私一人だったら絶対に無理だ。あれは突破出来ない。

捨て場に向かいながら、森の様子を確認して行く。二日来ていなかっただけなのに、大きな魔物の痕跡があちこちに増えている。おそらくグルバルの痕跡だろう。みんな同じ様な大きさの爪痕と足跡だ。

「気を付けたほうがいいな。かなり町の近くまで来ている」

「はい……あっ、シエルが来てくれました」

立ち止まって周りを見る。しばらくすると、シエルがふわりと上から降りて来る。

「えっ？」

シエルの頭を撫でながら上を見る。森の中にぽっかりとあいた空間になっている場所だ。つまり上に木はない。

「「…………」」

「ドルイドさん、アダンダラって飛べるのですか？」

「いや、そんな話は聞いた事がない。もしかしたらあっちの木から飛び降りたのかもしれないな。ここに」

ドルイドさんが指す方を見ると、数一〇メートル離れた場所に大きな木がある。シエルの脚力があれば、ちょっと遠い様な気もするが出来るかもしれない。

「にゃうん」

「あっ、シエルごめんね。おはよう」

「にゃうん」

シエルの視線がスッとドルイドさんの頭の上に向く。つられて見て、固まった。ドルイドさんの上でソラが踊っている。縦運動や横にプルプルとかではなく、踊っている様に見える動きをしている。

「どうした？」

「えっと、ソラが頭の上で踊っています」

「はっ？　いつもの縦の動きとか」

「いえ、縦に動いて左右に揺れて縦に動いてえっと腰？　を捻（ひね）って、ぷるぷる……」

ソラの動きを何とか説明しようとするが、出来ない。そもそもスライムに腰はないだろう。でも下半身と上半身がある様な動きをしている。

「アイビー、いいよ説明しなくて。見た事のない動きをしているって事だろう？」

「はい。初めて見ます。これって進化なんですか？」

「いや、スライムの進化に動きは関係はなかったと思うけど……ただ、ソラだからな」

ソラだからという言葉に納得してしまう。じっとソラを見ていると、シエルがすりっと体をすり寄せてくる。ソラばかり見ていたので、妬いてしまったのかな？

「シエル、ソラがおもしろい事をしているよ。シエルに会えてうれしいって事かな？」

「にゃ？」

シエルのこの鳴き方も可愛い。捨て場へ向かいながら、ここ二日の事をシエルに話す。

「頑張ったんだよ、シエル」

「にゃ～ん」

お～、新しい鳴き方だ。良かったねと言ってくれているようで、うれしい。


捨て場に着いたのだが、数日前と変わらないように見える。森へ出る事を制限されているのでしかたないのかな。とはいえ、元々大きな捨て場。必要な物はある。

「シエル、フレムを見てもらっていていい？」

「にゃうん」

バッグから出したフレムを、木の根元にそっと置く。もう少し起きていようという説得は、私の全敗中。どうやったらフレムの起きている時間は長く出来るのだろう？　難題だ。

捨て場に向かうと、ソラが捨て場で跳ね回っている。随分と捨て場での飛び跳ね方が上手になったものだ。以前はすぐにゴミに埋もれるか、挟まっていたのに。ソラの近くにはドルイドさんがいてくれるので、ソラに何かあっても大丈夫だろう。少し離れた場所でポーションを探していると。

「ぷ～」

ん？　ソラのちょっと異様な声に視線を向けると、ゴミに挟まったソラをドルイドさんが救助していた。……忘れたころに挟まるようだ。

青のポーションと、赤のポーションをバッグに入れていく。空のバッグを持ってきたので大量に持ち帰る事が出来る。ドルイドさんはソラの様子を見ながら、大量の剣をバッグに入れている。ソラは……食事中だ。ソラを確認する度に食べている剣が違うのだけど、いったいどれだけ食べているのだろう。シエルとフレムがいる場所を確認すると……なぜかシエルが捨て場の中にいる。何かあったのかな？

「シエルどうしたの？」
「どうしたんだ？」
「ぷ～？」

シエルの傍に移動すると、じっと何かを見ているシエル。視線を追うと、フレムが何かを食べている。えっと、何を食べているんだろう？　ポーションではないようだ？

「大丈夫か？　あれ、フレム？　珍しい、起きているなんて」
「はい。あの……フレムが石を食べていて」
「石？」

ドルイドさんには見えなかったようだが、フレムは石を食べていた。まさかの石。

「あっ、本当だ」

ドルイドさんが私の横に来て、フレムの食べている物を確認する。石だったら捨て場で拾わなくてもいいのかな？　そういえば、どうして捨て場に石が大量にあるんだろう？

「ドルイドさん、この石って何でこんなにあるんですか？」
「あぁ、これは元は魔石だよ」

「魔石？」

「そう、使い切った魔石は石のようになるんだ」

そういえば、聞いた事があったな。なるほど、これが元魔石なのか。一つを手に取ってよく見てみる。……何処をどう見ても石にしか見えない。

「これは石なんですか？　それとも石とは違うのですか？」

「石ではないかな。その石に魔力を注入すれば、魔石として復活するから」

「えっ、そうなんですか？　だったらどうして捨てているのです？」

再利用出来るのにもったいない。

「魔力を注入するには、濃度の濃い魔力を持っている者が必要なんだ」

濃度の濃い？　そんな魔力を持っている人がいるなんて聞いた事がない。何処にいるんだろう。

「ちなみにその特殊な魔力を持った人物は数百年に一人、産まれるか産まれないかだそうだ」

なるほど、再利用出来るけど、魔力を注入出来ないのか。

「てりゅりゅ～」

フレムの声に視線を向けると、いつもよりちょっと激しく揺れている。

「りゅっりゅ～、りゅ～」

「フレム、大丈夫？？」

「りゅ～」

ちょっと声が大きくなる。さすがに何かおかしい。石を食べて問題が出たのかな？

「りゅっ！……ポン」

フレムの口から何かが飛び出す。見ると、綺麗な緑色した石。フレムは綺麗な石には興味がないらしく、また石になった魔石を食べ始める。

「ドルイドさん」

「あぁ」

今、聞いたばかりだ。使い切って石のようになった魔石に魔力を注入出来る者はかなり珍しいと。フレムが吐き出した物を見る。どう見ても魔石のように見える。

「りゅ～」

フレムの声に肩が跳ねる。また？っと身構えるが、近くに石がなくなった事を不服に思っているらしい。

「あっ、ごめんね。ちょっとまってて」

ドルイドさんと一緒に大量に石を集め、フレムの前に積み上げる。フレムはその石を見てプルプルと楽しそうだ。そしてポーションを食べる勢いで石を消化していく。それを見ながらフレムの口から出て来た緑の石を手に取る。

「ドルイドさん、これって魔石で間違いないですか？」

緑の石をドルイドさんに渡す。彼はじっと何かを確認して。

「間違いなく魔石だな」

えっと、ソラに続きフレムもレアもレアのスライムに進化したようだ。

「りゅっりゅ〜、りゅ〜、りゅ〜。……ポン」

これって、石を食べ続けたら魔石を生み出し続けるのか？　しかも、食べても魔石に変えちゃうから、いつまでたってもお腹一杯にならない様な気がする。

「フレム、そんなに頑張って魔石を生まなくてもいいよ」

出すのを抑えたら、お腹も一杯になるだろう。たぶん。

191話　レア中のレア

やるべき事を終わらせようと、私はポーション。ドルイドさんは剣を拾って、それぞれのバッグを一杯にする。

「ありがとうございます。すみません、手伝ってもらっちゃって」

「手分けしたほうが早いだろ？　それに一緒に旅をするのだから、これからは俺の役割だな」

たしかにドルイドさんがいてくれると早く終わる。それに、一緒に旅をするなら役割は必要になってくる。何だか、本当に一緒に旅をするんだなと、いきなり実感してしまった。

「さて、フレムのもとに戻るか。アイビー、先にどうぞ」

「いえ、ドルイドさんこそ」

お互いに譲りあう理由はポン、ポンと聞こえてきた音のせいだ。いったいいくつの魔石を作り出

したのか、見るのが怖い。ドルイドさんと視線が合って、二人で苦笑い。一緒にフレムのもとへ行く。

「フレムの新しい能力がわかったのは、うれしい。ただレア度が上がったから素直に喜べないな」

ドルイドさんの言葉に頷く。新しい能力というか食べられる物がわかって良かったとは思う。ただ、魔石を作り出すのはどうなんだ？

「しかし魔石を復活させるスライムか、すごいよな」

「ぷっぷぷ～」

「ん？　ソラはポーションを復活させるスライムだな」

「えっ？」

「ソラに空瓶を渡したら、最高級のポーションを詰めてくれたりして」

「ぷ～！」

「「……」」

ドルイドさんは自分で言った言葉に顔を顰める。おそらく何となく言った言葉なんだろうけど、結構重要な事だと気が付いたのだろう。しかもソラが自信ありげに鳴いた様な気がする。

ソラは傷ついた人や魔物を包み込んで、作り出したポーションで治癒している。と、思われる。瀕死の傷まで治癒するポーションをビンに詰める事が出来たら。きっと永遠にマジックバッグの中に封印だろうな。少しでも出回ったら、大騒ぎになる。でも。

「……確かめてみますか？」

ドルイドさんの上にいるソラを見る。うれしそうにプルプル揺れている。

「……そうだな。まぁ、結果はソラの様子でわかる様な気がするが……」

ドルイドさんの言うとおり、ソラの先ほどの鳴き方と今の様子で、瓶に入ったポーションが想像出来てしまう。

「一度、ソラの傷を癒すポーションの品質を調べたいとは、思っていたんです」

私の傷を癒してくれた時に、思った事があった。ただ、ソラがものすごい事をしていると知る前の事だが。今は怖くて知りたくない様な、でも仲間の事だから把握しておきたい様な。

「調べるなら、師匠の仲間が出来た筈だ」

師匠さんの仲間。確か、マルアルさんとえっと……タンバスさんだ。

「ポーションを調べるのに何か資格がいるんですか？」

「鑑定スキルを持っていないと出来ないよ」

あっ、鑑定スキル。確か星が多いほど詳しく調べる事が出来るんだっけ？

「持っているんですか？　すごいですね」

「あぁ、確か星四つだったかな。あっ、ちなみにタンバスさんのほうな」

星四つ！　すごいな。タンバスさんか……あれ？　どんな姿だったのか思い出せないや。ゆっくり歩いていても、フレムの下に付いてしまった。少し前から見えていたので、驚きはしないが……。

フレムの周りのゴミの間に魔石、魔石、魔石。

「ゴミに埋もれそうな大量の魔石なんて初めて見た。というか……」

ドルイドさんがフレムを見て困惑した表情を見せる。私も少し困惑中だ。フレムはおそらく食事中に寝てしまったのだろう。口に石を咥えている。そこまでは、まぁちょっと考えものだがいい。石を口に咥えている為、よだれが……よだれの垂れ方がすごい。

「にゃうん」

シエルのちょっと情けない声。もしかしたら起こしてくれたのかもしれない。

「シエル、フレムを見てくれてありがとう」

「にゃうん」

「フレム、えっと起きようか……無理か」

そっと口に咥えている石を取り除く。くっ……よだれが。どう頑張っても、よだれをよけては通れないらしい。フレムをそっと抱き上げて……、地面とフレムの間でよだれの糸が……。

「ぶっ、くくくく」

「ぷぷぷぷぷ」

ドルイドさんが我慢出来ずに噴きだした。ソラも何だか笑っている雰囲気だ。

「しかたないとは思いますけどね」

「ごめん、ごめん。手伝うよ」

「あの、ソラたちのバッグに布が入っているので取り出してもらえますか？　とりあえず体を拭かないと」

この状態ではバッグに入れる事も出来ない。ドルイドさんから布を受け取り、フレムを綺麗に拭いていく。よだれにフレムが浸かっていなくて良かった。綺麗になったフレムをバッグに入れる。

「さて、このままでは駄目ですよね」

周りに散らばる魔石を見る。何個あるんだろう。ドルイドさんと拾っていく。

「こっちには一二個あった。アイビーは？」

「えっと、一四個です」

最初に作った緑の魔石を合わせると二七個の魔石を作り出したようだ。捨て場を離れ、大きな木の幹に座る。そして持ってきた魔石を広げた布の上にならべる。

「あっ……見たくない物がありますす」

「ハハハ。アイビー、一緒に現実を受け止めよう。しかし綺麗だな」

並べた魔石を見た瞬間、目を引く魔石が二つ見つかる。その理由は透明感。さまざまなゴミの中から拾っていた時は綺麗な魔石があるとは思ったが、ここまで綺麗だとは気つかなかった。

魔石は不純物が多いほど透明感が失われる。そして内包している魔力の量も質も下がる。そんな魔石は日常使いの魔石で、比較的安く手にする事が出来る。逆に不純物が少なく透明感のある魔石は、見るものを魅了すると噂されている。実際、見た瞬間その綺麗さに息を呑んだ。今まで見てきた魔石とあまりに違いすぎるからだ。

「すごいな」

ドルイドさんが手に持って感動している。

「あの」

「ん？　どうしたんだ？」

「その魔石ってものすごいレアですよね？」

「あぁ、ここまで透明感のある魔石なんて初めて見る。レア中のレアだな」

やっぱり。まぁ、わかっていた事だけど。

「ぷ～！」

何となく、沈黙しているとソラがいきなり大きな声を出す。その声にビクリと体が震えた。

「どうしたの？」

ソラを見ると、ちょっと怒っている様子。何で怒っているんだろう？

「ぷ～！」

「もしかして空の瓶を要求しているとか？」

ドルイドさんが言った言葉に、ソラはピョンピョンと跳ねる。……そうらしい。

「あ～、こういうのは早いほうがいいよな。瓶を探してくるよ」

早いほうがいいって何の事だろう？　……不思議に思いドルイドさんを見ていると、捨て場で空瓶を見つけたようだ。そして戻って来ると、飲み水用にと持ってきた水で瓶を綺麗に洗う。

「はい」

洗った瓶をソラの前に出すと、パクリとソラが瓶を食べてしまう。

「……何だ、瓶に詰める事は無理……出来たな」

食事中の時のようにしゅわ～っと泡が出たが、すぐに落ち着いてソラの口から瓶が出てくる。もちろん中身が詰まった状態で。

「すごいっ！」

澄んだ透明感のある青のポーション。しかもちょっと光っている。光るポーションなど見た事も聞いた事もない。

「綺麗ですが、絶対に人前で使えないポーションですよね」

「そうだな、ものすごく目立つだろうな」

ふわりと光るポーションに、透明感に魅了される魔石。現実逃避をしてもいいレベルだと思う。

192話　二日後

「シエル、町の近くに凶暴化した魔物が一杯集まりだしているから気を付けてね。危ない事はしたら駄目だよ？」

アダンダラって戦闘が好きな魔物なんだっけ？　絶対にダメって言うと、シエルにとって負担になるのかな？

「えっと、シエルが絶対に勝てると思うなら、少しは戦闘していいからね。ただし、危ないかなって時は駄目だよ」

「にゃうん」

他に言っておく事は。

「あっ、この町の冒険者が凶暴化する原因の対処に向かうから、見られないように気を付けてね。シエルの事を知っている人が参加しているから、間違って討伐対象になる事はないと思うけど。多くの冒険者が参加するから、警戒だけはしておいてね」

「にゃうん」

「それとね、森の危険度が上がっているから町から出られないかもしれなくて。数日これなかったらごめんね」

「にゃっ！」

「早く元に戻ればいいのにね」

「にゃうん」

「いつ見ても不思議な光景だよな」

えっ？　ドルイドさんの言葉にシエルと首を傾げる。何が不思議な光景なんだろう？

「いや、いいんだ。気にしないでくれ」

いいらしい。何度もシエルの頭をゆっくりと撫でる。

「シエルが小さくなれたら、町へ一緒に行けるのかな？」

「まぁ、アダンダラとばれなかったら大丈夫だろうけど、無理だしな」

「そうですね。さて、シエル行くね。また来るね」

「にゃうん」

シエルが気になるが、しかたないので別れて町へ戻る。

「そういえば、今日はあいつら来ないな？」

そういえば、結構森にいるけれどお迎えはないみたいだ。まぁ、今日は色々な事があったからお迎えがなくて良かった。

門番の姿が見えたので軽く手をあげると、すごい勢いで手を振りかえされた。心配はされていた様だ。何かあったのだろうか？

「ただいま」

「良かったよ。全然戻ってこないから行こうと思ったら、ドルイドの師匠に止められるしよ〜」

あぁ、師匠さんが止めてくれたのか。きっとシエルと会っている事を知っているから、邪魔しないようにしてくれたんだろうな？

「心配だというと『俺特製の激袋を持たせているから問題ない』と断言されて」

「心配してくれてありがとうございます。でもこのとおり問題なかったので」

「まぁな、でも気を付けてくれよ。昨日の夜なんて、ほんの目の先まで来ていたからな」

「そうなんですか？」

「あぁ、夜の見回りの人数を増やす事も決定したよ。何だか嫌な感じだ」

門番さんが険しい顔をする。確かに森に残された痕跡は、かなりこの門の近くまで迫ってきていた。やはりシエルが心配だな。

門番さんと別れてギルドに向かう。魔石とポーションの鑑定をお願いする為だ。ちょっとドキドキしている。見た目があれだけど鑑定したら『普通』とか、ないかな？　……ないな。下手な期待はしないでおこう。

ギルドに入ると、冒険者たちで溢れかえっている。そういえば、準備の為に集まるとか言っていた。

「ドルイドさん、邪魔になりませんか？」

「ん？　大丈夫だよ。こっちだ」

人をよけながら二階に上がる。二階には人がいないのか静かだ。

「準備をしていると言っていたから、あ～、たぶんあの部屋だ」

ドルイドさんが目星を付けた部屋の扉を叩く。

「開いてるぞ～」

中から声が聞こえたので扉を開ける。中には大量の激袋と……わからないが何かを作っていた。

「お～ドルイド、どうした？」

「ちょっと師匠とタンバスさんにお願いがありまして」

「ん？　アイビーも一緒という事か？」

「はい」

「了解。ここは頼むぞ。数はこの倍はほしい」

師匠の言葉に手伝っていた人たちが了解の旨を伝えている。私も手伝えるなら手伝ったほうがいいのかな？

「どうした？」

師匠さんと作業をしていた部屋を出て、近くの部屋に入る。そして会話を外に漏らさないようにマジックアイテムを出してくれた。

「タンバスさんに鑑定してもらいたい物がありまして。アイビー」

「はい」

バッグから二七個の魔石と光るポーションを取り出す。良かった零れてないや。実は瓶には蓋がなく、バッグの中で零れないかとひやひやしていた。

「また、すごい物を持ってきたな……何だこの魔石、向こうが綺麗に見えてる……それに光ってるが、これ傷のポーションか？」

「はい、ポーションはソラが、魔石はフレムが」

「……あ～、うん。ポーション、アイビーのソラ……そうか」

師匠さんはちょっと混乱中のようだ。えっと、こういう時は落ち着くまで待てばいいのだったかな？　前の時がそうだったもんね。

「ふ～、とりあえず、タンバスを呼んでくるわ。いや、アイビーは帰っていいぞ。知られないほうがいいだろう」

えっ？　別に、いいけど？

「……アイビー？　俺が前に言った事を覚えているか？」

前に言った事？　何だっけ？　えっと……あっ、人をすぐに信用するな？

「でも、師匠さんの仲間だった方ですよね？」

「それでもだ。俺も数年ぶりに会ったからな、変わらないと思うが一応だ」

「えっと」

師匠さんが言うなら、そう行動したほうがいいかな？

「わかりました。鑑定お願いします」

頭を下げる。

「おう、あっ、待て。一筆書くわ」

ドルイドさんは、私から魔石とポーションを預かった事を証明する書類をすぐに作成して渡してくれた。

「師匠、広場で待っていますので。よろしくお願いします」

「よろしくお願いいたします」

二人で頭を下げる。

「任せとけ」

ドルイドさんと部屋を出る。

「いいのでしょうか？　お願いしてしまって」

「まぁ、師匠は言い出したら聞かないから」

ドルイドさんが肩をすくめる。確かに師匠さんを説得するのは難しいだろうな。

広場に戻り、師匠さんが来るので夕飯の準備に取り掛かる。時間があるので、残っているお肉をすべて煮込んでしまおう。師匠さんと、ドルイドさんに少しでも体力のつく物を作りたい。

森への出発は二日後に決定したとギルドで聞いた。師匠さんは、リーダーとして参加する事が決定したらしい。ドルイドさんは手薄になる町の警備に参加するそうだ。


「悪い、遅くなった。いい匂いだな」

「お疲れ様です。すぐに準備しますね」

「ありがとうな。それとあとでちょっとお願いがある」

お願い？　気になるが、食事のあとでいいか？　まずは腹ごしらえだ！

数時間煮込んだお肉に、味付きのおにぎり。既に麦や小麦はほとんど町から消えている。米の普及が間に合って良かったと、商業ギルドのギルマスさんがわざわざ店まで来てお礼を言っていったらしい。

「「いただきます」」

お肉にスプーンを入れると、ほろほろと崩れる。いい感じだ。味も、大丈夫。

「アイビーの料理の腕は確かだな。食べた事がない物も多いがうまい」

師匠さんの言葉にうれしくなる。

「ありがとうございます」

「ハハハ、それは作ってもらった俺たちが言う言葉だぞ」

途中、過去のドルイドさんの話になってドルイドさんが慌てる事もあったが穏やかな時間が過ぎる。なぜか、グルバルの件は一切、話に出なかった。

食事が終わり、食後のお茶を飲んでいると師匠さんが小さなバッグと書類を机に置いた。不思議に思っていると。

「さすがにここであれらを出すわけにはいかないからな。バッグの中身を外に出さずに確認してくれ」

あぁ、そうか。ここで魔石とか光るポーションは取り出せないよね。小さなバッグの中身を見る。確かに魔石とポーションだ。あれ？　ポーションの瓶に蓋が付いている。

「問題ありません。というか、蓋ありがとうございます。これは？」

「鑑定書だ。全部で二八枚ある」

魔石二七個分とポーション一本分かな。書類を見ていく。最初は濁りのあった魔石の書類……濁り具合と魔石に含有している魔力量が記載されている。魔石レベル五。

「レベルとはなんですか？」

「それは魔石のレア度を示すんだ。数が小さくなっていくほどレア度が高くなる。一番下はレベル一〇」

一番下が一〇、えっとぱらぱらと書類をめくっていくと二七個中レベル五が一番下の様だ。レベル五が二〇個、レベル四が三個、レベル二が二個、レベルSSSが二個、SSSって？

「レベル一より上はSで表現される。最高レベルはSSSだ」

えっとつまり、あの綺麗な赤の魔石は最高レベル。うわ～。最高レベルって……怖い。

えっと最後の一枚はポーションだよね。何だろう見たくない様な、見たい様な。大きく深呼吸してポーションの書類を確かめる。

ポーション鑑定、不可能。……不可能？　えっと、ポーションではなかったという事？

193話　お料理教室

「おはようございます」

「おはよう。今日もよろしくね」

「こちらこそ、よろしくお願いします」

師匠さんたちが、凶暴化対策の為森へ出て三日。結果がわかるまで一週間以上は掛かるそうだ。

「今日は一五人で、ちょっと多いのだけど大丈夫かしら？　シリーラが手伝う事にはなっているのだけど」

米を購入してくれた人たちが『米の炊き方がわからないから教えてほしい』との依頼が大量にきたと、二日前に店主さんに相談された。そこで店主さんのお店の調理場を借りて、料理教室の様なモノを開く事になった。料理教室といっても米を炊く時の水分量の調整と、味付きおにぎりを作る為の調味料の分量や中の具材についての説明ぐらいで簡単。

「大丈夫です。それほど難しい事はしていないので」

「良かった。それと悪いのだけどまだまだ依頼がきていて、受けても大丈夫かな？　ドルイドからは絶対に無理はさせないようにと注意されているのだけど」

「ふふ、大丈夫です。それにお姉さんもいてくれるので」

「ありがとう。そうだ、一回に参加出来る人数だけは決めておきましょうか。どんどん増えていきそうで怖いわ」

「はい」

奥さんと一日に受ける人数を最大一五人までとするなど、色々と細かい事を決めていく。

「ありがとうございます。準備してきます」

「はい。あと少しでシリーラも来るから」

「はい、わかりました」

奥さんと別れて、調理場へ向かう。調理場には昨日使った大量のお鍋が干してある。それを一つ一つ、汚れがないか確かめながら準備を整えていく。

えっと、今日の予定は一五人か。昨日より四人多いな。がんばろう。

「アイビー、おはよう。さて、今日も頑張って教えるわよ！」

「おはようございます」

お姉さんは、どうやらこの料理教室が気に入ったようだ。というか、この世界では料理教室の様なものはなかったようで、説明した時にものすごく不思議がられた。あの時はまたやってしまったと後悔したが、お姉さんの楽しそうな姿を見ていると、言って良かったと思えるから不思議だ。

「ドルイドってものすごく心配性だったのね。今日も朝から、くれぐれも疲れさせないようにと注意されたわ」

「ハハハ、すみません」

原因は怒涛の二日間にある。米の普及が上手くいった事で疲れが出たのと、終わった安心感でちょっと熱が出てしまった。テントの中で熱によりふらついていると、フレムがいきなり私を包み込んだ。で、すぐに熱は引いたので問題ないのだが、その事をドルイドさんに話すとものすごく心配された。私としては『フレムにもソラの様な事が出来るみたいです』という報告だったのだが。そのあとに店主さんが相談にきて、ゆっくり休む必要があるとドルイドさんが断ろうとするから焦った。何とか休憩を十分取る事と無理をさせない事を店主さんと約束して、今回の許可が下りたのだ。心配性のお父さんってあんな感じなんだろうか？

「さてと、準備はこれで完了ね。あっ、丁度今日の人たちがきたみたい」

「そうですね。では今日もよろしくお願いします」

「こちらこそ」


「お疲れ様です」

「二回目にもなれば、慣れるものね」

「そうですね。昨日より手際よく出来たので、早く終わる事も出来ましたね」

あと片付けをしながら、明日の準備も同時に行う。

「終わりました」

大量のお鍋を洗い終え、ぐっと腕を伸ばす。さすがにずっと下を向いてごしごし洗っていると腕が疲れる。

「よし、こっちも終わり。アイビー、休憩しましょう。お菓子があるよ」

「ありがとうございます」

お茶を入れてもらって、ゆっくり飲みながらお菓子を楽しむ。小さい団子で甘い蜜が掛かっている。そういえば、団子ってもち米なのかな？……ドルイドさんに確かめてみよう。

「『こめ』でお菓子が出来たりしないかな？」

米のお菓子？……何も思い浮かばないな。前の私も知らないって事かな？

「どうでしょう？」

「ん～何か出来そうだと思わない？　そうだ、色々考えてみない？」

「楽しそうですね」

「何がだ？」

二人しかいないと思っていたので少し体がびくりとする。声のほうに視線を向けると店主さんと見た事がない男性。頭を下げると、なぜか驚いた表情をされた。何だろう？

「『こめ』農家のダッシュだ。『こめ』がなくなりそうだから、これからどれだけ購入するかの話し合いだ」

なくなりそう？　あんなに大量に積み上がっていた米が？

「君がアイビーちゃんでいいのかな？」

おっ、ちゃん付けって何かドキドキする。そういえば、あまりちゃん付けて呼ばれないな。……

何でだろう？

「はい」

「まさかこんな幼い子が『こめ』の使い方を発案してくれたなんて」

ハハハ、慣れてきたな～。

「あら、アイビーは九歳よ？」

「えっ！　すみません、失礼な事を」

「いいえ。大丈夫です」

「あの、君のお蔭で、私たちは子供を安心して育てる事が出来ます。本当にありがとう」

涙ぐまれた。

「いえ、たまたまですから。えっと、ありがとうございます」

なぜかダッシュさんと私でぺこぺこと頭を下げ合う。

なぜここまでと思ったが、確か土地を購入したけど米しか育たない荒れ地で、身動きが取れない状態になっていると、聞いた気がする。

「おいおい、二人ともいつまでしているんだ？」

良かった。どうしたらいいのかわからない状態になっていたのだ。

「あ～、すみません。困らせる気はなかったんだが」

「いえ、大丈夫です」

ダッシュさんと視線が合って、二人で苦笑いしてしまった。店主が呆れた顔で彼の肩を叩く。

「まったく、それより『こめ』の事だが」

「ハハハ、すまない。そうだ、『こめ』はどれだけ必要なんだ？　なくなりそうと言ったが、いつ頃持って来たらいいんだ？」

ダッシュさんが店主さんに聞くと、店主さんはニヤリと笑った。

「明日にはなくなるからな、持っている在庫全部くれ。入金はすぐに行う」

「……は？　えっと明日なくなる？　あんなにあった在庫が？　えっと持っている在庫全部？」

ダッシュさんが店主さんの話を聞いて驚いた表情をした。私もかなり驚いた。店主さんが持っている米の量を見せてもらったが、かなりの量が積み上がっていた。それが明日にはなくなるなんて、すごい。

「あぁ、他の在庫が切れたとはいえ、すごい勢いで『こめ』が購入されている。どうやら自由に味付け出来る所が気に入ったらしい。あっ、もしかして他の所から購入したいと言う希望が来ているのか？　だったら無理にとは言わないからな」

「いやいや、そんな店主さんに売るよ。今までの恩があるのに」

「それは駄目だ。ちゃんとこれからの事を考えてしっかり商売しないと」

「ハハハ、相変わらずだな店主は。だが、他の所からはほしいという依頼は来ていないから、すべてほしいならすべて店主に売るよ」

「おぉ～、それは助かるよ。奥で話そう」

店主さんとダッシュさんが奥へ行くのを見届ける。

「すごい事になっていますね」

「そうなのよ『こめ』は虫がつきやすいから大量には売れないからね」

虫？　そうなんだ、私も米の扱いには気を付けよう。

「さて、お菓子を考えよう！」

「あっ、はい」

米を使ったお菓子……何かあるかな？

194話　えっ、もう？

「お疲れさん」

声のほうに視線を向けると、休憩場所に入ってくるドルイドさん。師匠さんが森へ行って六日目。

珍しいな。この時間はまだ門番さんたちのお手伝いの時間の筈だけど。

「何かありましたか？」

「少し前に連絡がきて、作戦成功だそうだ」

「えっ？　まだ六日目ですけど」

「ちょっとこっち」

「はい」

何か聞かれたくない事でもあるのかな？　ドルイドさんのあとについていき、店の奥の奥。米などを大量に入れている倉庫の前に行く。

「まだ、はっきりとした事は聞けなかったんだが、どうもシエルが協力したみたいだ」

……えっと、シエル？　ここ数日やはり森へ行く事は出来ず、会えていない。心配していたが、まさか師匠さんと一緒に森の奥へ行っていたとは。

「あの、シエルに怪我は」

「連絡はマジックアイテムで行われて、それほど詳しくはわからない。だが師匠が怪我人は少数、手を貸した魔物は無事。そう報告されたので問題ないと思う」

「そうですか、良かった」

本当に良かった。

「帰りは三日後ぐらいになるそうだ」

三日後？　随分と早いな。

「あっ、凶暴化した魔物はどうなりましたか？　作戦が成功したって事は元に戻りましたか？」

「今、門番たちが森の周辺を調査しに行っている。おそらく今日か明日にはわかる筈だ」

「元に戻ってくれていれば、いいのですが」

これで駄目だったら打つ手がない。

「あぁ、でも師匠の声の調子だと大丈夫だと思うぞ。こちらよりあちらのほうがすぐに結果はわかるだろうから」

あぁ、そっか。すぐ傍に凶暴化した魔物たちがいるのだから、変化があればすぐにわかるか。

「疲れていないか？」

「……ドルイドさん、四時間の仕事に一時間の休憩では疲れませんよ」

店主さんとドルイドさんがどういう話し合いをしたのか不明だが、四時間ごとに一時間の休憩を頂いている。そんなに休憩時間は要らないと言ったが、約束したからと言われてしまった。

「ハハハ、アイビーはまだ子供なんだから甘えていいんだよ」

甘える……難しいな。

「で、本当の用事はここからなんだが、今日はこの家に泊まったほうがいい」

ん？

「おそらく今日中に作戦成功の情報が流れる筈だ、そうなるとお祭り騒ぎになるだろう」

「お祭り騒ぎ……」

ラトム村で経験したあれかな？　オーガキング討伐成功という噂と共に大騒ぎ。広場もすごい状態で、ちょっと怖かった事を思い出す。

「今回は本当に危ないところだったからな、飲み方も派手になる。そうなると、暴れる奴も増えるんだ」

何となく言いたい事はわかる。おそらく広場にいたら被害に遭う可能性が高くなるのだろう。

「父さんと母さんには言っておくよ。今日はここに泊めてもらえるように」

「でも、いいんですか？　あの……」

ドルガスさんの事があるんだけど、大丈夫かな？

「俺の家でもいいが、あそこは少し寂しい場所だから。ここのほうが安全だ。兄の事は気にしなくていい。義姉さんにも言っておくから」

それは頼もしい味方ですけど、本当にいいのかな？　ドルガスさんを刺激する事にはならない？　といっても、テントに戻って休憩出来るかと言われると無理だろうな。前の時よりひどい可能性が高いとなると……テントの中に入ってきたりするかな？　ソラやフレムの事がばれてしまうかも。

「あの、お願いします」

「了解。みんなに言っておくよ。そろそろ仕事に戻るな」

「はい、ありがとうございます。気を付けてくださいね」

おそらく今日は、グルバルの対応ではなく酔っぱらいの対応なんだろうな。大変だ。

「ありがとう。行ってきます」

「いってらっしゃい」

お店にいる店主さんと奥さんのほうへ歩いていくドルイドさんを見送る。私は休憩中だったので休憩場所だ。

「シエルが協力したのか。頼もしいけど、本当に怪我はしていないかな？」

明日、森へ行こう。あっ、師匠さんたちについて行ったのなら、この周辺にはいないのか。だったら行っても無駄かな？　まぁ、とりあえず様子を見に行こう。

森へ行く為に町を歩いているが、どの人の顔も笑顔だ。ここ一週間以上、見る事のなかった笑顔。それにつられて私も笑顔になる。噂では、魔物も元に戻っているらしい。成功して本当に良かった。

それにしてもと、立ち止まって周りを見回す。道のあちこちに転がっている酔っぱらい。通常の時でもたまに見かける事はあるが……多い。今日は多すぎる。先ほどから自警団の人たちが一人一人声をかけているが、かなり大変そうだ。

「おはようございます。森はどうですか？」

門番さんへ声をかける。

「おはようアイビー。昨日の昼すぎからグルバルの姿は見られないよ」

どうやら噂は本当だったようだ。

「森へ行って大丈夫ですか？」

「ん～。どうだろう」

無理かな？　少し確かめに行きたいだけなんだけど。

「俺も一緒に行くよ」

えっ？　後ろを向くとドルイドさん。

「ドルイドさん、お疲れ様です。仕事終わりましたか？　疲れているのでは？」

「大丈夫。まぁ、酔っぱらいは当分見たくないがな」

苦笑いを浮かべるドルイドさん。かなり大変だったんだろうな。着ている服があちこちほつれている。おそらく酔っぱらい同士のケンカの仲裁などもしたのだろう。

「疲れているなら」

「森で癒されたい」

「えっ？　何か言いました？」

ぼそっとドルイドさんが言った言葉は近くにいた私にしか聞こえなかったようで、門番さんが聞き返す。

「何でもない。俺が一緒なら問題ないな？」

「そうですね、いいでしょう。ただし、気を付けてくださいね」

「ありがとう。アイビー行こうか」

「はい。行ってきます」

門番さんに手を振って森の奥へ進む。ある程度森の奥へ入ってから、ソラをバッグから出す。すぐにドルイドさんが抱き上げて、抱きしめてしまった。

「ぷ～？」

「大丈夫ですか？」

「ハハハ、大丈夫。しかしすごかったな。まさかあそこまで騒がしくなるとは思わなかったよ」

確かに、太鼓の音や笛の音などもしていた。まさにお祭りの様な騒がしさだ。

「不安から解放されたからでしょうか？」

「そうだろうな。上位冒険者が負けた事が相当、影響していたから」

上位冒険者はいるだけで違うって言うもんね。

「これからも大変ですよね。町に上位冒険者がいないので」

「師匠が当分ここで活動するそうだ。その間にめぼしい奴を見つけて鍛え上げると言っていた」

「そうなんですか？　ギルマスさんも安心ですね」

「ハハハ、ギルマスはその事を聞いて顔を引きつらせていたけどな」

ん？　上位冒険者を育ててくれるのに？

「うれしいが、師匠の性格があれだからな」

「ハハハ」

それはもう、笑うしかないです。あっ。

「シエルが来てくれました」

立ち止まると、ちょうど上からふわりとシエルが降りて来る。

「シエル、協力してくれたんだってね。怪我はしてない？」

「にゃうん」

頭から順番に撫でて傷がないか確かめる。体にも傷一つない。良かった。

「シエル、ありがとう。シエルのお蔭で早く問題が解決出来たよ。怪我人も少しで済んだって」

「あのポーション、試したかな？」

ドルイドさんが、近くにあった巨木の根元に座り込む。ソラはまだ抱っこされた状態だ。彼の横に座りながら。

「どうでしょうか？　瀕死の怪我人が出ない限り使わないと思いますけど」

鑑定不可能と鑑定されたポーション。タンバスさん曰く、鑑定スキルを使ってみると対象物の近くに文字が現れるらしい。が、ソラのポーションは鑑定スキルを使うとキラキラと輝いて見え、その光がまぶしく文字が読めず鑑定出来ないそうだ。『こんな事は初めてだ』と呟いていたらしいと師匠さんが言っていた。その話を聞いて『さすがソラ』となぜかドルイドさんが感心していた。

師匠さんとドルイドさんの予測では、ソラのポーションは上級ポーションをはるかに凌ぐ力があるだろうと。私はそのポーションをバッグの底に封印するつもりだったのだが、師匠さんが『買い取らせてほしい』と言ったので驚いた。こんなポーションを持っていたら、色々と訊かれて大変だと思ったからだ。でも、師匠さんは『そうだな、だが今回の作戦はかなり危ない。このポーションで一人でも多く生き延びられるのなら俺は持っていきたい。買い取らせてくれ』と。色々考えて、使った場合だけ買い取りをお願いした。使わなかった場合は、そのまま戻ってくる。ちなみに、赤の魔石も持っていっている。火魔法での攻撃に使えるらしい。役に立ってくれただろうか？

195話　師匠さん切れてます

大通りに溢れかえる人を見て感心してしまう。大きな町だとは知っていたが、これほどの人がいるなんて。

ドルイドさんの成功報告から四日目の昼。予定より一日遅れたが、今日は師匠さんたちが帰って来る日。朝から町の人たちが大通りを飾り付けするなど既にお祭り状態。前の時と違うのは、飲んでいる人を見かけない事だ。何でだろう？

「すごいですね。と言うか、ドルイドさんは今日はいいのですか？」

「今日は飲んで騒ぐ奴はいないから。通常の警備だけで問題ないんだ」

「そうなんですか？」

「命がけで戦ってきた英雄を迎えるのに、酒に酔っていては失礼にあたるという考えがあるんだ。今日飲む奴は、英雄とその家族ぐらいだ」

なるほど、だから警備の人たちも少ないのか。

「それにしても、今回はかなり手が込んでいるな」

「そうなんですか？」

「あぁ、ここまで大通りを飾り付けして迎えるのは珍しい。それだけ影響が大きかったという事なんだろうな」

集められた花々で飾り付けられた大通りを見る。森で見かける花も多くある。きっと朝から多くの人が森へ出かけて集めてきたのだろう。

「あっ、君。君」

後ろから何処かで聞いた事がある様な声が聞こえた。後ろを見ると……あっ、奴隷商の人だ。残念ながら名前が思い出せない。

「えっと、お久しぶりです」

「会いたいと思っていたんです」

「えっ？」

あっ、そういえば条件に合う奴隷さんを探してくださいと言って、断るのを忘れていた。どうしよう。

「申し訳ありません。グルバルの事があって新しい奴隷が集まらなくて、まだ探せていないのです」

そうなんだ、良かった。

「あのその事なんですが、旅のお供が見つかりまして」

「あら、そうなんですか？　良かった。ずっとお待たせしているのではと心配していたんです」

あ～、悪い事をしてしまった。

「すみません。断りを入れるのを忘れていて」

「いえいえ、大変な状態だったのですからしかたありません。では、また何かありましたら」

「はい。ありがとうございました」

奴隷商の店主さんは、特に気にした様子もなく対応してくれた。良かった、これで見つかりましたと言われたら断れなかった。

「ゴルギャ奴隷商の店主だよな、今の」

ゴルギャ？　そんな名前だったかな？

「名前を忘れてしまいました」

「あははは、珍しいな」

「いえ、たまにいるんです。ものすごく覚えられない人が」

ドルガスさんも覚えられなかったもんな。何とか覚えられたけど

「へ～、性に合わないとかそんな感じなのかな？」

そうなのかな？　……そうかもしれないな。ドルイドさんとゆっくり話をしていると、町の門の方から歓声が上がった。どうやら帰って来たようだ。歓声がどんどん街の中に広がっていく。それを何となく不思議な気持ちで眺める。

「近くに行かなくていいのか？」

「はい。ここでいいです。ドルイドさんは？」

「あ～、あそこまで騒がしいのは苦手だな」

ドルイドさんと私はお祭り騒ぎから少し離れた場所にいる。活気があって楽しそうだが、人が多すぎてちょっと苦手だ。なので外から眺めるぐらいがちょうどいい。

「師匠も苦手なんだぞ。あそこまで騒がしいの」

「そうなんですか？」

「あぁ。『もみくちゃにされても文句も言えん』とぼやいていたよ」

師匠さんなら遠慮なく言いそうだけどな『鬱陶しいわ！』と。見えてきた師匠さんの姿に、二人で笑ってしまう。確かに、顔が引きつっている。しかも笑っているけど、青筋が立っていそうな笑顔だ。

「すごいな……あっ、今こっち睨まなかったか？」

「睨んだように見えましたね」

「あれは切れているな、あとで俺たちだけ卑怯だと絡まれそうだ」

「ハハハ。それにしても、すごいですね。あの師匠さんに触ろうとするなんて」

顔が引き攣るって、何となく殺気まで感じる笑顔の師匠さんに触ろうとする人たちを眺める。私にはそんな勇気はありません。

「一応、お礼と言う意味もあるんだけどな。あそこまでされると嫌がらせの様だな」

まぁ、本当に感謝をこめているのだろうけど、人数が多すぎる。疲れているところにあれでは、ちょっと可哀想。

「さて、師匠もギルマスも元気そうだから、行こうか」

ドルイドさんと大通りから離れる。グルバルの事も片付いたので、これからの事を話し合う予定になっている。これから冬に向かっていくので、どの辺りで冬を越えるか。二人の旅になるのでその準備も必要になってくるらしい。

広場に戻って机の上に地図を広げる。あと、紙と筆を用意する。

「とりあえず、必要な物を書いていくな」

「はい」

ドルイドさんが紙に二人で旅をするのに必要な物を書き込んでいく。

「それほど荷物を多くするわけにはいかないからな」

「そうですね」

「あっ、相談があるんだが」

「はい、何ですか？」

「テントだけど、三～四人用のテントを使うようにしてもいいかな？　それとも一人のほうが気が休まる？」

テント？　三～四人用という事は一緒に使うって事だよね。別に問題はないな。

「一緒で大丈夫です」

「良かった。昔師匠と一緒に行った討伐で、手に入れたマジックアイテムのテントがあるんだ。テントの中を区切る事が出来るし、性能もいいから役立つと思う」

「マジックアイテムのテント？」

「あぁ、声が外にもれない機能がついている。あと見た目と中の広さが異なるんだ。見た目より中が広いテントだ」

「すごいですね。そんなテントがあるんですか？」

「かなりレア度の高いテントだよ。ソラとフレムも少しぐらい暴れても問題ないと思う」

楽しそうに笑うドルイドさん。

「どんなテントか楽しみです」

「あぁ、点検に出しておくよ。たぶんすぐに見つけ出せると思うから」

見つけ出せるってどういう意味だろう？

「机は師匠がくれたし。あぁ、そういえば寝床マットが何処かにあった筈だ」

「寝床マット？」

「ん？　知らない？」

「はい」

「マジックアイテムの寝床で、クッション性が良くて寝心地がいいらしい」

「らしい？」

「あぁ、使った事はないんだ。何処にしまい込んだかな？　あの部屋か？」

何だかすごい旅の装備になっていくな。いいのかな？　全部ドルイドさんの物だけど。

「あの……」

「確か四個ぐらいあった筈だからアイビーのぶんと俺のぶん。予備として残りも持って行くか。小さくなるからそれほど荷物にもならないし」

「あっ、はい。あの」

「どうした？」

「私も一緒に使っていいのですか？　ドルイドさんが手に入れてきた大切な物なのに」

「使ってくれたほうがうれしいかな。何処かの部屋で埃をかぶっている物ばかりだから」

「そうなんですか？」

話を聞く限り、かなりいいマジックアイテムだ、というかレア物だ。売らずに手元に置いていたということは大切だったからでは？

「金に困ったら売ろうかと手元に置いておいたが、一人だとそれほど金も必要ないからな。旅に誘われるまで、存在そのものを忘れていた物ばかりだ」

お金に困ったら売るなんてすごい考えだな。私だったら即行でお金に換えてしまいそうだ。

「あの、では遠慮なく使わせていただきます」

「あぁ。それで一つお願いがあるんだけど」

「何でしょうか？」

「俺の家の整理を手伝ってくれないか？　他にも旅に使えそうな物があった筈なんだが、何処にあるのか思い出せないんだ。物置に使っている部屋が三つあって、そのどれかにはあると思うんだが」

「構いませんよ、手伝います！」

「ありがとう。そうだ、要らない物を売るか。旅費に追加出来るしな……ついでに家も売るかな」

「えっ！　売っちゃうんですか？」

一度行った事がある家を思い出す。ちょっとさびしい場所ではあったが、それなりに大きな家だった。

「あの家は、人を避ける為に買った様なものだ。旅から帰って来て、もう一度この町に住むとなってもあそこはもう必要ない」

ドルイドさんにとって、あの家は逃げ場所だったのか。でも、もう必要ないって。そっか……ふふ、うれしいな。

196話　想像以上

ドルイドさんの家はやはり広かった。全部で部屋数が八部屋もあるらしい。

「どうしてこんな広い家を？」

「ん～、何となくかな」

何となくで広い家を購入出来るのだから、やはりドルイドさんはすごい。

「いつも使っている部屋は二部屋だけなんだ」

「えっ？　二部屋だけですか？」

「一人暮らしだから二部屋で十分だった」

そうか。一人だとそんなに部屋は要らないか。毎日違う部屋で寝るなんて人いないもんね。……いないのかな？

「残りの三部屋は物置として三部屋は空いている筈だ。最初に謝っておく、汚いから」

ドルイドさんの言葉に首を傾げる。今私は、おそらく食事などをする部屋にいるが綺麗だ。掃除もある程度行き届いている。なのに汚い？

「口に布を当てて行こう」

えっ！　そこまで？　不思議に思いながら、布を口と鼻を覆うように当てて頭の後ろで結ぶ。埃対策だが、必要なのかな？

「さてと、こっちだ」

ドルイドさんのあとに続いて廊下を歩き、最初に見えた部屋を通り過ぎる。

「その部屋は使っている部屋で寝室なんだ。で、ここからあとの部屋は物置みたいなモノだから」

八部屋中六部屋が物置か、考えたら贅沢な使い方だな。ドルイドさんと一緒に、奥へ進んでいく。

あれ？　何だか空気が澱んだ？　ドルイドさんが最初に見えた部屋の扉を開ける。

「あっ」

その瞬間、埃が舞い上がったのが光の加減で見えた。ドルイドさんも眉間に皺を刻んでいる。そして、扉の中に……入ろうとしない。不思議に思って部屋の中を覗くと……入り口付近にまで積み上がった荷物。入らないのではなく、入れなかった。しかも、ものすごい埃だ。いったい何センチあるのか調べたくなるほど荷物の上に埃が積もっている。

「……この部屋はあとにしよう」

そう言ってドルイドさんが扉を閉める。そして次の扉へ、開けて何も言わずに閉めた。それを繰り返す事五回。最初に開けた扉の前に戻る。

「ここから始めましょう」

「そうだな、まさか全部屋似た様な事になっているとは」

「しかも物置は六部屋でしたね」

「……おかしいな、俺の記憶では三部屋だった筈なんだけど」

ドルイドさんが首を傾げている。まさかここまで荷物があるとは知らなかったようだ。あれ？

荷物を積んだのはドルイドさんではないのかな？

「あの荷物を積んだのは誰なんですか？」

「……俺だな」

「そうですよね？」

「……積む時は何も考えずに空いてる場所、空いてる場所に置いていくから。知らない間に溜まっていくんだよ」

そういうものなのかな？

「そうですか。とりあえず、埃をどうにかしないと駄目ですね。えっと要らない紙を水にぬらして、ふき取って行きましょうか」

「それがいいかな。紙はあとで集めて燃やせばいいよな」

「はい」

ドルイドさんと目が合う。そして二人で苦笑い、これは長く掛かりそうだ。

「悪いな、ここまでとは……」

「いえ、頑張ります」

「ありがとう」

まぁ、二人で片付けるのだから今日中には何とかなるかな。


「疲れた」

「はい。まさかここまで手こずるとは思いませんでした」

今日、片付いた部屋は三部屋。一日で終われると考えたが、甘かった。埃を掃除するだけでも大変だったが、荷物が多すぎた。中身を確認するのに時間が掛かったのだ。

「すごいですね。こんなに色々なマジックアイテムがでてくるなんて」

「さすがの俺も驚いたよ」

「……ドルイドさんが確保してきた物ですよね？」

「まぁ、そうなんだけど。興味がなかったから。中身を確認していない物もあるな」

ドルイドさんは、もっとしっかりしている印象だったのだけど。結構いい加減な面もあるんだな。

それとも物に興味がなかったら、こんな感じになるのかな？

「さて、今日はこの辺りにして夕飯にでもしようか」

「はい。あっ、ソラとフレムは大丈夫だったでしょうか？」

掃除しているあいだ、食事をしている部屋にソラとフレムを自由にさせておいた。急いで部屋に行こうとすると、ドルイドさんに止められた。

「行く前に埃を払っていかないと」

そうだった。掃除した時のままの状態だから、全身埃まみれだ。体をぽんぽんと叩くと舞い上がる埃。……すごい。

「さっき見つけたマジックアイテムとか使えそうだな。ちょっと待っててくれ」

そういえば先ほどおもしろい物があったな。前の私の知識でいえば、小さい掃除機。空気の力で埃を吸い取ってくれるマジックアイテムだった。テントの中の掃除に使えるなと話したばかりだ。

「これだったよな」

「はい」

マジックアイテムを受け取り、スイッチを入れるとコーっと軽い音がする。吸い込み口部分を服に当てると、埃が吸い取られていく。

「お～、すごいです。おもしろいですよ」

「本当だ。結構使えるマジックアイテムだったんだな。あっ、背中の埃を取るよ」

マジックアイテムをドルイドさんに渡して背中を向ける。背中を小さな掃除機が上から下に移動する。威力はそれほど強くないようで、丁度いい感じだ。私が終わると、次はドルイドさんの番。背中の埃を私が吸い取って完了。

「使えるけど、背中の部分を人に頼まないと駄目なのはちょっと不便だ」

「ドルイドさん、これは服の埃を取るマジックアイテムではないと思いますよ」

「あっ。そうだったな」

とりあえず、埃っぽさを何とかしたのでソラとフレムのもとへ行く。いたずらなんてしていないとは思うが、大丈夫だったかな？

「ソラ、フレム。お待たせ」

部屋に入ると、すぐに二匹の姿が目に入る。

「おっ、わかりやすいな」

なぜか机の上で二匹が寝ている。周りを確認するが、特にいたずらをしていた形跡はない。まぁ、テントの中でもいい子たちなのでそれほど不安ではなかったが。

「ぷ～？」

「りゅ～」

私たちの気配を感じたのか、二匹が目を覚ます。おっ、フレムも目を覚ました。何か心境の変化でもあったのかな？

「おはようソラ、フレム。フレム、今日は起きれたんだね」

私の言葉にじっと私を見るフレム。何だろう？　疑問を感じていると、二匹の視線が玄関のほうへ向く。すると玄関の扉が叩かれる音が。

「あれは、きっと師匠だ。何でかチャイムを使わないんだよな」

ドルイドさんが玄関へ向かう。もしかすると、師匠さんではない可能性もあるので、二匹の専用バッグを持つ。

「お前な～、俺が被害に遭っている時に涼しい顔をしやがって、しかもとっとと帰っていくしよ」

師匠さんで正解だったようだ。バッグを元の場所に置いて、急いで玄関へ向かう。

「師匠さん、お疲れ様です」

「アイビーも一緒だったのか。あれ？　アイビーちょっと埃っぽくないか？　そういえばドルイドも」

どうやら、まだまだ埃っぽかったようだ。一番ひどい状態ではない為、大丈夫だと思い込んでいた。

「物置の掃除を」

「とうとうやる気になったのか？」

どうやら師匠さんは、あの物置としている部屋の惨状を知っている様だ。

「旅に出る前に整理をしようかと思いまして。旅にも使える物がある筈なので」

「まぁ、あるだろうな。しかし、あの部屋から発掘するのは大変だろう」

発掘って言われた。確かに大量にあるマジックアイテムから未だに寝床マットは出て来ていないからな。ちなみにテントもまだだ。ドルイドさんが頑張って探していたが、見つからなかったので
どうやら部屋が違うらしい。まぁ、まだ今日と同じだけのマジックアイテムがあるのだ。ドルイドさんが探しているテントも出てくるだろう。

「それより師匠。どうしたんですか？」

「あぁ、広場にアイビーを探しに行ったんだが見つけられなかったから、ドルイドに居場所を聞こ

うと思ってきたんだ。まさかこの家にいるとは思わなかったからな。入っていいか？　夕飯になりそうな物を買ってきた」

私に用事？

「何かありましたか？」

「んっ？　シエルの事が聞きたいかと思ったんだが」

あっ、そうだ。確かに時間が出来たら、師匠さんにシエルの事を聞きに行こうと考えていたのだった。

「聞きたいです！　シエルかっこ良かったですか？」

シエルの戦う姿はかっこ良かったからな。

「あぁ、かっこ良かったぞ。最初はかなり驚いたというより全員で震えあがったけどな」

震えあがった？

「俺たちがグルバルの大群に襲われている時に来てくれたんだが、何が起こっているのか確認出来なくてな。グルバルより、もっと強い魔物が俺たちに襲い掛かってきたと勘違いして、さすがにあの時は最期を覚悟したな」

そんなに危ない状況だったのか。

「だが、なぜかグルバルが逃げ出して、ようやく何が起こっているのか確認出来たらアダンダラがグルバルを蹴散らしてくれていてな。話に聞いていたアイビーのアダンダラだとわかった瞬間、力が抜けたわ。あっ、シエルは本当に強くて、戦う姿は圧巻だったぞ」

「師匠さんもシエルも怪我がなくて良かった」

ドルイドさんが仲間と腕を失った時も、グルバルの大群だったと聞いている。師匠さんだったら対処出来たかもしれないけど、怪我はしたかもしれない。本当に良かった。

197話　すごかった

「ドルイド、ほらよ」

師匠さんが夕飯の入っている袋をドルイドさんに渡す。

「あぁ、すみません……師匠？」

なぜか中身を見たドルイドさんが嫌そうな表情を見せる。何か食べられない物でも入っていたのだろうか？

「おぅ、どうした？」

「これは夕飯ではなくて食材では？」

「俺は夕飯になる物と言ったんだ、夕飯そのものとは言っていないぞ？」

「まぁ、そうですが」

「前にドルイドが作ってくれた何だったかな、それを頼むわ」

ドルイドさんが作る料理？　食べてみたいな。

「師匠～」

「楽しみです！」

「えっ、アイビー？」

「えっ？」

あれ？　なぜかドルイドさんが驚いた表情で私を見つめている。何かおかしな事を言ったかな？　師匠さんがドルイドさんの手料理を食べたい、私も食べたい。だから楽しみだと言ったのだけど。

「お～、ドルイド頼むぞ」

「はぁ、師匠。アイビーを巻き込んでからかわないでください？」

「残念ながら今日は本気でドルイドの料理が食いたくなったんだ。よく作ってくれただろう、名前は忘れちまったが」

「本当に？」

ドルイドさんが疑わしそうに師匠さんを見る。それに師匠さんは肩をすくめるだけ。その態度では本当か嘘か私にはわからないけれど、ドルイドさんは諦めたようだ。

「まぁ、いいですけど。あれは肉と野菜のごった煮みたいなものですよ」

「そうなんだが、ドルイドがつくるとなぜかうまいんだよな。俺も何度か挑戦したんだぞ？　悲惨な結果になったが」

悲惨な結果がものすごく気になるが、何となく触れないほうがいい様な気がする。ここは勘を信じよう。それにしてもドルイドさんがつくるごった煮か。どんな味なんだろう、楽しみだな。

「アイビー、そんな期待した目をされるとさすがに……」

「えっ？」

「いや、いいんだが。料理が上手いアイビーに期待されると緊張するな」

ん？　最後の言葉は小さすぎて聞こえない。ただ私の名前が出た様な気がするけど。

「ドルイドさん？」

「何でもない。さて、作ってくるわ。簡単だからすぐだ」

「手伝っても大丈夫ですか？」

ドルイドさんも、私の様に手順に拘る人かな？　それだったら下手に手を出さないほうがいいのだけど。

「アイビー、作ってもらっている間に色々と訊きたい事があるんだが」

「えっと」

食後でも問題ないならあとにしてもらおうかな。

「アイビー、ただ煮込むだけの料理だからこっちは大丈夫だぞ」

どうしよう……。

「今のうちにややこしい話を終わらせて、食後はゆっくりしよう」

私が悩んでいるとわかったのか、ドルイドさんが提案してくれる。確かに食後にややこしい話をすると眠くなるな。

「えっと、では夕飯楽しみに待ってます」

声をかけてから、師匠さんのもとへ行く。師匠さんは既にお酒を開けて飲みだしていた。

「お待たせしました。えっと話とは？」

あぁ、ソラのポーションと魔石の事なんだが」

「あぁ、ポーションと魔石の事なんだが」

ああ、ソラのポーションとフレムが量産した魔石の事か。使ったのかな？

「使ったんですか？」

「あぁ、グルバルの大群に襲われた時はさすがに無傷とはいかなかったからな。あれすごいな」

怪我の話だからポーションだよね。

「傷は治りましたか？」

「治るなんてもんじゃない。引きちぎられた腕がたった一口でくっついた」

えっ、一口？　それだけで？

「角で大きく傷を負った冒険者が多くてな。ポーションを誰に使うか迷ったんだ。で、とりあえず、出血を止める必要があったから一口ずつ飲ませたんだ」

確かに森の中で一番最初に行う応急処置は止血だ。ポーションで傷が治っても貧血で歩けなかった場合、他の魔物に狙われる可能性が出てくる。森の中で逃げられない状態になる事だけは、絶対に避けなければならない。

「普通は傷口にかけるべきなんだが、量が少なかったからな。まぁ、それでも体の中に入ればあのポーションならある程度役立つと思ったんだ。で、次に医療班が通常のポーションで治療をしようとしたら必要がなかった」

「必要がなかった？」

「あぁ、全員の傷が治っていた。しかもあと少しで落ちそうだった腕までくっついていた。あのポーション、やばいぞ」

たった一口で？　腕もくっついた？　あまりにすごい話で、現実味がない。

「本当ですか？」

「あぁ。あと、預かっていた魔石。SSSの魔石だが、あれは威力が強すぎる。火魔法が得意な奴にあの魔石を使って死骸を焼いてもらったんだが、三回魔法を使用しただけで巨大なリュウの死骸が灰になった。早く帰って来られたのも、処理が一日で済んだからだ。予定では三日ぐらい掛かると思っていたからな」

三日掛かる予定を一日というか三回。いったいどんな威力の魔法になったんだろう。

「それと、火魔法が使えない冒険者に魔石を使ってもらったんだが、初級の火魔法なら使えるようになった」

ん？　火魔法が使えない冒険者が火魔法を使えるように？　それって、私も火魔法を使えるようになるのかな？　使えたらうれしい……だけど、使う時にあの綺麗な魔石を出すの？　絶対無理！

「喜んでいたが、SSSの魔石を使ってだからな。無理だと嘆いていたよ」

それはそうだろうな。SSSの魔石なんていったいいくらするのか、想像すら出来ない。

「これ、返すな。あと、レベル五の魔石なんだが、使い切っちまって。これ、残骸（ざんがい）の石なんだが」

「ありがとうございます」

魔力を使い切った二〇個の石を見る。確かに捨て場でよく見る石だよな。

「りゅっりゅ、てりゅ～」

相変わらず何とも言えない鳴き方だ。

「フレム、どうしたの？」

フレムを見ると、私の手をじっと見ている。手の中には魔力を失った魔石。

「これ？」

「りゅ～、りゅ～」

フレムが振り子のように左右に揺れる。

「フレムが作ってくれた魔石、大活躍したってありがとう」

魔力切れの魔石の石をフレムの前に並べる。すると器用に一個口に咥えて呑み込む。そして体内でしゅわ～っと泡が発生。しばらく見ていると。

「りゅ～りゅりゅ～……ポン」

コロンとフレムの口から魔石が飛び出してくる。何というか、可愛らしいのだがＳＳＳの魔石が出てくるかもしれないと思うとドキドキだ。

「良かった、普通の魔石ですね」

「普通はレベルの高い魔石を希望するんだが」

「いえ、ＳＳＳの魔石なんて使いようがありませんから」

「売ったら……駄目だな、目立つ。冒険者として名が知れていたら、討伐で手に入れたと言えるが」

「私では無理ですよ。ドルイドさんだったらどうでしょうか？」

「そうだな、冒険者の時に手に入れたと言えばある程度は誤魔化しがきくだろうな」

そっか。もしもお金に困ったらドルイドさんに協力してもらって魔石を売ろうかな。

「あっ、今回使用したポーションと魔石の費用は請求しといたから」

「えっ？」

「ゴトスの奴、頭を抱えてたぞ」

あれ？　ポーションや魔石の事を、ギルマスさんに話し忘れている様な？

「別に費用は良かったのですが。あの、ギルマスさんにポーションの事を説明し忘れている様な気がするのですが……」

「俺が代理で請求しておいたから、支払われたらそのまま渡すな。それと、使用した物の請求はしっかりと行わないと駄目だぞ」

「そういうものですか？」

「あぁ。ギルドの評価にもつながるからな」

「評価？」

「そうだ。冒険者も金払いのいいギルドのほうが安心だろ？」

確かに、支払いに問題があるギルドの仕事はしたくないだろうな。

「冒険者にとってギルドの評価というのは重要だ。生活に影響を及ぼしかねないからな」

「わかりました、ちゃんと請求します。あのポーションの事、ギルマスさんに説明しておきますね」

「ん？　問題はないか？」

問題？

「特に問題はありませんが……」

「そうか。だったらいいんだ」

「出来ました。師匠、ギルマスには話し忘れていただけなので大丈夫です」

大丈夫？　さっきから何だろう？

「アイビー。ギルマスにポーションの事を話していないのは、ギルマスに何か問題があって話せないのかと師匠は考えたんだよ」

「……えっ！　違います！　違います！」

「ハハハ、そうみたいだな。良かったよ」

なるほど、だからギルマスさんに説明せずに間に立ってくれたのか。

「ありがとうございます」

「ハハハ、この件でゴトスをからかえると思ったからだぞ」

師匠さんてすぐに本心を隠しちゃうな。もしかして恥ずかしいとか？

198話　終わった～！

ドルイドさんが作ってくれたごった煮を食べる。やはりドルイドさんは野菜が少し苦手なのか、お肉が多めで野菜が三種類。お肉の種類は決まっていないようで、今日は三種類の肉が入っている。

パッと見、肉料理だ。

「ドルイドさん、おいしいです」

「良かった。アイビーにそう言ってもらえると安心するよ」

ん？　私が言うと安心？

「久々に食べたが確かにうまいよな。この町のソース使用して何でこの味になるんだ？」

師匠さんが首を傾げながら食べている。この町のソースって、あの塩味が強いソースの事だよね。

あれを使ってこの味？　確かにちょっと不思議だ。私もあのソースを使った事があるけど、塩味がきつくて使いこなせなかった。

「そうだ、お前らいつ頃旅に出る予定だ？」

「師匠。前から思っていたのですが、誰から旅に出る事を聞いたんですか？」

えっ、ドルイドさんが言ったのではないの？

「勘だ」

師匠さんの返答に、ドルイドさんが困った表情をしている。

「勘ですか？」

「あぁ。ドルイドのように前へ進もうとしている奴はわかりやすい」

「……………そうですか。日程はまだ決まっていません」

「そうか。ちょっと気になる情報を耳にしてな、真偽を確かめているからちょっと待っとけ」

「わかりました。俺たちに関係している事ですか？」

「いや、だが巻き込まれたら厄介だ」

よくわからないけど、隣の村に問題があるのかな？　もう当分、問題事は避けたいな。この町のグルバルの件だって、不意打ちだったしな。もう少し穏やかな旅がしたい。……考えてみれば行く先々で色々問題にぶち当たっている様な。気のせいかな？

「まぁ、アイビーに支払うポーションの代金の事があるからな。ゴトスが落ち着くまで足止めだな」

「そういえばアイビー。前のグルバルの謝礼金は支払ってもらったか？」

「えっと。まだです」

「「……あの馬鹿」」

えっ？　何か問題でもあるのかな？　グルバルの件でバタバタしていたからしかたないと思うのだけど。

「アイビー、支払いに関してはしっかりさせないと」

「色々忙しかったようですし、それに薬実もまだだったので」

「薬実？　確か森の奥で収穫してギルマスに商業ギルドに通してもらったって言っていた奴もまだ？」

「はい」

「「…………………」」

何だろう、ちょっと雰囲気が怖い。もしかして余計な事を言ってしまったかもしれない。

「帰りにちょっとゴトスの所に寄って行くわ」

「えぇ、お願いします」

ギルマスさん、ごめんなさい。雰囲気が怖すぎて止められません。

「あの……」

「アイビーが気にする事はないぞ、さっきも言ったが支払関係は『早くて丁寧』がギルドの評価につながる。特に今、この町に上位冒険者がいない。だから旅の冒険者が重要になって来るんだ。その為にも支払関係の噂が流れるのは困る」

師匠さんの表情が少し厳しい。本当に重要な事の様だ。

「変な噂が流れたら、冒険者そのものが集まりにくくなる。今は特に気を付ける必要があるんだ」

夕食が終わると、師匠さんは足早にドルイドさんの家をあとにした。おそらく今からギルマスさんの所だろう。

「師匠さんって本当に弟子想いですよね」

「あぁ、だからいつまでたっても頭が上がらないよ」

旅に出るドルイドさんの為に、周辺の事を調べてくれたんだろうな。少しでも旅がいいものとなるように。そしてギルマスさんがあとあと困らないように、問題事になる様な事はないか注意を払っている。本人に言うと、きっと認めないだろうけど。

「「終わった～」」

まさか部屋の掃除に三日掛かるとは。ドルイドさんと一緒に、埃が綺麗に取り除かれ荷物が整理された部屋に座り込む。この部屋はドルイドさん宅の一番奥。初日に確認した中で最も埃が積もっていた部屋だ。ドルイドさん曰く、一番最初に荷物を積みだした部屋だそうだ。

「お疲れ様。ありがとう」

「いえ」

「しかし、すごかった」

確かに。数年分の埃が積もった部屋は少し動くだけで埃が舞う舞う。ゆっくりと丁寧に埃を取り除く事から始めたが、取り除いても取り除いても何処からか埃が出てくる。ちょっと気が遠くなる様な思いで掃除を続けた。

「それにしても、高値が期待出来るマジックアイテムがかなり出たな」

ドルイドさんの言葉に、積み上がっているマジックアイテムを見る。この部屋だけでなく各部屋に整理されたマジックアイテムが置かれている。正規品のマジックバッグが三〇個以上出た時には驚いたな。旅に使用出来るとドルイドさんが五個、間違って売ってしまわないように寝室に移動させていた。他にも、マジックコンロ。これもあったら便利だと旅に一台持って行く事になった。それ以外は売るそうだ。最終的に一〇個近く見つかった様な気がする。

他にも、マジックボックス。マジックバッグの箱版で、バッグより容量が大きいのが特徴らしい。ただ、少し箱が大きいので旅には不向き。すべて売りに出すそうだ。あと、変色して最初の色が何色なのか不明のポーションも見つかった。しかも二〇本近く。また、魔石をごろごろと発掘。魔力は失われていないようで、旅で使えると言っていた。ただ、出てきた数が多かったので状態がいい物だけ持って行く事になった。

「明日、買取依頼を出してくるな。楽しみだ」

ドルイドさんが、よっと言いながら立ち上がる。私も一緒に立ち上がった。あ〜、体に付いた埃が……。

「あらら、部屋を綺麗にしても俺たちが今度は汚しているな」

「そうですね。髪にまで埃が絡んでいます」

「服の替えは持ってきたか？」

「はい」

掃除を始めて三日目。昨日から替えの服を持ってきて、掃除が終わったらお風呂を借りている。旅に出てからはお風呂とは無縁。四年ぶりで、ちょっと使い方がわからず困ってしまったが、気持ち良かった。

「俺は埃を集めた紙を燃やしたいから、先に入ってきていいよ」

「ありがとうございます」

最後の埃を集めた紙を持って、部屋を出ていくドルイドさん。私も体に付いた埃を落とさないようにゆっくりとお風呂場に移動する。使ってもいいと言ってくれた石けんで髪を洗う。一回では不安だったので二回。体も洗ってお湯に浸かる。

「贅沢だな～」

旅をしているとお風呂とは無縁だ。まぁ、どの村や町にも一軒ぐらいお風呂屋さんがあるが、お金が掛かる。なので、今までは気にも留めていなかったが、お風呂の気持ち良さを知ってしまったら入りたくなるだろうな。ポーションの代金が入るし、お風呂を使用するのもいいかもしれないな。

199話　道端の石

「シエル、おはよう。掃除がようやく終わったよ」

「にゃうん」

うれしそうに喉を鳴らしながら甘えてくるシエルの頭を優しく撫でる。太陽の下にいたのか、シエルの体がぽかぽかと暖かくて気持ちがいい。そういえば随分と風が涼しくなってきたな。

「知らない間に季節が変わっているね」

「にゃ？」

「ぷっぷぷ〜」

「てりゅ？」

今日は久しぶりにシエルとゆっくり過ごす予定で、お昼を持って朝から森へ来ている。マジックアイテムのゴザをドルイドさんにもらったので使用しているが、フカフカで座り心地がいい。ソラとフレムも気に入ったようだ。シエル専用にもう一つ持ってきたが、そちらも気に入ってくれたようだ。

「このゴザすごいね。全然お尻が痛くならないや。ドルイドさんにお礼を言わないとね」

「ぷっぷ〜」

「てりゅ〜」

「シエルも座り心地いい？」

「にゃうん」

「ふふ、お天気もいいし、風も気持ちがいいね」

「てりゅ〜」

そういえばここ数日、フレムの起きる時間が延びているな。いつからだっけ？　あっ、使い切った魔石に魔力を戻したころからだ。もしかして、アレが切っ掛け？　そんな事ってあるのかな？

「てりゅっりゅ〜、てりゅっりゅ〜、てりゅっりゅ〜」

どうしたのだろう？　鳴き続けるフレムを見ると何かをじっと見つめている。視線の先を見ると、ゴザのすぐ傍に転がる拳より大きな石。

「これ？　でもこれはただの石だと思うよ？」

「てりゅ～！」

私が持った石に向かって体をびよ～んと伸ばすフレム。それに少し驚く。ソラは縦運動でよく伸びていたが、フレムはあまり長く伸びたところを見た事がない。なのに今のフレムは石に向かってかなり長く伸びている。

「まって、今あげるから」

少し不安だけど、フレムがほしいと言っているのだから大丈夫だろう。石に付いた土を払ってからフレムの前に置く。フレムはうれしそうに石をぱくりと口の中に。しばらくするとしゅわ～っと泡がフレムの体に現れる。

「ん～、普通の石でもいいの？　魔石の石というこだわりはないって事？」

フレムに聞くがしゅわ～しゅわ～っと体の中から音がするだけでフレムはじっと目をつぶっている。……味わって食べているのかな？

「ぷっぷぷ～」

「ん？　もしかしてソラもお腹が空いたの？」

いつもよりちょっと早い様な気もするけど、いいか。ソラのお昼にと持って来ているポーションをソラの近くのゴザに並べる。フレムは石だけでいいのかな？　ポーションも持ってきたのだけど……石を食べ終わってから聞けばいいか。

ソラとフレムの食べている様子を見る。体の中が泡で一杯になっている。やっぱり不思議な光景だな。

「てりゅ、てりゅ、てっりゅりゅ～……ぽんっ！」

はっ？　フレムに渡したのって、そこらへんに転がっている石だったよね。なのに……フレムの前には綺麗な真っ赤な魔石が一つ。確かめるまでもなく、かなり透明だという事がわかる。えっと、これは持って帰らないと駄目だよね。

「てりゅ～、てりゅ～」

「あっ、えっと、すごいねフレム。こんな綺麗な魔石を見た事ないよ。ありがとう」

私の言葉にプルプルとうれしそうに揺れるフレム。その姿は可愛いが、フレムの前に転がる魔石が気になる。小さく深呼吸をして、転がっている魔石を手に取る。……大きい。今まで私が見てきた中で一番大きい魔石だ。そういえば透明度が良ければレベルが上がったけれど、大きさはどうなんだろう。

「てりゅっりゅ～。てりゅっりゅ～、てりゅっりゅ～」

先ほどと同じ鳴き声にそっとフレムの様子を見る。そしてフレムが見ている方向を見て頭を抱えたくなった。今、私が持っている物より少し大きめの石。もしかしてあれも？

「てりゅっりゅ～……てりゅ？」

私が反応しない事を不思議に思ったのか、私のほうへ視線を向けて体を傾げる。おそらく首を傾げているつもりなんだろうな。可愛いけど、可愛いけど。あれも？　じーっと見つめてくるフレム。

見つめ返すが……立ち上がって石を拾ってくる。

「てりゅ～！」

大丈夫、バッグの中で眠らせる魔石が増えるだけ。それに今回のように役立つ時が来るかもしれない。

「はい。フレム、これで最後ね」

「てりゅ？」

最後は駄目か。フレムにとって必要な栄養素？　なのかもしれないし。

「今日は最後。また次の機会にね」

「てりゅっりゅ～」

石をフレムの前に見せるとぱくりと口の中に入れてうれしそうに目を閉じる。

「とりあえず帰ったら、今日の事を相談しないとな」

道に落ちていたただの石が魔石になりましたって。

「ぷっぷぷ～」

ソラが食べ終わったのか、コロコロと転がってシエルの元に遊びに行っている。転がるソラを見るのは久しぶりだな。シエルもお腹の辺りに転がって来たソラを嫌がる事なく、前足でコロコロと転がしている。

「……いや、その遊び方は間違ってない？」

「ぷ～～！」

「にゃうん」

まぁ、ソラは楽しそうだし、いいのかな？

「てりゅ、てっりゅりゅ～……ぽんっ！」

フレムの前に転がる透明な魔石。

「あれ？　赤くないね」

拾い上げて目の前まで持って来る。濁りのない無色の魔石だ。確か色によって属性がわかるんだよね。赤は火、青や水色は水、緑や黄緑は風、茶色は土だった筈。無色って何に属するんだろう？

魔力が少なくて魔法とは無縁だと思っていたから、詳しく勉強していない。

「これもドルイドさんに聞くしかないね」

何だかドルイドさんに頼りっぱなしだな。本屋さんによって魔石や魔力の事について書いてある物を探そうかな？

あれ？　こちらに近づく気配を感じる。まだ遠いが確実に近づいて来ている。

「この気配はドルイドさんだね？」

「にゃうん」

シエルも気がついている様だ。もう一つ気配があるけどこれは……。

「師匠さんかな？　師匠さんは本当に気配が薄くてわかりづらいな」

そういえば、どうしてこちらへ迷いなく来られるんだろう？　確かに今日はシエルと森の中でゆっくりしてくるとはドルイドさんに言っておいたけど。場所までは話していない。

「てりゅ～」

「フレム大丈夫だよ。ドルイドさんと師匠さんだから」

他の気配を探ったが二人だけだ。二人の気配はいつも通り落ちついているので、何か問題が起こったというわけでもなさそうだ。しばらくすると、木々の間にドルイドさんと師匠さんの姿が見えた。二人は私に気がついた様で、軽く手を振ってくれる。

「おはようございます。どうかしましたか？」

「おはよう、アイビー。師匠がどうしてもアダンダラに会いたいって言うから一緒にきたんだよ。今、大丈夫かな？」

「はい、大丈夫です」

なるほど。確かに前にアダンダラに会わせてほしいと言われていたな。

「アイビー、ゆっくりしているところ悪いな」

「いえ、気にしないでください。この子がシエルです。シエル、師匠さんで色々お世話になっているんだよ」

「俺のほうが、かなり世話になっていると思うけどな」

師匠さんはそう言って、じっとシエルを見つめる。シエルもじっと師匠さんを見て、しばらくするとグルルルと喉を鳴らした。どうやら、問題ないと判断した様だ。

「お～、本当にすごいな。あっ、この間は危ないところを助けてくれてありがとうな」

師匠さんの言葉にシエルが尻尾をパタパタと軽く振る。

「ドルイドさん、どうしてこの場所がわかったんですか？」

「冒険者がいない方角で、安全な森を順番に探す予定だったんだ。まさかこんなに早く合流出来るとは思わなかったよ」

この場所がわかっていたわけではないのか。ところで師匠さんの顔が危ない。シエルを見てからにやけっぱなしだ。ちょっと……あの顔は引く。

200話　のんびり

「「はっ？」」

ドルイドさんと師匠さんにフレムの事を相談してみた。その結果、何とも言えない表情をもらいました。うれしくない。

「えっと、つまりそこらへんに落ちている石っころを魔石に変えたのか？」

「そういう事なんでしょうか？」

やはりそうなるのかな？

「あの、使用して魔力がなくなった魔石を冒険者が捨てて行ったという事はありえませんか？」

「そういう事も、あるかもしれないな。魔石を見せてもらえるか？」

「あっ、これです」

フレムが魔力を補充した二個の魔石を二人に見せる。

「また、すごいのが出たな」

「石が魔石になるなんて聞いた事がないので、やはり使用済みの魔石が落ちていたって事でいいんでしょうか？」

ドルイドさんが私の持っている赤い魔石を手に取って、空中にかざす。透明度が高いので魔石を通して向こうが綺麗に見えている。

「そうだと思いたいが。この大きさの魔石を使い切ったからと言って。捨てるか？」

「捨てませんね。俺だったら記念に取っておきます」

「そうだよな」

師匠さんたちの言葉に苦笑が浮かぶ。やはりこの大きさの魔石は、記念に残すほど珍しいのか。

「それにしても透明度がいいな。ギルドに鑑定依頼したら話題になる事間違いなしだ。しかもこの大きさ、他の町や村のギルドでも噂になるだろうな」

絶対に鑑定には出さないでおこう。というか、そんな予定もなかったけど。

「それとこっちの無色の……魔力を感じるから魔石で間違いないのだろうが、無色か」

師匠さんが首を傾げる。何だろう？

「無色の魔石なんて聞いた事ないですね」

ドルイドさんの言葉に師匠さんが頷く。つまり、属性不明の魔石？

「タンバスに鑑定をやってもらうか？」

タンバスさんは師匠さんの仲間でポーションを鑑定してくれた人だよね。だったら信用していいだろう。

「お願いしてもいいですか？」

「あぁ、奴は新しい物を鑑定するのが好きだからな。光るポーションを渡したら大喜びしていたよ。まぁ、ポーションの鑑定は不可能だったんだが」

新しい物？

「そういえば、そうでした。旅の道中にも、初めての物を見つける度に予定とか無視して鑑定を始めるので随分と困った経験がありますよ。しまいには師匠と大ゲンカを始めるし」

どうやらタンバスさんと言う人は、自由奔放な人のようだ。

「あれは奴が悪い。不意に現れた魔物が、見た事ないからまず鑑定させろとか、襲われている最中にほざきやがるからな」

それはすごい。というか、討伐したあとでもいいのでは？

「だからと言って、魔物そっちのけでケンカをするのはどうかと思いますよ」

「いいじゃねぇか。問題なく魔物は討伐出来たんだからよ」

「えぇ、俺とマルアルさんとギルマスでね」

「まぁ、そうだが。それまでの鬱憤（うっぷん）が溜まっていたんだよ、奴が悪い」

すごく大変な旅だったんだろうな。師匠さんとタンバスさんという、自由奔放な二人が揃っているのだから。マルアルさんの苦労が目に浮かびそうだ。

「アイビー、旅の道中は助け合おうな」

「もちろんです」

ドルイドさんがあまりに真剣に言うので、しっかりと目を見て答える。

「俺だってやろうと思えば出来るぞ」

「やろうとしないですよね」

「あぁ」

師匠さんの言葉にドルイドさんが大きな溜め息をつく。私も苦笑してしまう。

「あの、どうしてタンバスさんは襲われているのに鑑定をやりたがったんですか？」

「魔物によっては、生きている間と死んだあととでは少し鑑定結果が異なるらしい」

知らなかった。鑑定はいつやっても同じ結果が出るものだと思っていた。

「それにしてもかっこいいな～。アダンダラをこんな間近で見る事が出来るなんて、感動だ」

話している間も、ずっとシエルを見続けていた師匠さん。シエルは特に気にしていないのか、ソラと遊んでいる。ソラがピョンピョンと跳ねてシエルのお腹に突撃。それを前足でバシッと撥ね除けてソラが撃退されている。それを繰り返しているが、ソラはあれでいいのかな？　前足で転がされているよりかは、まともな遊び方なんだろうか？　……ソラってMか？

「あれ？　えむって何ですか？」

「えっ？　えむ？」

……どうやら前の私の知識らしい。ただ、言葉は出たが印象が浮かばないので中途半端だ。珍しいな。

「どうした？」

師匠さんの言葉に首を横に振る。私もわかっていない事なので説明は無理だ。

「大丈夫です」

「アイビー、ちょっとシエルに触っても大丈夫か？」

「シエル、師匠さんが撫でたいと言っているけど大丈夫？」

「にゃうん」

「いいみたいなので、どうぞ」

私とシエルのやり取りを見て、師匠さんが羨ましそうな顔をした。

「いいな。それものすごくいいな」

師匠さんに何度もいいなと言われてしまう。さすがにちょっと対応に困る。シエルが尻尾を振ると、師匠さんは私を見るのをやめてシエルにそっと手を伸ばした。そして手が首元に触れたと思ったら固まってしまった。

「ドルイドさん、師匠さんはどうしたんですか？」

「大丈夫だ。感動しているだけだから」

感動しているのか。それにしても師匠さんは今までの中で一番反応が大きい気がするな。

「うわ～、アダンダラに触ってしまった。あのアダンダラに」

小声でぼそぼそ何かを言っている師匠さん。声が小さくてよく聞き取れないが、微かに聞こえた声で感動している事が伝わってきた。

「シエル、撫でていいか？」

師匠さんの声がちょっと震えている。それが聞こえた瞬間、隣にいたドルイドさんが口を手で押さえるのが見えた。どうやら噴き出すのを抑えたようだ。

「にゃうん」

「お〜。答えてくれた！　ありがとうな」

そっとそっと撫でる師匠さんは、いつもの師匠さんではなく子供の様で可愛らしい。その様子を見ていたドルイドさんの口から、おかしな音が洩れる。噴き出すのを我慢しすぎて音が洩れたようだ。まぁ、確かにいつもの師匠さんを見ているので少し笑えるけど。

「お〜、すごい！　お〜」

「ククク、駄目だ。おかしい」

師匠さんの反応に、隣から押し殺した笑い声が聞こえる。

「師匠さんが可愛らしく見えます」

「ぶっ！　アイビー、それはない。絶対ない！」

私の言葉に噴き出したドルイドさんは、首を横に振って否定している。そこまで否定しなくてもいいと思うけど。

「そうですか？」

「あぁ、師匠を可愛らしいとか視力を疑うよ」

そこまで？

ゴザにドルイドさんと並んで座って、シエルと師匠さんが戯れている姿を眺める。師匠さんは、かなりご満悦なのか顔がにやけっぱなしだ。遊び疲れたソラが私の近くで寝始めると、フレムもソラに寄り添うように移動して寝始めた。この二匹を見ているとほのぼのするな～。

「いいですね」

「何が？」

「こういうのんびりする日って」

「そうだな」

この町に来てから何かずっとバタバタしていた。たまにはこうゆっくりのんびり過ごすのも悪くない。

201話　きんばん？

「すまなかった」

ギルマスさんに呼ばれたのでギルドに来たのだが、部屋に入った瞬間に謝られた。おそらく支払いの件だろう。

「あの顔を上げてください。私は……」

何て言えばいいのだろう。困っていません？　それとも、大丈夫？

「アイビーが気にすることはない。これはギルマスが悪い」

ドルイドさんの言葉に苦笑を浮かべる。そうかもしれないけど、私は怒ってないわけだし……。

「えっと、とりあえず話をしましょう」

私の言葉に、少し戸惑った表情のギルマスさん。それに首を傾げる。

「アイビーが、怒っていると聞いたんだが」

「えっ？　誰からですか？」

私が首を傾げると、ドルイドさんも不思議そうにギルマスさんを見る。

「師匠に」

「「…………」」

何となく無言で三人で見つめ合う。そし同時に溜め息をついた。もう、師匠さんは！

「良かった。遅れていることはわかっていたからな、本気で怒っていると思った」

「いえ、まったく怒っていません。忙しいのはわかっていたので」

「そうか。だが、それに甘えてしまったのは事実だ。他の冒険者だったら既に文句が出ているだろう」

「気を付けろよ」

ドルイドさんの言葉にギルマスさんが頷く。何度も思うけどギルマスさんって本当に大変だな。やる事が多すぎる。そういえば、他のギルマスさんには補助をする人がいたけど……いないのかな？

「あの、ギルマスさんを補助する人っていないのですか？　他の所では見かけたのですが」

「いる事にはいるんだが、二ヶ月ぐらい前に子供を産んでな。今子育て中だから休みなんだ」

「色々と重なってしまったんですね」

「ハハ、まぁな」

「お疲れ様です」

「アイビーは本当にいい子だな」

「そうだろ？」

ギルマスさんとドルイドさんに、しみじみ言われてしまった。何だか恥ずかしいし。それにしてもギルマスさんは相当疲れが溜まっているようだ。大丈夫だろうか？

コンコン。

「誰だ？」

「すみません。ドルイドさんが、こちらにいらっしゃると聞いたんですが」

男性の言葉に、ドルイドさんが頷くとギルマスさんが許可を出す。部屋に入ってきたのは、冒険者ギルドのカウンターで見た事がある男性だった。

「すみません。ドルイドさんに相談したい事がある奴らがいて、時間空いてませんか？」

ドルイドさんが私を見る。

「大丈夫です」

「わかった。またあとでな」

「はい」

ドルイドさんと男性が部屋を出ていくのを見送る。

「人気者だね～」

確かにドルイドさんは若い冒険者に人気で、冒険者ギルドに顔を出すとよく声を掛けられる。

「そうですね」

ギルマスさんを見るとうれしそうだ。

「あっ、そうだ。これだ」

ギルマスさんが、数枚の紙を私の前に差し出す。それを手に取って読んでいく。一枚目は、ドルイドさんを助けた事とシエルが討伐したグルバルの謝礼金についてだ。……えっと、ん？　この金額間違っているよね？　目をこすってもう一度金額欄を確かめる。『金貨六枚』この金貨の謝礼金については幸香を見つけた事のお礼も入っているらしい。未然に大惨事を防いだとあるけど、何の事だろう。

とりあえず、落ち着く為にもう一枚の紙を読んでいく。こちらは森の奥で収穫してきた薬実などのギルドの評価と買取価格が提示されてあり、既に販売済みとある。販売済み？　まぁ、いいか。評価を見るとすべて問題なかったようだ。これはうれしい。それにしても、薬実ってものすごく高い！　それに数点、思ってもいなかった金額がついている。

「悪い、薬実などの取引に不備があった」

「えっ？」

「本当は価格に問題がないかアイビーに確認を取ってから売るんだが、話が上手く伝わっていなかったみたいで気付いた時には完売していた。俺の不注意だ、本当に申し訳ない」

そう言うと、深く頭を下げるギルマスさん。

「大丈夫です。私が思っていたより高い価格がついているので」

本当に、買取価格を見て驚いた。まさかこんなに高額だなんて……。私、この町へ来るまでに結構な数を食べたよね。あれをお金に換えると……考えるのはやめよう。

「本当に悪いな。商業ギルドとのやり取りなんて初めてだったから」

「お休み中の人が、してくれていたんですか？」

「交渉ごとはほとんど。俺は決済と確認と冒険者どもの纏め役だったんだ」

それは、大変だ。

「他の人はいないのですか？」

「いる事はいる。だが、冒険者たちの教育関係の補助が主な仕事だったから交渉ごとは苦手みたいだ」

これは本当に色々重なって手に負えないという感じだな。

「ゆっくり確実に一つ一つって感じですね」

「ん？　ハハハ、そうだな。焦ってミスするよりいいだろうな」

あ～、既に何かミスでもしたのかな？　本当に大丈夫なのかな？　あれ？　私、何かギルマスさんに言う事があった様な、何だっけ？

「……何だっけ？」

「アイビー、どうした？」

「いえ、ギルマスさんに言わなければならない事があったと……あっ！」

思い出した、ソラのポーションと、フレムの魔石だ。えっと、言うなら今だよね。

「えっと、ちょっとお話が」

「な、何々。そんな改まって言われると、怖いんだが」

「あの……話が外に洩れないように出来ますか？」

師匠さんも、ドルイドさんも話をする時はマジックアイテムを使ってもらえと言っていた。

「あぁ、わかった」

ギルマスさんがマジックアイテムを持って来て作動させてくれる。これで大丈夫。

「あの今回の任務で師匠さんが持っていたポーションと魔石の事なのですが」

それが私のものだという事。私がシエル以外にスライム二匹をテイムしている事。そしてそのスライムがポーションと魔石を復活させた事を話す。復活させたという言い方が合っているのかわからないが、何と説明したらいいのか思いつかなかった。

「あの復活といっても、ソラはただ劣化版ポーションを食べて……いい所を集めているのかな？フレムは魔力を補充しているのだと思うのですが……」

説明って難しい。何となく伝わったと信じよう。あとは……今回の事で言っていない事はないよね。話し出すと何を言えばいいのか、何処まで話したのか少し混乱してしまう。

「あ～、えっと……ちょっと待ってくれ。少し整理するから」

「はい」

ギルマスさんが頭を抱えて何かぶつぶつ言いだした。何これ怖い。ちょっと体を椅子の上で引いてしまう。

「ん？　いや、そんな引かれても」

「ハハハ。すみません」

だって、怖かったんです。

「そうか。師匠が持っていたアレが……アレが……アイビー、またものすごい恐ろしい物を」

「そうですよね」

「あの魔石の威力は全員が唖然としたからな」

「そんなにですか？」

「あぁ、死んでたリュウはかなり巨大で、燃やし切るには数日掛かると誰もが思ったんだ。だからテントなどの準備を始めようとしていたら、師匠が火魔法が得意な奴に魔石を使わせると言いだして。まぁ、少し威力が増してもそれほど変わりはないと思ったんだが、いざ使ってみたら火柱が上がってな」

火柱！　それは、すごい。

「全員が唖然としたな。で、火柱が消えたあとに残ったリュウの残骸を見て、あの魔石の威力がけた外れだと気付いたんだ。何せ、巨大なリュウの半分が灰になっていた」

それほどだったのか。確かに師匠さんは三回で片付いたとは言っていたけれど。あの魔石でそれほどの威力なら、今回フレムが作り出した大きい魔石って……。うん、深く考えるのはやめよう。頭が痛くなる。

「そうか、あのポーションと魔石がアイビーのものなら師匠に用意した確認書はアイビーに渡せばいいんだな。ちょっと待ってくれ」

ギルマスさんが机に戻って何か新しい紙を出してくる。それを私に渡す。

「ポーションと魔石の使用代金だ」

これを確認するのが一番怖いかも。おそるおそる書類に目を通していく。ポーションを使用した人数と助かった人数。魔石の使用法と結果。そして金額…………金板三枚。きんばん？　ばん？ってもしかして板？　ちょっと頭が真っ白になる。

「問題ないか？　もう少し出したいんだが、すまんこの町に余裕がないからな」

「大丈夫です。まったく問題ありません。それよりも多いぐらいです。なので全然」

ギルマスさんの言葉に、考える前に言葉が勝手に口から出ていく。

「アイビー、ちょっと落ち着こうか」

「……はい。ふ～、ちょっと金額を見て混乱してしまって」

「そうか。アイビーの年相応の姿を見れて俺はうれしいけどな」

ギルマスさんの言葉に心がスッと落ち着く。

「すごい金額ですね」

正直な感想が口からこぼれる。

「ポーションの金額だな。冒険者たちの怪我を後遺症を残さず治療してくれた。本当に感謝しているよ。正直に言えば、今回の任務、半分生き残ればいい方だと思っていたからな」

えっ？　それは知らなかった。だって、森へ行く時も問題ないって師匠さんもギルマスさんも、他の冒険者の人たちだって……。やっぱりすごいな、町を守る冒険者の覚悟って。

「今回の任務はアイビーがいなかったら、もっと被害が増えていた。ありがとう」

「いえ、私は何もしていません。シエルたちが頑張ってくれたから」

「それは違うぞ。アイビーが俺たちの事を認めてくれたから、シエルはきっと俺たちを助けてくれたんだ。二匹のスライムだってアイビーが大切にしているから、色々と復活？　させてくれるんだよ」

そうなのかな？　私がしてきた事でみんなが頑張ってくれたのなら、うれしいな。

202話　すごいポーション

書類すべてにサインを書いていく。金額が金額なので、口座に振り込んでくれるらしい。良かった。手渡されたら、怖くてこの部屋から出られないだろう。振り込みは今日中にしてくれるそうなので、数日中に口座を確認してほしいと言われた。正直、口座を見るのが怖い。触れずにそっとしておきたいと思うが、そうもいかないようです。

「わかりました」

「金額に問題があったらすぐに連絡してくれ、頼むな」

「はい」

「そういえば、ドルイドと旅に出るんだろう?」

「はい。ドルイドさんが一緒に行くと、言ってくれたので」

「そうか。ありがとうな」

「えっ?」

ギルマスさんを見ると、とても優しい表情をしている。

「あいつは、ずっと一人で苦しんできた。笑っている時も、何処か悲しそうでな。それがアイビーと一緒にいる時は本当に楽しそうなんだ。何だろう、ようやく見つけた居場所というか……言葉にするのは難しいが。あいつにとってアイビーは支えなんだと思う」

支え……。

「私もドルイドさんが支えです。というか」

「というか?」

「私のお父さんです」

「ぶっ、お父さん?　ハハハ、そうか。家族か」

そう、私にとってドルイドさんは家族の様な存在になっている。私が何か始めると見守ってくれて、迷ったらそっと手を貸してくれる。大切な、大切な私のお父さんの様な存在。

「ドルイドの事、頼むな。大切な親友なんだ」

「はい。って何かおかしいですね。私がお世話になっているのに」

「いや、外から見ているとドルイドのほうが世話になっているように見えるぞ」

「まさかっ！」

「ハハハ、そうだ。森の奥で収穫してきた果実に青い物があっただろう？」

「はい。結構高く買い取ってくれた物ですよね」

「あぁ、あれは何処でもそれなりの値段で取引される品物だ。薬実などは変動があったりするがな。収穫するならあの果実を中心にするといい。安定した収入になる筈だ」

薬実って値段が変動するんだ。知らなかったな。青い実って、少し独特の味がある実の事だよね。何と言うか、甘味だけではないちょっと個性的な味だった。私は苦手だったな。

「教えてくれてありがとうございます。見つけたら収穫します」

かなり森の奥で収穫した筈だ。シエルの負担にならない様なら、少しだけ森の奥を探索してみよう。そういえば、あの青い実の名前知らないな。お店でも、見かけた事がない。

「ギルマス！」

聞こうかと思ったが、部屋の外からギルマスさんを呼ぶ声。忙しいのだろうな。

「では、私はこれで。ありがとうございました」

「いや、遅くなって悪かった。確実に今日中に入れるから」

私よりギルマスさんのほうが気にしているようだ。了解の旨を伝え部屋から出ようとすると、ギルマスさんがマジックアイテムの発動を止める。部屋の外では、綺麗な女性がちょっと怒った表情で立っていた。

「あっ、ごめんなさい。遅くなって」

「えっ！　違う違う。あなたのせいではないわ。気にしないでちょうだい」

女性はそう言うと、扉を開けた状態で部屋に大股で入って行く。

「うわっ、アルミ。お前子供は！」

「子供は？　ではないです！　問題が起きたら報告してくださいって言いましたよね？　何も言ってこないから安心していたのに、仕事はたまっているというしミスもあったそうではないですか！」

「いや、だって」

「だってではありません！　こういう時こそ問題なく仕事を回さないと駄目なんです。子供をしっかり育てる為にも町がちゃんとしてくれないと落ち着いて子育てなんて出来ません！　休みをもらう前に何度も言ったでしょう。無理だったら早めに連絡を寄越せと！」

どうやらギルマスさんの補佐の人のようだ。噂を聞きつけたのか、問題に気付いたのか。とりあえず、ギルマスさんはこれで大丈夫だろう。

「ギルマスの奥方には、数日家に帰れない事は伝えました。溜まった仕事が終わるまで帰れませんからね！」

「何だと、アルミ！」

「な・に・か？」

「ひっ……いや。何でもないです」

そっと部屋から離れ、ギルドから出る。扉の近くでは、二人の冒険者が話し込んでいた。すぐに通り過ぎようとしたのだが。

「そんなにすごいポーションだったのか？」

ポーションの話だったので立ち止まってしまう。

「あぁ、すごいポーションだった。俺さ、グルバルの角で思いっきりやられて絶対に死ぬと思ったんだ。意識も、もうろうとしてくるし。で、気がついたら傷も治療されて出血の後遺症もなくて、驚いたよ」

「はっ？　何があったのか知らないのか？」

「実はそうなんだ。完全に意識失ってたから」

「何だよそれ！」

「しかたないだろう。出血がひどかったんだから」

「だったらポーションの事は何も知らないのか？」

「いや、見た」

「見た？」

「あぁ、おそらく怪我が一番酷くて助からないと判断された奴が最後だったんだろうな。そいつの治療の為に残ったポーションをすべて飲ませている姿を見た。光ってたんだ、そのポーション」

「光るポーション？　聞いた事ないな」

「最初、何を飲ませているのかわからなかったんだ。でも間違いなくあと数秒で死ぬって奴が、しばらくしたら起き上がってさ。あの時は驚いたな。腹に開いた穴もふさがっているし、出血の量も半端なくて青白かったのに、普通の顔色だったし」

「本当に？　いくらすごいポーションでもそんな話聞いた事ないが」

「だから最初に言っただろうが、見た事もないすごいポーションだったって！」

「わかったから怒鳴るなって！　というか。よくそんなポーションを俺たちに使ってくれたよな。確か師匠と呼ばれている人が、持っていたポーションだったんだよな？」

「あぁ、訊いても詳しくは答えてはくれなかったけど、師匠のポーションで間違いないよ」

「そうか。恩人だな」

「あぁ、恩人だ。今回の任務で俺は、死ぬ確率が高いとわかった上で盾役として立候補した。だから生きて町に戻って来た時、家族の顔を見た時、号泣しそうになったわ」

「俺は、お前の姿が見えた時に本気で泣いた」

盾役？　たしか、任務を成功させる為に仲間の盾になる人たちの事だった筈。そっと二人の顔を窺う。まだ二人とも若い冒険者だ。その一人が死ぬ確率が高いと知った上で盾役に？　ちょっと泣きそうになったのを、ぐっと耐えて足を動かす。

「泣いた？」

「本気泣きしてしまった」

二人の笑い声が後ろから聞こえる。ソラのポーションが役に立って良かった。肩から提げているバッグをそっと撫でる。心の中でありがとうと言うと、バッグが少しプルプルと揺れた。

「ありがとう、ソラ、フレム」

やはり声に出してちゃんと言いたい。周りに聞こえないように小声でささやくと、バッグから先ほどより大きなプルプルが伝わってくる。それに心がホッと温かくなる。今日はポーションも剣も、魔力切れした魔石も一杯あげよう。

203話　家族登録

ギルドからドルイドさん宅へ行くと、買取業者の人たちが荷物を運び出しているところだった。その様子を玄関の所で見ているドルイドさん。

「こんにちは」

「用事は終わった？」

「はい。そうだ、アルミさんという方がギルマスさんに会いに来ていました」

私がそう言うと、隣をたまたま通り掛かった業者の人から「げっ！」と言う声が上がる。驚いて声を上げた人を見ると、何とも言えない表情をしていた。首を傾げると、ドルイドさんが笑い出す。

「どうしたんですか？」

「アルミは交渉担当だから、業者関係者に恐れられているんだよ。取引等の交渉をしていると、いつの間にかアルミの要求通りになっている事が多いとかでさ。でもまさか、名前を聞くだけであんな表情をするなんてな」

　ドルイドさんはかなり楽しそうだが、業者の人は苦笑いで仕事に戻った。そういえば、ギルマスさんも交渉を任せていると言っていたな。

「ギルマスさん、怒られていました」

「ハハハ。ギルマスには、何度か忠告したんだけどな」

「忠告ですか？」

「あぁ、仕事が上手く回っていなかったし、ミスも出てきていたからさ。アルミに早めに相談しろよと」

「そうなんですか」

「あぁ。でも子育ての邪魔をする事になるとか言って、相談出来なかったみたいだけどな」

　そういえばギルマスさんは、アルミさんが来た時も子供の事を心配していたな。彼女のほうは何も言わなかった事にキレていたけれど。

「彼女が帰って来てくれたんならもう大丈夫だろう。何せ仕事の鬼だから」

　仕事の鬼、それは怖い。

「あっ、溜まった仕事が終わるまでは帰れないそうです。ギルマスさんの奥さんにも許可を取ったとか」

「うわ〜、ギルマスの唯一の癒しを味方に付けたのかアルミ。さすが容赦がない」

　ギルマスさんの怯えた声で、見た目以上の人なんだろうとは思ったけど。本当にすごい人だったようだ。

「あ、そうだ。これこれ」

ドルイドさんがズボンのポケットから何かを取り出す。見ると緑のカード。初めて見るカードなので、これが何かはわからないが口座のカードに少し似ている。

「これは？」

「商業ギルドが登録者に発行しているカードだよ」

えっ？

「今日、商業ギルドに登録してきたんだ。無事登録が済んだから」

「あっ、ありがとうございます。お願いした事、すっかり忘れてました」

「色々忙しかったからしかたないよ。それで、アイビーさえ良かったら家族登録をしないか？」

「家族登録？」

「あぁ。商業ギルドでは家族で事業を引き継ぐ事が多いから、家族登録が出来るんだ。調べたら、血のつながりがなくても登録出来るみたいでな。身元の保証に口座カードを使っているが、ギルドのカードのほうが安全だと思うんだ」

冒険者ギルドのチーム登録の家族版という感じだな。それにしても血の繋がりがなくてもいいんだ。それは不思議。

「家族登録にはスキル登録は必要ない。本人の意思と少しの血だけだ」

血？

「あの、血って何ですか？」

「あれ？　口座を作った時に血を登録しなかったか？」

したっけ？　あの時は口座を作る事にちょっと興奮してしまって、あまり記憶が。そういえば、何かに指を押し付けた様な。

「した様な？」

「何だ？　記憶にない？」

「口座を持てるなんて考えた事がなかったので、気持ちが一杯一杯で」

「なるほどな」

そう、あの時はちゃんとしているつもりだったけど、あとで思い出すと夢の中のようにふわふわした記憶となっていて、よく覚えていなかった。その事を、ものすごく残念に思った事は強く記憶に残っているが。

「確かに、自分の名前で口座を作る時はワクワクするよな。俺も依頼料を振り込む口座を初めて作った時はかなり興奮した」

「ドルイドさんもですか？」

ドルイドさんが苦笑いしながら頷く。今の落ち着いた彼を見ていたら、まったく想像が出来ないな。というか、彼の若い頃が想像出来ない。

「終わりました」

玄関で立ち話をしていると、業者の人から声が掛かる。どうやらすべての荷物を運び出せたようだ。

「ありがとう」

「いえいえ、これだけの物を売ってもらえたので、こちらとしてもかなり助かりますよ。しばらくしたら、冒険者たちが押し寄せるでしょうから」

冒険者が押し寄せる？　何かあるのかな？

「ハハハ、確かに。お金は口座に頼むな」

「はい。わかりました。では」

大量の荷物を積んだ馬車が動き出す。

「あの、冒険者が押し寄せるって何ですか？」

「魔物の凶暴化が原因なのかは不明なんだが、グルバルの中に高純度の魔石があるとわかったんだ」

高純度の魔石。間違いなく冒険者が集まる情報だな。

「全部のグルバルではないそうだが、かなりの確率で当たりがあると言う噂だ」

「それは、すごいですね。どんなレア物か見てみたいな」

「見せてもらったけど、最高でレベル二だそうだ」

レベル二？　フレムがSSSを作っちゃうからあれだけど、いい方なんだよね。

「立ち話も何だから、家に入ってゆっくりしようか」

「はい」

あっ、さっきの返事をしていないや。

「あの、ドルイドさん。家族登録、お願いします」

「……いいのか？」

ちょっと心配そうな表情でドルイドさんが訊ねてくる。どうやら、答えるのが遅くなった為に不安を感じてしまったようだ。

「はい。もちろん、よろしくお願いしますね。お父さん」

「ハハハ、ギルマスに自慢してやろう」

えっ？　何を？　ドルイドさんを見ると、とても優しい笑みが浮かんでいる。先ほどの不安な表情は何処にもない。良かった。

「今ギルマスさんに会いに行ったら、アルミさんにも会えますね」

「……今は、やめておくよ。ギルマスの邪魔をしても悪いし」

今までの事があるからなのか、時々すごい不安そうな表情を見せるドルイドさん。少しずつ、そんな感情が消えていってくれたらいいな。

「本当にそれが理由ですか？」

食事の部屋に入ると、ものすごくさっぱりしている。どうやら家財道具も必要ないと売ってしまったようだ。やる事が早い。

「バレたか。アルミは人使いが荒いから、今行ったら確実に手伝わされる。今までに何度ギルマスに巻き込まれた事か」

ドルイドさんが大きな溜め息をつく。確かにアルミさんの勢いで来られたら、断れないだろうな。ドルイドさん、優しいから。

「そうだ」

ドルイドさんがマジックアイテムのボタンを押す。見た事のないアイテムだ?

「これは?」

「これも周りに音が洩れないようにするマジックアイテムなんだ」

今まで使っていたマジックアイテムより少し小ぶりだ。

「音を届けない範囲が少し狭いんだけど、二人だったらこれで十分だから」

なるほど。

「ただし、これは家の中かテントの中だけでしか使えないけどな」

「そうなんですか?」

「あぁ、口元までは隠してくれないから」

「口元?」

「知らない? 外で使っていたマジックアイテムは、口元が見えないようになっているんだ。口の動きで話を読める奴がいるから」

「そんな事が出来る人がいるんですか?」

「あぁ、読唇術というスキル持ちがいるからな」

知らなかった。読唇術か、マジックアイテムがあるならこのスキルって活用出来る場所ってあるのかな?

「それで? 提示された金額は満足出来るものだったか?」

「口座カードを持つのが怖くなる金額でした」

「怖くなるって、大げさだな」

「大げさではないですよ。あの、金板が三枚」

「だろうな」

知ってたの？　私が首を傾げると、ドルイドさんはぽんぽんと頭を優しく撫でてくれた。

「冒険者の命を守ったポーションの値段としては妥当なんだよ。ギルドにとって冒険者は財産だから。冒険者によっては五枚を要求するだろうな」

えっ！　五枚とか書かれていたら、きっと意識が飛んでいたと思うな。三枚でも混乱したのに。

「あっ、俺のほうもかなり高額で売れたから、旅の費用にプラス出来るから」

そういえば、旅の費用とか二人でどう分けるかなどの話が出来てないな。口座を確認するのは明日でもいいし。

「あの、旅の費用をどのくらい準備するのか話し合いませんか？」

「そうだな。準備が終われば出発したいしな」

「はい」

よし、ドルイドさんだけに負担が掛からないようにちゃんと決めるぞ！

204話　揉めました

「疲れました」

「アイビーが頑張るから」

「ドルイドさんの頑固者」

「アイビーの意地っ張り」

ドルイドさんと、ちょっと睨み合う。まさか旅費の事で揉めるとは、思わなかったな。

私としては二人で旅をするのだから、旅費は折半だと思っていた。その為、ドルイドさんが考えている旅より少し貧乏な旅になるかもしれないなと。それは申し訳ないと思ったが、ちょっとだけ我慢してもらおうと。ただ、思いがけず大金が手に入ったので私が考えていた旅より良い旅が出来る筈。なので、そのつもりで話を始めたのだが。

「大人の俺が旅費を多めに出すのは当たり前。というか、アイビーは出す必要はないよ」

なぜかドルイドさんがそう言いだしてしまい、譲ってくれない。

「これから長い旅になります。寄り掛かりすぎるのはどうかと思うんです」

旅が長くなると旅費も増えるから、負担が大きくなっていく。これからの事を考えるなら、私もしっかり負担すべきだ。

「アイビー一人ぐらい、問題ないよ。今までかなり稼いでいるから」

「いえ、そういう事ではなくて」

「父親に遠慮は要らない」

「それとこれとは別です」

なぜか話が通じない。私も出しますと宣言したら『五分で』と言われた。一割もない事に項垂れてしまった。私も譲れないので『四割八分がいいと思います』という言葉から、なぜか割合の言い合いに発展。さすがに疲れてきたな。

「このまま話していても決まらないな。とりあえず、他の事から決めていこうか？」

「そうですね」

良かった。ドルイドさんの勢いに押されるところだった。

「冬になるからな、冬の拠点を最初に決めよう」

ドルイドさんが地図を広げる。

「アイビーって足が速いんだよな」

「自慢です」

逃げる為に駆け足で旅をしていたせいか、足は速い。今は逃げる必要はないが、大人と遜色ない速さで旅が出来るのがちょっとした自慢だ。

「あの、お願いが」

「どうした？」

「森の奥で木の実などを収穫していきたいので、余裕を持って予定を組んでほしいです」

オール町で木の実などがある程度というか予想より売れるとわかった。なので、収入を確保する為にもぜひとも木の実は収穫していきたい。

「そうだな。そうなると次の町か村だな」

次の町か村？　地図を見るとオール町から王都方面へは途中で道が二つに分かれ、一つは町へ、もう一つは村へ続いている。そして町の先と村の先の道がまた一つにまとまって少し小さな村へと続いている。あれ？　私の持っている地図と違う。

「あの、この地図、私の地図と違いますね」

私がいつも持ち歩いてる地図をバッグから取り出して広げる。その地図にはオール町の隣は二つの村。そしてその先が町となっている。しかもその町はかなり大きく表示されている。

「あぁ、こういう地図って旅をしてきた冒険者の情報で作られるから。おそらく聞き間違えたんだろう。もしくは情報が少なくて作成した人物の思い込みが入ったか」

そうなんだ。地図って随分とアバウトなものなんだな。もっと調査をして作られていると思い込んでいた。

「どっちがいいかな？　そういえば冬の予定は？」

「冬の予定ですか？　何か出来るんですか？　私が住んでいた場所は、雪がすごくて家から出る事はほとんどなかったんですが」

「そうなんだ。コール町ももう一つの村、ハタウ村も積雪は多い年で俺の腰より下ぐらいだから、まったく外に出られなくなる事はないかな。ただ、吹雪になる日だけは要注意だけど」

「確かに吹雪は怖いですよね。村でも毎年吹雪で人が亡くなっていました」

「あぁ、方向感覚がなくなるからな。冬は狩りはどうする？」

「出来るんですか？」

「冬に出てくる魔物がいるから、冒険者たちはそれを狙うな。商業ギルドでも冬は買取価格が上がるから、狙い目だぞ。まぁ、冒険者ギルドよりかは安いけどな」

「冬に出てくる魔物……」

冒険者の人たちは依頼料もあるからな。それにしても、商業ギルドでも肉は売れるのか。ドルイドさんが登録してくれたおかげで、色々と幅が広がったな。

「アイビーの狩りの方法だと、少し小型の魔物を狙ったほうが成功率が上がるだろうな。そうなるとコール町よりハタウ村のほうがいいかもしれない。あそこは小型の魔物が毎年出るから」

「冬には動物も魔物も活動しないと思っていました」

「不思議な事に冬にしか現れない魔物なんだよ」

「冬にしか？」

「あぁ、夏にはどんなに探しても見つけられないんだ」

何とも不思議な魔物だな。それにしても、冬にも狩りが出来るのか。がんばろう。

「ハタウ村にしましょう」

ドルイドさんの地図でハタウ村を確かめる。コール町とハタウ村は同じくらいの大きさだ。これだったら宿も色々な種類がある筈。

「地図ではわからないがコール町のほうが大きいんだ。というか、コール町はここよりデカい町だ」

「そうなんですか？　この地図では同じくらいですが」

「なかなか訂正した地図が販売されなくてな」

あまり地図を当てにしないほうがいいのかな？　今まで結構、信用してきたのだけど。

「ハタウ村は大きさはこの町と同じぐらいなんだが、町に挟まれているから目立たなくて、穴場の場所だったりするんだ」

「そうなんですか？　宿の情報とかありますか？」

「村は大きいから宿の数は多い方かな。コール町やオール町に比べると宿は安めだ」

「それはうれしい情報です。シエルがゆっくり出来る場所ってハタウ村の近くにありますか？」

「あるぞ。近くに洞窟がある。それもかなりの数だ」

それならシエルも大丈夫かな。

「あの、以前シエルに冬眠はしないと教えてもらったのだけど、寒さには強いんでしょうか？」

「アダンダラが寒さに弱いとは聞いた事がないけど、あとで本人に確かめておこう」

「はい」

次に向かう場所は『ハタウ村』に決定。あとは……旅に持って行く荷物に関しては既に話し合っているし。……またお金の問題か。

「ハタウ村の宿の値段ってどれくらいでしょうか？」

まずはどれくらい必要なのか教えてもらおう。

「そうだな冬の間は月借りになるから、金貨三枚から一〇枚ぐらいだな」

結構幅があるな。

「何が違うんですか?」

「そうだな、宿の場所によって値段が変わる。大通り沿いもしくは一本道を外れたぐらいだと高くなる」

なるほど、移動手段がいい場所は高いのか。

「あとは、食事だな。自炊するなら安くなるぞ。食材を自分たちで調達する場合も安くなる」

宿の人の手を借りると高くなるのか。私は自炊出来るし、マジックバッグがあるから食材を確保も出来る。安く借りれるかな?

「あとは、風呂が宿にあるかどうかだな。俺としてはあるほうがおすすめだ」

「そうなんですか?」

確かにお風呂は気持ち良かったけど、毎日でなくてもいいと思うけどどな。夏場のように体を拭くだけでも。

「狩りをする予定なら、お風呂は絶対に必要だと思うぞ。かなり体が冷えるから」

あっ、そうか。狩りをする予定だった。

「体が冷えたままだと病気にもなりやすい。風呂は絶対に必要だと思うぞ」

「そうですね。そうしましょう」

狩りで頑張って稼げたらいいな。

「あとは宿の人と相談だな。安くなる条件を聞けば教えてくれるから」

「わかりました」

金貨五枚ぐらい用意しておいたほうがいいかな？

「そうだ、部屋は一緒でいいのかな？」

「はい、もちろんです」

というか、一緒でないと不安だ。宿なんて使用した事がないから、考えただけで緊張してしまう。楽しみではあるのだけど。

205話　仲間が頑張ったら……

「旅費の話をしても、さっきの繰り返しになるだろうな」

「そうですね」

何かいい方法はないかな？　私もちゃんと負担出来て、ドルイドさんが納得する方法。もしかしたら、最初にお金を準備しようとするから問題になるのかな？　だったら、これから貯める事にしたら。

「あの、今日から二人で収穫した物はすべて旅費として貯めていきませんか？」

「ん？　今日から収穫したすべて？」

「はい」

これだったら、二人で収穫した果実などが旅費になるのだから大丈夫の筈。

「全部は駄目だろう」

何で？

「個人的にほしい物だってあるだろう？　全部を旅費にしてしまったら買えなくなってしまう」

「いえ、ほしい物はないので」

今までだってずっと、冬の宿代の為に貯めてきた。今さら、不満はない。

「それこそ駄目だ。アイビーは若いのだから、もっとほしい物が一杯ないと」

おかしいな、簡単に承諾がもらえると思ったんだけど。……あれ？

「本当にほしい物はないのか？　服とか靴とか」

「えっと、その事はまたあとで、とりあえず旅費の話をしましょう」

何となくその話は駄目な気がする。返答を間違うと、大変な事になりそうな気配が……。

「しかたないな」

「えっと、とりあえずすべてを旅費にして……そこから二人にいくらか振り分けましょう」

「いや、俺はいいよ」

ここで頑張っても、折れてくれないんだろうな。だったら、ここは諦めるべきか？　と言うか、ドルイドさんっていくら持っているんだろう？　……聞くのは失礼だよね。やめておこう。

「なら、ドルイドさんに甘えさせてもらいます」

「よし、いい子」

んー。押し切られている様な……。

「アイビーの考えを形にするなら、口座をもう一つ作ったほうがいいかもしれないな」

「口座を？」

「あぁ、今あるのは俺の個人口座と、アイビーの個人口座だ。俺の口座を使うのはさっき反対されたからな」

「もちろんです」

「だから、もう一つ家族口座を作ろうか」

家族口座。そんな物が作れるの？

「そこにアイビーが言うように収入をすべて入れて、アイビーがほしいと思う金額を移動する」

確かに、これだと旅費と個人のお金を完全に区別出来る。ドルイドさんが、自分のお金を使ってしまうのを防げるかもしれない。

「そうですね。口座ってすぐに作れるんですか？」

「商業ギルドで家族登録をしたら、口座は作る事が出来た筈だ」

何とか、ドルイドさんだけが使うのを防げるかな。あっでもこれって知らない間に家族口座にドルイドさんがお金を入れる事も出来るのでは？

「ドルイドさん、家族口座に勝手にお金を沢山入れては駄目ですよ」

「……しないよ」

一瞬目が泳いだ！

「口座を確かめて、入っていたら戻しますよ」

「アイビーはしっかりしすぎだと思う。それより俺って貧乏に見える？」

「いえ、まったく。他の冒険者の方より裕福に見えます」

私の知っている冒険者の人は旅の冒険者なのでよくわからないが、家も持っていたしマジックアイテムも沢山持っていた。なので、おそらく今までで一番裕福な冒険者だと思う。

「今まで無茶な仕事ばかり受けてきたからさ、収入だけは良かったんだよ。使い道はなかったし」

前にも少し話してくれた事があったな。『生きる事に執着』がなかったから、かなり危ない仕事をしてきたって。その話を聞いた時、ものすごく悲しくなった。

「だからお金だけはあるんだよ。ここ数年、自分の口座の残金を確かめた事なかったから、久々に確かめて驚いた。一〇〇〇ラダルぐらいあるんだから」

えっ？　今、何て？　一〇〇〇ラダル？　えっと金板が一〇ラダルだからそれが一〇〇枚以上？

「はっ？　えっ？」

「驚くよな。さすがの俺も驚いた」

それだけ危ない仕事をこなしてきたって事？

「仕事の事で、師匠にもギルマスにも何度も注意をされるわけだよな。今考えるとちょっと引くわ」

そう言って笑っているドルイドさんに、怒りが湧く。

「笑い事ではないです！　一〇〇〇ラダル分、危険にさらされてきたって事ではないですか！」

「えっ……アイビー」

怒りにまかせて叫ぶと、ドルイドさんが生きている事に涙が出てくる。

「生きてくれて、良かったです」

目元を拭って言うと、ドルイドさんが目を見開いた。そして、いつもとは違う情けない笑いを見せた。

「うん。ありがとう」

いったいどれだけの危ない仕事をしたら、そんなに貯まるのだろう。ポンと頭に乗ったドルイドさんの大きな手。

「これからは気を付ける」

「ドルイドさんは、もっと自分を大切にするべきです」

「……そうする」

「言っておきますけど、旅を一緒にすると決めた以上は」

「うん」

「私が目標を見つけて、達成するのを見届けてもらいますからね！」

「へっ？」

何だか、ドルイドさんは自分がいなくなっても問題ないと思っている節がある。そんなの許さないから！

「約束です。見届けると」

ただの口約束でも、ドルイドさんは守ってくれると思うから。絶対に約束してやる！

「えっと」

「約束です」

「はい」

よし。……それにしても一〇〇〇ラダル。

「ドルイドさんの口座もびっくり箱ですね」

「……俺もそれに仲間入り？」

「既にドルイドさん自身が仲間入りしています。なので追加項目が増えただけですよ」

「喜んでいいのか複雑だ」

「ふふふ、確かに」

二人で笑って気持ちを落ち着かせる。何だか、今ので気持ちが切れてしまったな。

「とりあえず、家族登録と家族口座だな」

「はい」

「それと冬の為の旅費だけど」

「冬の為に貯めてきた旅費を口座に入れます。これは譲りません！」

「……しかたないか。だったら俺は――」

「同額入れてください」

「えっ？」

ドルイドさんの言葉を遮る。絶対多めに入れるに決まっている。

「ドルイドさんは、私と同額を入れてください。ちょっと宿のランクが下がる事になるかもしれません」

「それは問題ないよ。仕事で使う宿は最低ランクの宿だったから。風呂がなくて汚い宿」

さっきはお風呂が絶対にいるとか言っていたのにな。

「ここから二人で始めましょう」

「始める？」

「はい、この町からハタウ村まで頑張って収穫して、宿のランクをあげられるように！　楽しそうだと思いませんか？」

上手くいかないかもしれない。それでも、ドルイドさんと一緒だったらきっと楽しめると思う。強い味方のシエル、ソラ、フレムもいるし。

「楽しそうか、でも収穫が無理だったら」

「その時は口座にある金額で泊まれる宿です」

「いいのか？」

「もちろん。私一人だったら最低ランクの宿だった筈なので」

というか、大金が入ったとしてもそうしただろう。次の冬や、そのまた次の冬を考えて。今はドルイドさんがいるから、そこまで悲観していないな。

「ぷ～！」

ドルイドさんとじっと見つめ合っていると、部屋中にソラの声が響き渡る。驚いてバッグを見る。しまった、バッグから出すのを忘れていた。ソラをバッグから出そうとすると自分でもぞもぞと這い出てくる。そして、もう一度鳴くと、私とドルイドさんの間にある机の上に乗る。

「ぷっ！」

何だろう怒っている？

「てりゅ～」

フレムの声も聞こえる。が、フレムは自分ではまだバッグから出れないようだ。バッグがもぞもぞと動き続けている。慌ててバッグから出すと、何だかフレムも怒っている雰囲気。

「ごめんね。バッグから出すのをすっかり忘れてて」

二匹は反応せずに、じっと私を見つめてくる。バッグに入れっぱなしだった事を怒っているわけではないようだ。何だろう。えっと、ドルイドさんと話していた内容を思い出す。ソラが怒る様な事は、話していないと思うけど。

「何で怒っているんだ？」

「何ででしょう。あっ、もしかして」

「何？」

「収穫を手伝ってくれるの？」

「ぷっぷぷ～」

「てっりゅりゅ～」

良かった、正解みたいだ。

「ソラとフレムが手伝ってくれるなら心強いな」

「ドルイドさん、シエルもいますよ」

「ハハハ。そうだった」

さっきも思ったけど心強い味方が三匹もいる。

「…………」

「ドルイドさん。宿のランクを上げすぎるのはやめましょうね」

シエルとソラとフレムが本気で手助けしたらと思ったら、ちょっと逆に心配になった。

「そうだな、身の丈に合った宿にしような」

ドルイドさんも頑張る三匹の結果を想像したようだ。

206話　約束です！

一二時を少し過ぎた商業ギルド前でドルイドさんを待っていると、走ってくる姿が見える。

「ごめん。遅れてしまった」

「いえ、って、どうしたんですか？　随分と疲れているようですけど」

ドルイドさんの様子に、走ってきた以上の疲れが見える。

「ハハハ、アルミに見つかった」

あらら、それは。

「ご苦労様です」

「アイビーと約束していて良かったよ。これがなかったら、今日は徹夜だったかもしれない」

大きな溜め息をつくドルイドさん。徹夜は大変だな。

「あの、ギルマスさんは大丈夫でしたか？」

「ハハハ」

笑って答えないドルイドさん。これは、大丈夫じゃないんだろうな。

「あとで差し入れでも持っていきましょうか？」

「ダメダメ。行ったら、帰れなくなる」

それは、ちょっと私も遠慮したいな。

「それより、登録と口座を作りに行こう」

「……そうですね」

ギルマスさん、ごめんなさい。アルミさん、ちょっと勢いが怖いです。それに徹夜もちょっと……なので、遠くから応援しておきます。

ドルイドさんのあとに続いて商業ギルドに入る。朝の喧騒が落ち着いている時間なので人はまばらだ。

「あっ、いたいた」

「えっ？」

「昨日、話を訊いた人だ。彼女にお願いしよう」

「はい」

ドルイドさんと私が、一人の女性に近づくとその人は笑顔で挨拶をしてくれた。

「こんにちは」

「こんにちは、昨日訊いた家族登録をしたい。それと家族口座を作りたいのだが」

「わかりました。書類はこちらです。記入をお願いいたします」

ドルイドさんの事を覚えていたようで、滞りなく書類が出てくる。さすが、ベテランさんかな？

「ありがとう。アイビー、あっちで書こうか」

「はい」

書類にそれぞれ名前と年齢を書きこむ。そして、家族登録する事をお互いが承諾しているという欄にチェックを入れる。ドルイドさんは親（保護者）の部分に何か書き込んでいたが、よく見えなかった。書き終わると、書類と一緒に私の場合は口座カード、ドルイドさんは商業ギルドのカードを提出。五分も掛からず家族登録が出来てしまった。

「すぐに出来る物なんですね」

あっという間すぎて、驚きだ。

「アイビーの口座カードがあったからな。アレがなかったら、もう少し時間が掛かったと思う」

「そうなんですか？」

「あぁ、何せ保証人の欄にすごい名前が載っているからさ」

「えっ？」

私の口座カードの保証人？　私の保証人はラトメ村のオグト隊長にオトルワ町のギルマスさんに自警団団長のバークスビーさんだ。彼らがすごい人たちだという事は知っている。でも、それがどう関係してくるんだろう。私が首を傾げると。

「俺はこの町の出身で、ある程度名前が知られているから問題ないが。アイビーはこの町とは今まで縁がなかっただろう？」

「はい」

「保証人があの三人以外だった場合、アイビーに調査が入った可能性がある。口座カードにある保証人に身元の確認がされただろうし」

「そうなんですか？　あっ、もしかして彼らに迷惑が？」

「それは大丈夫。保証した人物を見て、アイビーは問題なしと判断されたみたいだから」

「そうですか。良かった」

「それにしても、最低二日は掛かると説明されていたから、それがたった五分足らずで登録が完了するとは驚いたな。やはりあの三人はすごいな」

「最低二日が、たった五分ですか……すごいですね」

ドルイドさんの話に驚いていると、新たに二つのカードが机に置かれる。家族登録が出来たので家族口座を作ってもらっていたのだ。

「お待たせいたしました。こちらが家族カードとなります。カードは二枚でよろしかったでしょうか？」

「はい」

私が持っている口座カードは白の無地だが、家族カードは白のプレートに赤と青の線が二本描かれている。何だかドキドキするな。

「では、こちらにそれぞれの血をお願いいたします」

二枚の家族カードの上に、それぞれ丸い透明の物が置かれる。……これって、口座カードを作った時の。うろ覚えの記憶を頼りに、凹んだ部分に指を入れてグッと押し付ける。僅かにチクリとした痛みを感じた瞬間、プレートが光り、名前と年齢と、ドルイドさんの名前が浮かび上がる。

「ドルイドさんの名前も出ました」

「こっちはアイビーの名前だったよ」

なるほど、家族の名前が表示されるのか。おもしろいな。

「ご苦労様です。家族登録も家族口座開設も無事に終わりました。あと何かお手伝い出来る事はありますか？」

「大丈夫です、ありがとう」

「ありがとうございます」

ドルイドさんに続いてお礼を言う。

「可愛らしい娘さんですね。これからお父さんは色々と心配事が増えますね」

えっ？　心配事？

「アイビーはしっかりしているから大丈夫だと思うけど、周りがうるさくなるかな？」

「たぶん。だって、とても可愛らしいお嬢様ですもの」

「ハハハ、ありがとう。余計な虫がつかないように気を付けるよ」

何？　むしがつかないように？　無視？　虫？　余計な虫？　これから行く場所には、何か怖い虫でもいるのかな？　虫は平気だけど、怖い虫とかちょっと嫌だな。

お姉さんの所を離れてギルドの隅に並んでいる小部屋に向かう。口座の確認と家族口座へのお金の移動だ。

「ドルイドさん、怖い虫ってどんな種類の虫なんですか？」

「えっ？　怖い虫？　えっと、何の話？」

あれ？　もしかして何か間違えた？

「えっと、さっきお姉さんと話している時に、虫を寄せ付けないように気を付けるって。だからこれから向かう村には何か怖い虫でもいるのかと」

「なるほど」

なぜかドルイドさんに頭を撫でられた。そしてうれしそうに『気にする必要はまったくないから気にするな』と力強く言われた。何だかそれ以上聞いてはいけない雰囲気。気になるけど、話してくれないだろうな。またの機会に、そっと訊いてみよう。

「さて、まずはアイビーの口座の入金確認だな。で、家族口座にお金の移動」

「はい」

「アイビーの口座にはしっかりとお金は残しておく事。これは約束な」

「……はい」

私の口座からも旅費を出してもいいが、口座の半分以上は駄目だと言われた。俺もアイビーが旅費を出す事に賛成したのだから、この意見に賛成する事、と。言いくるめられた様な気もするが、ずっと意地を張りあっていても進展しないので諦めた。

「では、確かめます」

「はい」

多額の入金に恐さもあるが、すべての金額の半分しか旅費に出来ないのでちょっとでも多いとうれしいという気持ちもある。複雑だ。

小部屋の一つの部屋に入って、小窓の前にある白い板の上に口座のプレートを置く。すぐにずらっと数字が並び、最後に残高が浮かび上がる。

「おぉ〜」

「えっ！　四分の一にすれば良かった」

私が残高を見て驚いていると、後ろでドルイドさんが何かを呟いた。不思議に思いドルイドさんを見ると、眉間に皺が刻まれている。

「ドルイドさん？」

「金額だが」

「半分です！」

私の断言に、軽く溜め息をつくドルイドさん。絶対に譲りませんよ。

残高は一九〇ラダルを超えていた。金板一九枚だ。忘れていたけど組織を潰した時に一〇〇ラダルもらっていたな。あまりの事に記憶の片隅に追いやって、すっかり忘れてた。そういえば、あの時は懸賞金もあったな。この間のポーションと魔石の金額も含めて、いつの間にか一九〇ラダルも稼いでいたみたい。なので旅費には九五ラダル。えっと金貨にすると……九五枚と。

「やった、金貨九五枚を旅費に回せます！」

私の言葉にドルイドさんがちょっと不満な声を出したけど約束は約束です。

「失敗したな、アイビーがここまで稼いでいるなんて」

何だかぶつぶつ言っているけど無視しよう。これでドルイドさんだけに負担をかけずに済みそうです。ソラとフレムのお蔭だな。シエルもグルバルを討伐してくれたし。本当に私は仲間に助けられているよな。

207話　初孫

商業ギルドを出て、ドルイドさんの実家へ行く。彼が、旅に出る報告を母親にしかしていない事が発覚したからだ。忙しかった為、他の家族に報告する事をすっかり忘れていたらしい。ドルイドさんが言うには、『母さんが家族に言ってくれている筈だ』というが、こういうのは本人の口から言うべきだと思う。なので一緒に実家があるお店に行く事になった。

「いらっしゃいって、ドルイドとアイビーじゃない。入って入って」

お店には店主さんと奥さん、それにお姉さんがいた。

「すみません、仕事中に」

「大丈夫よ。今ドルウカが休憩のお茶を準備している最中なの。自主的に動いてね」

何だか自主的と言う言葉に力があった様な？

「人って変われるものなのね。諦めていたから驚いちゃった」

あっ、お姉さんのこんな表情は初めて見たな。何と言うか、包み込む様な温かさというか……表現しづらいな。ただうれしいと感じている事だけは、間違いないと思う。

「報告したい事があってきました」

ドルイドさんが緊張の面持ちで旅に出る事を報告する。

「そうか、旅に」

店主さんは最初驚いていたが、すぐにうれしそうに表情を緩ませる。

「えっ、母さんから聞いてなかった？」

「知っていたのか？」

「えぇ、そうだったわね。言われるまで忘れていたけど」

「お前な〜」

店主さんの溜め息に、奥さんが肩をすくめた。

「アイビーいいの？」

「えっ？」

何がだろう。

「色々問題を抱えているドルイドだと、邪魔にならない？」

奥さんといい、お姉さんといい本当に容赦がないな。というか、この二人似てる。

「問題ないです。頼りになるお父さんですから」

私の返答に『お父さん？』と言って首を傾げるお姉さんたちに、ドキドキしながら家族登録をしてもらった事を報告する。

「そうなの？　やるわねドルイド。こんな可愛い娘を手に入れるなんて！」

「ドルイドの娘だったら、俺たちの孫だな。初孫だな！」

話を聞いた店主さんと奥さんが、なぜか異様に盛り上がってしまった。その様子にドルイドさんも驚いている。

「二人ともアイビーが可愛い、可愛いっていつも言っていたからね〜」

お姉さんのちょっと呆れた声。そうなのか。えっとやばい、顔が熱くなってきた。

「本当にうれしいわ。ドルイドに、いえお父さんにはちゃんと甘えるのよ、アイビー」

甘える……。

「そうだぞ、甘えられる時に一杯甘えておけよ」

店主さんも奥さんと同じ事を言い出す。

「ほら、アイビー。もっと甘えていいんだからな」

ドルイドさんが店主さんと奥さんの言葉に便乗し出す。なぜか、攻撃をされている気分だ。

「えっと、頑張ります」

「甘えるのを頑張るって、本当にアイビーはいい子すぎ」

お姉さんに頭をくしゃくしゃっと撫でられる。

「どうしたんだ？　ドルイド？　アイビーも一緒か？」

「兄さん、お邪魔しています」

「……お帰り」

「あっ……ただいま」

ちょっと緊張感のある挨拶をしている二人を見て、みんなうれしそうに笑っている。何だかこそばゆい気持ちになるな。

「ちょっと聞いて！」

その雰囲気をお姉さんが吹き飛ばして、私とドルイドさんの話を報告する。ちょっと驚いた表情をしたドルウカさんは、でもうれしそうに『帰って来たら旅の話をきかせてくれ』とドルイドさんと約束していた。

そのままその日は夕飯を一緒に食べる事になり、奥さんとドルウカさんとドルイドさんと私で夕飯を作る。なぜかお手伝いはドルウカさん。ちなみにお姉さんもいるのだが、ドルウカさんに指示を出す役目だった。本当にドルウカさん、変わったな～。二人の様子を見ながらドルイドさんと、こそこそと話す。それが聞こえたのだろう、奥さんが『本当に、すごい変わりようよ』と教えてくれた。ドルウカさんとお姉さんの雰囲気は、前の時より柔らかい印象に。前には見られなかった二人の世界があったので、ちょっと照れてしまった。

夕飯が終わってゆっくりくつろいでいる時間。お姉さんに頭を下げる。

「お姉さん、ごめんなさい」

「えっ！　えっ！　何？　何が、ごめんというか、アイビー頭を上げて」

ずっと謝りたいと思っていた気持ちが先走って、説明を省いてしまった為お姉さんを混乱させてしまった。

「えっと、米で作る甘味ですが、全然協力出来なくて」

一緒に考えようと言っていたのに、全然思いつかなくて。旅の準備も忙しくなってしまって。

「そんな、全然気にしないで。本来は私が自分で考える事だもの！」

「でも、協力するって言っていたのに……」

ずっと気になっていたのだ。一緒に作ろうと言ってくれたのに、何も思い浮かばないし。料理教室も落ち着いたので、今ではお姉さんと奥さんが継続しているが私は離れてしまったし。

「本当に気にしないで、これまでの事で十分だから。それに料理教室も順調なのよ。固定客も出来て安定した収入になってきているの」

そうだったのか。それはすごいな。

「お姉さん、すごいですね！」

「ありがとう。でもアイビーもすごいからね」

「えっ？」

「アイビーがいなかったら料理教室を思いつきもしなかったわ。アイビーがいたから料理教室が出来たのよ」

この世界には料理教室という様な物はないと聞いた。だから思いつかなかったのはしかたない。私だって前の記憶がなければ、考えもしなかっただろう。

「アイビーが色々ときっかけを作ってくれたのよ。感謝しているわ」

「あぁ、『こめ』の普及が成功したのもアイビーがいたからだ。おかげでこの町は持ちこたえる事が出来た、ありがとうな」

お姉さんの言葉のあとに店主さんにも感謝されてしまう。みんな、優しいな。ちゃんと今の気持ちを伝えたい。

「えっと、皆さんと色々と出来て楽しかったです。ありがとうございます」

何と言っていいのかわからないので簡単な言葉になってしまった。言葉にするのは難しい。それでも気持ちをくみ取ってくれたのか、お姉さんがそっと頭を撫でてくれる。

「ドルイドとアイビーの帰りを待っているからね」

「はい！」

帰りを待ってくれている人がいるのはうれしい。旅の準備がある為、遅くならないうちにドルイドさん宅へ戻る事になった。

「いつ出発するのか、教えてね。お休み」

「はい。お休みなさい」

家の外まで送り出してくれた店主さんたちに手を振ってドルイドさん宅へ向かう。

「アイビー、明日家を売る手配をしてくるよ。おそらく三日ぐらいで結果が出ると思う」

「そんなに早く売れるんですか？」

「業者が売れると判断したら買い取ってくれるから。それが無理なら気長に待つ事になるかな」

「気長に……」

旅に出るのが遅くなるって事かな？

「業者が無理だった場合、管理を父さんに頼んで売れるまで見ておいてもらうよ」

「ご迷惑をかける事になりますね」

「そうだな。でも大丈夫だと思う。値段を決めずに向こうが言ってきた値段で売る予定だから」

ん？　それだとドルイドさんが損をするのでは？

「今この町は人が急に増えたから家とか高値がつくんだ。俺の家の周辺も前より高値で売買されているのを確認しているし、損は出ないと考えている」

さすが抜け目がないな。

「では、家が売れたら出発ですね」

「アイビー」

「はい」

「魔石の鑑定を、依頼しているのを忘れてないか？」

あっ、そうだ。師匠さん経由でお願いしていたんだった。

「いつ頃、鑑定結果出るんだろうな？　師匠たち少し忙しそうだったけど」

「急がせるのも悪いですからね」

「そうだよな」

どうしようかな？　あまり遅くなると予定が狂うな。あれ？　誰かがこちらに近づいて来る。少し急いでいる気配だ。

立ち止まって後ろを振り返る。それに気が付いたドルイドさんも、私と同じように後ろを見る。

「「あっ」」

少しして見えたのは、走って近づいて来るドルガスさんの姿。ドルガスさんは、ドルイドさんと私に気が付いたのか少し離れた所で立ち止まった。

208話　言い逃げ？

「「「…………」」」

えっと、何だろうこの無言。ドルイドさんもドルガスさんも固まってしまったように動かないし。

ドルガスさんはいったい何をしに来たのかな？　もしかして、偶然この道を走っていただけ？

いや、それはないか。

「「「…………」」」

私が動かないと、ずっとこのままの様な気がしてきた。

「えっと、ドルガスさん。どうかしましたか？」

「……いや……」

え～、それだけ？　だったらもう行っていいかな？

「あの、用事がないなら私たち行きますね？」

「いやっ！　あっ、違う。あの……」

何だかドルガスさん、今までとちょっと違うな。今日はあの刺々しさを一切感じない。彼の様子を見ると、何かを言いたそうなのだがなかなか言葉にならないようだ。少し周りを見渡すと、少し歩いたところに自由に利用出来る木の長椅子がある。あそこならドルガスさんも話しやすいかな？

ドルイドさんに相談しようと彼を見ると、眉間にものすごい皺が。

「ドルイドさん、眉間の皺がすごい事になっていますよ。今でも十分なのに皺が増えるともっと老け……癖になってしまいますよ」

「アイビー、そんなに俺は老けて見えるかな？」

ドルイドさんが手で眉間のしわを伸ばしている。やはり、気にしているのかな？　言い方には、気を付けないとな。

「はい。あっいえ、そんな事ないですよ」

しまった、つい……。

「素直な事はいい事なんだよな、きっと」

「へへ」

笑って誤魔化してしまおう！

「あのさ……」

ドルイドさんと話していると、遠慮がちに声が掛かる。あっ、ドルガスさんの事をすっかりと忘れていた。そういえば、今日はドルガスさんの名前がすぐに出てきたな。ようやく覚えられたみたいだ、良かった。

「あそこのベンチを借りて話をしてきたらどうですか？」

私が指す方を、二人で確認している。

「……兄さん、どうですか？」

ドルイドさんが少し緊張を含んだ声でドルガスさんに問うと、ドルガスさんも頷いた。良かった。

あとは二人で話をするだろう。

「アイビーも一緒にいてほしい」

ドルイドさんがじっと私を見つめてくる。

「俺からもお願いする」

断ろうとするとドルガスさんにもお願いされた。あのドルガスさんにお願いされるとは。

「はい。わかりました」

この雰囲気なら、前の時の様な険悪な雰囲気になる事はないかな？　あの雰囲気怖いんだよね。

あれ？　勧められるように椅子に座ったけど、この並びおかしくないかな？　何で私が真ん中に座っているのだろう？　まぁ、壁があったほうが話しやすいなら協力するけど……。

「「…………」」

だから無言は駄目だって。

「ドルガスさん」

「あぁ」

私のちょっと大きめの声に、ドルガスさんがびくりと体をゆする。ん～、そんな反応されると少し悲しいな。

「何かありましたか？」

「別に……違うな。あのだな」

「はい」

ドルガスさんは視線を彷徨わせながら言葉を探しているようだ。反対側のドルイドさんは、いつもと様子の違うドルガスさんにようやく気付いたのか驚いた表情をしている。気付くの遅いよ。

「悪かった」

「「えっ！」」

あまりに急に謝るものだから、ドルイドさんと一緒に驚いてしまった。まさか、あの、あのドルガスさんが謝るなんて。そっと頬を抓ってしまった。

「いたい」

「アイビー、何をしているんだ？」

「いえ、何でもないです」

ドルイドさんだけでなく、ドルガスさんにも不思議そうに見られてしまった。恥ずかしくなり、ちょっと下を向く。

「俺にはたった一人、親友がいるんだ」

ドルガスさんにもちゃんと親友がいるのか。何だかちょっと安心したな。

「栽培スキルを持っていて星が三つ」

ん～、やはり親友も星なのかな？　それにしても星が三つ、かなりすごい人だな。

「俺たちは星があれば何でも出来ると思い込んでいて」

私も小さい時はそう思っていたな。

「だから、あいつが米しか育たない場所で成功してみせるって言った時も応援した。すぐに成果を出せると思ったんだ。でも、全然スキルなんて役に立たなかった。星が三つあったって意味なんてなかった」

だったらどうして星にあんなに固執したんだろう？

「でも、それを認めたら……認めてしまったら、あいつが壊れてしまいそうで」

もしかして、頑として星に拘り続けたのは親友の為？　そういえば、店主さんが言っていたな。あの場所に引っ越した人たちの多くは、既に自分の人生を諦めてしまっていると。犯罪に走って奴隷落ちした人たちも多いと。

「何とか踏ん張ろうとしている時に、ドルイドが冒険者として大きな仕事を成功させた」

ドルガスさんがドルイドさんを見る。

「星が少なくても成功出来るんだと見せつけられた様な気がした。悔しくて。俺は親友一人救う事が出来ないのに」

色々な事が重なってしまったのかもしれないな。それがドルガスさんの心に蓋をしてしまった。といっても、拗れすぎだと思うけど。

「星があっても意味がない。本当はわかっていた、でも絶対に認めたくなかった」

あんなに周りを威嚇していたのは、自分を守る為だったのかな？　ギルマスさんが言うように、かなり小心者なのかもしれないな。だから怒鳴り散らす方法しか取れなかった。

「でも、あいつ笑ったんだ」

あいつ？　親友の事かな？

「おにぎり食べて、すごくうれしそうに笑ったんだ。久しぶりにあんな顔を見た」

話していたドルガスさんがいきなり立ち上がって、私たちと向かい合うように立つ。

「悪かった。それと感謝している」

「「あっ」」

ドルガスさんは言うだけ言って、走って行ってしまった。

「ドルガスさんの顔、真っ赤でしたね」

「あぁ、あんな兄の顔を見たのは初めてだった。それに少し足がもつれていたよな」

「はい」

走っていく後ろ姿が、途中でよろめいていた。おそらく恥ずかしさと緊張とで、体が硬くなってしまったせいだろう。

「えっと、ドルイドさん」

「あぁ、何だ？」

「ドルガスさんは、何が言いたかったのでしょうか？」

何となく言いたかった事はわかるのだが……。

「ん～、『こめ』しか育たない所で農業をしている親友が『こめ』が食べられると知って喜んでいたって事かな？」

やはり、そういう事なんだろうな。

「で、親友の農業が米で成功しそうだから『ありがとう』って事だろうな」

「そういう事ですよね？」

ドルイドさんと顔を見合わせる。そして二人同時に、笑い出す。最後のドルガスさんの様子で、相当恥ずかしかった事はわかったが。それにしたって、もう少しわかりやすく話してほしかった。

「いい方向へ転んだって事で、いいのでしょうか？」

「だと思う。父さんも母さんも安心するだろう」

ドルイドさんが苦笑いしている。彼は長年色々と言われてきたのだから、すぐに許す事は出来ないかもしれないいな。

「旅から戻って来たら、ゆっくり話せるかもしれないですね。兄弟三人で」

少し時間が経てば、きっとやり直せる筈。

「……そうだな。それもいいな」

209話　いつか……

「何なの、あの気持ちの悪いドルガスは！」

どうやら昨日の夜にドルガスさんは、家族にもこれまでの事を謝ったらしい。結果、お姉さんが早朝からドルイドさん宅の扉を叩く事となった。眠い目をこすりながら話を聞く。

「ひねくれすぎでしょう。本当は知っていた？　だったらもっと早く態度で表しなさいよ！　引くに引けなくなった？　そんな事知るか！」

お姉さんの愚痴（ぐち）が止まらない。ドルイドさんと顔を見合わせて苦笑する。

「勇気が必要だったと思いますよ」

「確かに、あんな状態まで悪化させたのだから、それは認めるわ。でも、自業自得でしょ」

「まぁ、そうなのですが」

欠伸が出そうになるのを何とか抑える。昨日の夜は旅の準備をしていて少し遅かった。ドルイドさんは大丈夫そうだけど、私はかなり眠い。気を抜くと目が閉じてしまいそうだ。

「話を聞けば、ドルイドとアイビーに謝ってきたって言うし。本当なのか確認すれば、謝ったけど途中で逃げてしまったって言うし。馬鹿だとは思ってたけど、意気地なしだったなんて知らなかったわ」

すごい言われようだな。う〜、目がしょぼしょぼする。

「お義父さんとお義母さんは何となく感じてはいたみたいね。見抜けなかった私はまだまだだわ。それよりドルガスが来た時、怖い思いしなかった、アイビー？」

私？　しまったちょっと意識が。

「大丈夫だった？　何もされなかった？」

えっと、何の事だろう。

「何かされたの？」

「大丈夫ですよ、義姉さん」

「はい、大丈夫です」

何の話かわからないけど、ドルイドさんが大丈夫というなら大丈夫だろう。

「本当に？」

「はい」

お姉さんが大きな溜め息をつく。

「ドルガスがあんなに意固地になった理由が、わからないわけではないのよ」

えっ？

「問題の土地を買った人たちが、本当は米しか育たない事をギルドは知っていたのではないかと騒いでね。ギルドの人たちはちゃんと対応して何とか収まったのだけど。その事を町の一部の人たちが良く思わなくてね。襲われたり、家に火を点けられたりちょっと大変だったの」

そんな事があったのか。

「ドルガスの親友って子、あの土地に移り住んでからもずっと頑張っていたんだって、これはお義母さんからの情報。私の印象は、ちょっと星を自慢する嫌味な子なんだけどね。でも、失敗続きでも何とかしようとしていたのは知っているわ。私もちょっと尊敬するぐらい頑張っていた。でも、家にいる時に襲われてしまってね」

それはすごく怖かっただろうな。私だったら絶対にトラウマになる。

「その前から、ドルガスには色々思う事はあったけど、あのあとからは本当に何を考えているのかわからない子になったわ。きっと親友を守ろうと必死だったのね」

お姉さんは、もう一度溜め息をつく。

「と、わかっていてもひねくれすぎだし長すぎる。二〇年よ、二〇年。いやもっと若いころからひねくれていたんだから三〇年、四〇年？　どれにしたって長すぎる！」

理解はするが納得はいかないという感じかな。まぁ、二〇年でも長いのに三〇年とか四〇年とか……。

「でも私の旦那も四〇年近くひねくれていたから、何とも言えないけどね」

お姉さんが肩をすくめると、また扉を叩く音が聞こえた。ドルイドさんが、玄関へ向かう。

「ドルイドの様子はどうかな？　ドルガスに対して何か言っていた？」

どうやらお姉さんは、ドルイドさんが心配で来てくれたようだ。彼は負の感情や怒りを内に隠す事が上手い。

「大丈夫だと思います。ただ、戸惑っている状態ではありますが」

「そう。ドルイドは気持ちを隠してしまうから」

やっぱりばれているようだ。

「ごめんね。家族間の問題に巻き込んでしまって」

「いえ、大丈夫です」

足音がこちらに近づいて来る。ドルイドさん以外にもう一人いるようだ。

「やはりここだったか、シリーラ」

「あら、ドルウカじゃない。どうしたの？」

「どうしたって、朝起きたらいなくなっているから驚いただろうが」

まさか無断で来ていたとは。

「えっ？　お義母さんには言ってきたけど」

「えっ？　何処に行ったのか訊いたけど知らないって……」

奥さんってそんな嘘つくの？

「もしかして何か作業中に声をかけなかった？」

「あ、仕込中だったわ」

「それは、あなたが悪い」

「そうね」

さすが夫婦、何を言っているのかまったくわからない。私が二人の会話に首を傾げていると、お姉さんが。

「お義母さんって何かに集中していると、聞いていないのにそれらしい答えを返してしまうのよ。それで何度大変な目にあったか」

そうなんだ。ものすごくしっかりしている印象なんだけど。

「昔からだな」

ドルイドさんも苦笑いしている。人は見かけによらないという事か。まぁ、その代表みたいな人が目の前にいるけど。お姉さんを見ると『どうしたの』と首を少し傾げている。本当にパッと見た印象は、何処かはかなくて守ってあげたくなるんだけど、口を開けばあれだもんな。人を見た目で判断してはいけませんを実感してしまう。

「ドルイド」

「はい」

「ドルガスの事なんだが、色々許せない事もあると思う。それは俺に対してもだと思うが」

「いえ、そんな事は」

「無理はしなくていい。俺だったら許せないと思うから」

「………」

「いつか、ドルイドがいいと思った時に一緒に飲もう。待っている」

「……はい」

玄関で二人を見送る。何だか昨日の夜から嵐に立て続けに襲われた気分だ。隣に立つドルイドさんを見る。困惑と不安と。でも、時折うれしそうな、何とも表現しがたい顔をしている。きっと、今までの事とか色々考えているんだろうな。ドルイドさんの手をぐっと握る。

「えっ？」

「朝ごはん食べませんか？　眠いですが、お腹も空きました」

「そうだな。そうするか」

ゆっくり焦らず心を整理していけば、いつかきっと笑い合う事が出来る筈。


「おはようございます」

「お〜、悪いな。こんな所に呼び出しちまって」

師匠さんから伝言が来たのが朝食を食べている時、どうやら今日はずっと忙しいようだ。

「師匠、おはようございます」

「……ドルイド、何かあったのか？」

「えっ、いえ何も」

さすが師匠さん、鋭いな。

「……そうか。頼まれていた魔石の鑑定結果が出た。これだ」

書類を受け取って、深呼吸して中身を読んでいく。赤の魔石はおそらく前のSSSレベルの魔石ぐらいだと思う。問題は透明の魔石。アレが何なのか。

一枚目の書類は赤の魔石でSSSと表示されている。やっぱり、このレベルか。何か大きな問題が起きて必要とされない限りはバッグの底で眠ってもらおう。二枚目に目を通す。

『透明度SSSレベル　魔石の種類：変化』

「変化？　何ですかこれ」

変化の魔法なんてあるの？　というか何を変化させるんだ？

「わからん。調べたが、文献にもそんな魔石は登場しないし変化魔法なんてものもなかった」

つまり、何かを変化させる事が出来るけど、変化出来るモノがわからないって事か。ん〜、レベルはSSS。変化か。

「シエルを小さく変化させられたら、うれしいですけどね」

「「えっ？」」

「えっ？　だって、小さくなれば町でも村でも一緒にいられるので」

そうなれば、きっと冬の間も安心だろうな。

「ありえるか？　いや、それはないか……」

「そうとも言い切れませんよ。ソラはアイビーの為に色々出来ます。フレムだってアイビーの望みをかなえようとするのでは？」

「そうだな」

師匠さんとドルイドさんが真剣に話しているが、それはないだろう。さすがに生きている物を魔法で大きくしたり小さくしたりなんて、無理だと思う。

210話　変化

「本当に試すんですか？」

「ちょっとだけな。お願い」

師匠さんを睨むと拝み倒された。シエルで変化の魔法を確かめたいらしい。

「シエルに何かあったら、どうしてくれるんですか？」

「シエルが嫌がったらやめるから。というか、シエルが嫌がったら俺たちなんて一瞬で撥ね除けられるから」

「大丈夫だって。絶対に無謀な事はしない」

師匠さんとドルイドさんに説得されて、シエルを探しに森へ来てしまった。もしも本当に小さく変化出来るなら、ずっと一緒にいられると頭の片隅で考えてしまった事が原因だ。

「大丈夫かな？」

「ちゃんとシエルに許可を取ってからやるからな」

私の心配は、変化の魔法を使ってシエルに何か問題が起きる事だ。二人とも、変化の魔法を知らないと言うし。う〜、やっぱり来るのやめれば良かったかな。駄目だ、頭の中がごちゃごちゃだ。

悩んでいると肩から提げているバッグがごそごそと動く。

「あっ、ごめん。今出すね」

バッグからソラとフレムを出す。

「ぷっぷぷっぷぷ〜」

「てってってってりゅ〜」

何だ？　二匹とも今までにないほど機嫌がいい。何かあったっけ？

「何だか随分と機嫌がいいな？」

「ドルイドさんもそう思いますか？」

「あぁ」

二人で首を傾げて二匹を見つめる。私たちの視線に気が付いたのか、二匹が同時にプルプルと揺れる。やはりかなり機嫌がいいようだ。

「どうした？　何かおかしいのか？」

師匠さんが二匹を見ながら問いかけてくる。

「いえ、機嫌がいいみたいなんで。何かあるのかなって」

「へ〜、スライムの機嫌がわかるのか。すごいな」

師匠さんの言葉に首を傾げる。そういえば、前も会話というか意思疎通が出来る事をすごいと言っていたな。

「あの、普通のスライムってどんな感じなんですか？」

「あぁ、テイムした者にしか聞こえない声があるのが有名だな。あと無表情」

テイムした者にしか聞こえない声？　無表情？　え、無表情？　とりあえず一つ一つ確かめていこう。

「声ってどんな声ですか？」

「俺も聞いた事がないから何とも言えないが、頭に音が響いてお腹空いたという事がわかるらしい」

「お腹が空いたとわかる音？」

ソラとフレムを見る。一度もそんな音を聞いた事がない。

「聞いた事があるだろう？」

「いえ、まったく」

「「えっ？」」

ないよね？　考えてみるが、やはりないな。

「お腹が空いたとか、どう伝えてくるんだ？」

「ソラはポーションが入っているバッグに突進していきますし、フレムは頬を膨らませて転がる事を最近覚えました」

「……すごい伝え方だな。それ普通じゃないからな」

「そうなんですね。今知りました。スライムが鳴くのは問題ないですよね？」

「珍しいが、いるな。ただし、ソラ、フレム。ちょっと鳴いてくれ」

「ぷっぷぷ〜」

「てっりゅりゅ〜」

「こんな可愛い声ではないぞ。俺が聞いたのはもっと低い声だった」

低い声なのか。二匹はどちらかと言えば高い鳴き声だな。まぁ、鳴くぐらいなら誤魔化せるかな。

「シエルがきてくれたみたいです」

「てっりゅりゅ〜。てっりゅりゅ〜」

えっ？　どうしてだろう？　いつもはあまり興味を示さないフレムが、シエルが来た事を喜んでいる。

「にゃうん」

「シエル、こんにちは。ごめんね、こんな時間に」

「にゃうん」

グルルルと喉を鳴らして全身で私にすり寄って来る。何だろう、シエルも今日は機嫌がいい。すり寄られて転びそうになったところを慌ててドルイドさんが支えてくれた。

「えっと、シエル。ちょっと加減をお願いします」

「にゃ～ん」

あっ、ちょっと機嫌が下がってしまった。

「全身で甘えられるのはうれしいけど、ごめんね。私がまだ体力がないからさ」

「にゃ～？」

「ん？　心配してくれているの？　大丈夫だよ」

あ～、可愛いな。シエルの頭を撫でていると、視界の隅にじりじりと寄ってくる師匠さん。視線を向けるとデレデレした表情をしていて、さすがにちょっと引いてしまった。

「師匠、気持ち悪いです」

「お前、失礼な奴だな。って、アイビーまで引いているのはどうなんだ？」

「いえ、ちょっと顔が……いえ、何でもないです」

「ほら師匠。アイビーも師匠の顔がものすごく気持ち悪いって」

「そこまでは思っていませんよ！」

あれ？　間違えた？

「はぁ、お前らな～」

盛大に溜め息をつかれてしまった。最近言葉をちょっと間違う事が多いな、気を付けよう。

シエルの許可を取って師匠さんがシエルを撫でる。あ～、師匠さんの顔がまた……あっ。

「ぶっ」

隣にいたドルイドさんが、シエルの行動に思わず吹き出してしまったようだ。

「シエル、師匠さんの顔を前足で押さえたら駄目だよ」

そう、師匠さんの顔がデレてきたと思ったら、シエルが前足で師匠さんの顔を押さえたのだ。まるで見たくないって言っているみたいに。いや、確かにちょっと気持ちわる……不気味……残念だったけど。だからと言って前足で隠すのはどうなんだろう。

「シエルまで、ひどいぞ！」

師匠さんが、にやけながら怒っている。

「あれは駄目だな。手遅れだ」

ドルイドさんの言葉に何がと訊きたいが、何となく理解出来たので黙っておく。確かに色々と残念すぎる。シエルだって、師匠さんを見て体が引けている。魔物にまで引かれる師匠さんって、ある意味怖い。

「さて、シエル。今日はお願いがあって来たんだ。アイビー」

「シエル、嫌だったり駄目だと思ったらすぐに撥ね除けてね」

バッグから透明の魔石を取り出して見つめる。まったく濁りのない透明の魔石。心配だけど……ん？

「あの」

「大丈夫、無理やりはしない」

「いえ、そうではなくて。変化の魔法の発動方法は知っているんですか？」

「「……………」」

師匠さんとドルイドさんが黙り込む。どうやら二人ともわからないようだ。それはそうだろう、まったく未知の魔法なのだからわかるわけがない。

「重要な事を見落としていたな」

「そうですね」

二人とも自分たちの考えに興奮して度忘れしていたようだ。突っ走りすぎだ。

「にゃうん」

「ごめんね。シエル、来てもらったけど、あっ！　シエル！」

私の慌てた声にドルイドさんたちがこちらを向く。そして目を見開いた。

「シエル、それは駄目。魔石だから吐き出して！」

何を思ったのか、シエルが私の持っていた魔石を呑み込んでしまった。慌てて背中を軽く叩くが、
シエルは平然としている。

「どうしましょうか、ドルイドさん」

「落ち着いて、シエルが自分で飲んだんだから。大丈夫なのだろう」

それはそうかもしれないが。でも魔石を丸呑みするなんて。

「てっりゅっりゅ～」

シエルの周りをフレムがコロコロ転がっている。

「大丈夫？」

「にゃうん」

大丈夫みたいだけど、やっぱり試すなんてしなければ良かった。シエルがいきなりぶるぶると体

を揺らす。それに驚いて数歩あとずさると、シエルの体から光が溢れ出す。

「シエル！」

やっぱり駄目だったんだ。どうしよう。眩しさに腕で目を覆っていると、少しして光が消える。

そっと腕を下ろしてシエルを見る。

「えっ？」

「おっ！」

「あ～、なるほどな」

「ぷっぷっぷっぷぷ～」

「てりゅ～てってりゅ～」

シエルがいた所には、一匹のスライム。しかもアダンダラ柄の。

「なるほど、小さく変化するのではなく。スライムに変化するのか」

師匠さんの言葉に、私の目は正常だと知る。

「にゃうん」

スライムに変化しても鳴き方はそれなのかと、おかしなところで感動してしまった。それにしても。

「はぁ、無事で良かった」

そっと撫でようとすると、またシエルが光りだす。ただ、先ほどより光が柔らかい。

「にゃうん」

「「あっ！」」

先ほどのスライムの姿から少し形が変わっている。

「可愛い……」

スライムに耳と尻尾がある。まさか、こんな変化が出来るなんて。

「これは、これでいいな」

師匠さんの言葉に、無言で何度も頷く。

「でも、さすがにこれはスライムには見えないのでは？」

あ～、確かに。

「残念だけどシエル――」

「いや、文献には突起物があったスライムがいた筈だ」

突起物？　シエルを見る。耳と尻尾は、突起物になるのかな？

「いや。さすがに師匠、無理がありますって」

無理なんだ、残念。

「大丈夫。大丈夫。それに、シエルがスライムになったとしても、外は自由に出歩けないだろう？この柄は、かなり特殊だからな」

柄？　確かにアダンダラの時の柄がそのまま出てる。でも、これが変化出来たら、村の中でもバッグから外に出してあげられるのかな？

「シエル、体の柄を変更する事は出来る？」

私の質問に、体を左右に揺らすシエル。残念、出来ないのか。だったら、村の中では自由にしてあげられないな。

「無理か。なら、今の耳ありでも問題ないだろう。アイビーも可愛いほうがいいみたいだしな」

確かに、隠れなければならないなら、今の姿でいてほしいな。耳と尻尾！　可愛すぎる。

211話　あと少し

「不思議な光景だな」

師匠さんの言葉にドルイドさんも笑っている。視線の先には三匹のスライム。並んでみると、シエルが変化したスライムがほんの少しだけ大きい。しかも体の柄はシエルのままで、尻尾と耳がある為、ちょっと不思議な存在に見える。

「シエルの柄に似たスライムって存在しますか？」

特殊な柄と言っていたけど、他にはいないのかな？　私の質問に二人が考え込んでいる。しばらくすると師匠さんが首を横に振る。

「いないと思うぞ。スライムは比較的見る機会が多いが、あんなまだら模様は見た事がない」

まだら？　あれはヒョウ柄に近いと思うけど。

「あの柄の魔物っていますか？」

「アダンダラ以外でか？」

「はい」

「ん～、俺は知らないな。ただ俺もすべての魔物を知っているわけではないから、いないとは言い切れないが」

「この近くにはいないって事ですね」

「そうだな。この周辺の町や村の情報なら任せろ」

頼もしいな。

「ありがとうございます」

三匹の様子を見ていると、ソラがシエルに縦運動を教えているようだ。ソラが縦にぐっと伸びると、シエルもそれを真似している。その横でフレムも一緒に伸びて、なぜか横にコロンと転がった。

「フレムって、ちょっと抜けてるな」

ドルイドさんの言葉に苦笑いしてしまう。確かに、体がしっかりしてきたので飛び跳ねる事が出来る筈なのだが、いまだに転がって移動している。何度か飛び跳ねるところを見たが、どうも自分の思っていた所に行けないようだ。抜けているというより、どんくさい。

「気になったんだが」

ドルイドさんの言葉に視線を向ける。なぜか真剣な表情で驚いた。

「透明の魔石が何を引き起こすのか、ソラとフレム、それにシエルは知っていたんじゃないか？」

「えっ？」

「ドルイドもそう思うか？」

師匠さんも？　私が不思議そうに師匠さんとドルイドさんを見比べていると、気付いたドルイドさんが教えてくれる。

「三匹とも、やたらと機嫌が良かっただろう？」

確かにバッグから出した時、いつもと違うから少し不安を感じた。

「あの様子を今から考えたら、何が起こるのかわかっていたから気分が高揚してたんだと思うんだ」

なるほど、確かにありえるかも。

「シエルが変化した時さ、ソラもフレムも驚いた様子もなく喜んでいたからな～。確実にあの魔石でスライムに変化出来る事を知っていたんだろうな」

ドルイドさんに続き師匠さんにも言われて考えるが、シエルが変化した時は驚きすぎて周りを見る余裕はなかった。あの状況でも周りを確認出来る師匠さんはさすがだな。

「アイビー、良かったな。これで町にも村にも一緒に入れるし、旅館にも一緒に泊まれるぞ」

師匠さんの言葉に首を傾げる。町へ一緒に行くのは無理なんだよね？

「柄があるから無理って」

「ん？　あぁ、いい方が悪かったな。悪い。シエルの柄は、バッグに入れたら見られないから問題なく村へは連れていけるだろう。特殊だったアダンダラの魔力も、なぜかスライムになったら感じないしな。今までソラたちも、見られないようにしてきたんだろう？」

「はい」

「それなら村へ一緒に行っても、問題ないだろう」

確かに師匠さんの言うとおり。何で、そんな簡単な事も思いつかなかったんだろう？

「珍しいな、アイビーが思いつかないなんて。シエルの心配で、疲れたか？」

ドルイドさんが心配そうに頭を撫でてくれる。疲れた？　まぁ、魔石を呑み込んだあたりからドキドキしっぱなしだけど……。

「アイビーの周りには非日常が溢れているな」

師匠さんの楽しそうな雰囲気に、ちょっと睨んでしまう。

「うれしくないです！」

「おっ、悪い悪い」

まったく悪いと思っていない顔で謝られた。師匠さんだからしかたないけど……事実だし。

「そういえば、いつ頃この町を出発するんだ？」

師匠さんの言葉にドルイドさんと見つめ合う。そうか、お金の件も魔石の件も終わったので、あとは準備が終われば旅立てる。

「そうですね。食料確保が終わればですかね？　アイビーはそれでいいか？」

食料確保。私たちのぶんだけでなくソラたちの食料確保も必要だから少し時間が掛かる。何せ、旅の道中にポーションや剣が切れてしまっては大変だ。

「はい」

「おそらく二、三日中には出ます」

「そうか。見送りに行ければいいが、何があるかわからないからな。気を付けていけよ」

「はい。ありがとうございます」

「師匠さんも、体には気を付けてくださいね」

「ありがとう。あっ、忘れるところだった。お前たちどっちに行くんだ？」

どっち？

「ハタウ村に行く予定です。ここから少し移動距離があるのでそこで冬を越そうかと」

「この町から結構な距離があるからな」

そうなんだ。地図ではそれほど離れていなかったんだけど。それにしても、地図を頼りにしすぎると痛い目に遭いそうだな。気を付けよう。

「前に言っていただろう、少し気になる情報があると」

「はい。どうなりました？」

「コール町の方だったんだが、全員捕まったと情報が入った。ハタウ村には影響ないだろう」

良かった。何をしたのかは知らないけど解決したようだ。

「師匠さん、ありがとうございます」

「気にするな。色々見て、学んで帰ってこいよ」

「はい」

「師匠、ありがとうございます」

ドルイドさんと一緒に頭を下げる。師匠さんはぽんぽんと私だけでなくドルイドさんの頭も軽く撫でた。

「ぷっぷぷ～」

「にゃうん」

「てっりゅりゅ～」

話を聞いていたのか、ソラとシエルとフレムが鳴きながらぴょんと師匠に体当たりをする。ただ、フレムだけは飛び跳ねて師匠とはまったく違う方向へ行ってしまったが。その様子に師匠さんの顔がやばくなった。

「……師匠、気持ち悪いです」

「うるせぃ。一言多いわ」

212話　出発

「気を付けてね。ドルイドが何かしたらどつき回していいからね」

「アハハハ、大丈夫です」

お姉さんは相変わらずだな。そして今の言葉、少し前に奥さんからも言われた。血がつながっていない筈なのに似ている、顔ではなく言動がそっくりだ。店主さん、ドルウカさん頑張って。ドルガスさんも！

「良かった、間に合ったな」

「ギルマスさん、仕事は大丈夫だったのですか？」

「大丈夫だ。それにしても『あれ』は本当にもらって良かったのか？」

「はい」

私としては、受け取ってくれて感謝しているぐらいだ。ギルマスさんが言う『あれ』と言うのは、ポーションや魔石の事だ。さすがに、あんなに持ち歩きたくはない。

旅立つ二日前、ドルイドさんと一緒に捨て場でソラたちの食料を確保していた。その間、シエルはお昼寝を楽しみ。ソラとフレムは好きなようにポーションや剣、魔力切れの魔石を食べていたので自由にさせていた。が、食料をバッグ一杯に集め終わって二匹の下に行くと周りに転がっていたのだ。キラキラ光る青のポーションや赤のポーション。魔力が詰め込まれた透明度の高い綺麗な魔石に初めて見る魔石が嵌まった剣。あまりの光景に二人で固まった。見なかった事にしたかったが、さすがに問題になるので、すべてをバッグに詰めて急いで捨て場から移動。ドルイドさん宅に入った瞬間、ものすごく安心した。

無視するわけにもいかず確かめると、光っている青のポーションと同じく光っている赤のポーションが各四本。瓶の種類が八本とも違ったので、捨ててあった瓶を利用したようだ。使える瓶を捨てないで！　っと言いたい。魔石はどう見てもSSかSSSレベルの魔石が六個にそれ以下の魔石が合計一五個。そしてなぜか剣。しかもレベルの高そうな魔石が嵌まっている。ドルイドさんが見る限り、こちらもSSかSSSらしい。そして剣は、おそらく真剣ではないかという事だった。ソラが剣を再生出来る事に驚きはしたが、今までの経験からなのか衝撃は少なかった。ドルイドさんの『ソラとフレムだからな』の言葉で納得してしまった。

二匹を見ると自慢げだ。たぶん二匹に悪気はなく、協力してくれたのだと思う。旅費の話をしている時に、二匹はこちらを気にしていたのを覚えている。確かに二匹が産み出した物を旅費に充てれば、とても豪華な旅になるだろう。ついでに噂になって大変な目に遭う事間違いなしだ。なので、売れないし緊急時にしか使えない。でも、私たちの事を考えてくれた結果なので二匹にお礼を言う。喜んでいる姿は、とても可愛かった。

目の前の物をどうするかと二人で困っていた時、ギルマスさんがドルイドさん宅に顔を出した。なので押し付け……寄付する事にした。最初は断られたのだが、こちらも必死。さすがに全部を持って歩くと、バッグの中身が怖すぎて落ち着けない。何とか二人で説得して青と赤のポーションを各三本、魔石の寄付に成功。これで安心して旅が出来ると、ドルイドさんとホッと胸をなでおろしたものだ。なのでギルマスさんが気にする事はないのだが。

「金で困ったらすぐに連絡してくれ、ある程度の金額だったら援助するからな。『あれ』のお礼だ」

「ありがとうございます。でも『あれ』は寄付なので気にしないでくださいね」

「ギルマスか？　仕事は大丈夫なのか？」

ドルイドさんが、家族との話が終わったのかこちらに来た。店主さんたちを見ると、先ほどまでいなかったドルガスさんの姿まである。家族総出で見送りに来てくれたようだ。

「大丈夫だ。そういえばドルガスと和解したんだって？」

「あぁ、まぁ」

「そうか、良かったな」

「師匠は？」

「緊急の討伐依頼が入ってな。ものすごい文句を言いながら出かけて行ったよ」

ギルマスさんが苦笑いする。

「あ～、頑張れよ」

「ハハハ」

「さて、アイビー、そろそろ行こうか」

「はい」

全員にもう一度、頭を下げてから門を通り過ぎる。そして最後に門番さん。門番として一番長く務めている人には、色々世話になったな。そういえば、名前を聞いていないな。いや、覚えていないだけか？

「お世話になりました」

「こちらこそ、町を守ってくれてありがとうな。気を付けて」

えっ？　あれ？　門番さんはシエルの事は知らないよね？　不思議に思いながらドルイドさんを見ると、苦笑いしている。

「さすがですね」

「長年色々見てきたからな。まぁ証拠はなかったが」

どういう意味だろう？　えっと、つまり……？

「内緒でお願いしますね」

「もちろん」

「ありがとうございます」

ドルイドさんが頭を下げたので慌てて下げる。

「またな」

「はい」

何だったのだろう？

「ドルイドさん？　門番さんにばれていたのですか？」

やはり気になったので、門が見えなくなった辺りで聞いてみる。

「あの人は何と言うか、長年の経験からなのか状況を見抜く力がすごいんだよ」

長年の経験。何だか、かっこいいな。

「たぶん、アイビーが町へ来てから噂されるようになった強い魔物の事。森に行きたがるアイビーを止めない俺やギルマスの態度。他にも色々あるんだろうけど、それらの事からアイビーに関係している魔物が町を守ったと考えたんだろう」

色々と関連付けて考えていったらばれてしまうモノなのか。これからはもっと気を付けないとな。

「そういえば、ドルガスさんが来ていましたね」

「あぁ、アイビーによろしくと言っていたよ。あと母さんからお昼にと重箱をもらった」

「重箱ですか？　楽しみです」

「五段のな」

五段の重箱？　いったい何人前になるのだろう。

「二人だと言っておいたんだけどな。まったく」

ドルイドさんの様子を見ると、言っている事に反してうれしそうだ。まだ兄弟同士ではぎこちないけど、次に会った時は大丈夫だろう。

周りの気配を調べ、ついでに周りを見渡して人がいないか確かめる。よし、いないな。

「ドルイドさん、森の奥へ移動しましょう」

「了解」

ソラとフレム、それに本来の姿に戻ったシエル。彼らと一緒に旅をする場合は、森の中を突き進むのが安全だ。人に見られる機会が減る。なので、一人旅の時同様に森の中を歩く。

「この辺りで大丈夫だと思います」

ソラたち専用のバッグを開けると、勢いよくソラとシエルが飛び出す。シエルはたった一日で飛び方を完全に身に付けてしまった。木の上から音もなく飛び降りる運動神経を持つだけはある。

どたっ。

飛び跳ねたのに、バッグのすぐ傍に落ちてしまうフレム。やはりどんくさい。

「大丈夫？」

フレムを抱き上げて体に付いた土を払う。

「てっりゅりゅ～」

痛がる様子もないので大丈夫だろう。

「シエル、元の姿に戻っても大丈夫だよ。これからハタウ村に向けて森を進むから」

「にゃうん」

シエルは一鳴きすると、淡い光に包まれて元のアダンダラの姿に戻る。既に何回か変化するのを見ているが、まだ慣れない。体が大丈夫なのか心配になってしまうのだ。

「体は大丈夫？　問題ない？」

「にゃうん」

うれしそうに顔をすり寄せてくるので問題ないのだろう。良かった。

「ぷっぷっぷ～」

ソラが鳴きながら大きくジャンプをして、ドルイドさんの頭の上に飛び乗る。

「ソラ、ドルイドさんが疲れたら降りるんだよ」

「ぷ～」

なぜか不満な声を返された。

「ソラ、ドルイドさんが疲れたら降りるよね？」

「ぷ～！」

「よし、すぐに降りようか」

「ぷぷ、ぷぷ、ぷぷ」

私の言葉に左右に体を捻るソラ。『いやいや』という事だろうか？

「だったら、降りるって約束」

「……ぷっぷぷ～」

ちょっとその間が気になるけど、約束したので大丈夫だろう。

「何回見てもおもしろいよな」

「ドルイドさん、ソラを甘やかしすぎないでくださいね」

「ハハハ、了解」

どうもドルイドさんは、懐に入れた人や魔物に対して甘すぎる気がする。私への態度を見てもそれは強く感じる。甘えすぎて負担にならないように気を付けないとな。

番外編　師匠とギルマス

―師匠視点―


「お疲れさん」

扉を開けた先には、山積みになった書類を整理しているアルミの姿。その隣では机に突っ伏しているゴトスの姿。

「ご苦労様です。終わりましたか？」

「あぁ、そっちもか？」

「ようやく区切りがつきました」

アルミの言葉に苦笑が浮かぶ。ゴトスが溜めた仕事が、ようやく一段落したようだ。しかし、よくもまぁここまで溜めたなという書類の量だな。

「ギルマス、これに懲りたら変な気を回さないでくださいね。余計に仕事が増えますから」

「……了解。ご苦労様……帰って良いでしょうか？」

疲れきったゴトスの声がちょっと哀れだ。

「そうですね。久々に帰ってゆっくりしてください。ただし明日も通常通りですから」

「……はい」

アルミの言葉に一瞬何かを言おうとしたようだが、見事な笑顔に黙ってうなずいた。

「では師匠。失礼します」

「あぁ、アルミも家に帰ったらゆっくり休めよ。悪かったな」

俺の弟子の中でも優秀な彼女にはいつも感心してしまう。

「子供に癒してもらいますから大丈夫です」

「それはいい。旦那にもよろしく」

「師匠もギルマスも、ちゃんと帰って休んでくださいね」

子供に会えるのがうれしいのか、機嫌よく帰っていくアルミの姿を見送る。部屋に備え付けられてある椅子に座ると、ゴトスが向かいに座った。

「あいつ等、行ったか？」

「はい。アイビーから『お仕事お疲れ様です。無理をしないようにしてくださいね』と言う伝言です」

ゴトスがガラガラの声で、アイビーの声の真似をしようとするものだから気持ち悪い。

「それやめろ、寒気がする」

「失礼な」

持って来ていたお酒を見せると、ゴトスがコップを用意する。それにお酒を入れて。

「二人の旅に」

「二人の旅に」

二人でお酒を一気にあおる。喉が焼けつく、この感覚が好きだ。

「それにしても不思議な子でしたよね」

ゴトスの言葉にアイビーを思い出す。確かに不思議な子だった。バッグから会話を洩らさないマジックアイテムを出して起動させる。

「何処まで聞いたんだ？」

「何処までとは？」

「アイビーについてだ」

「テイマーの事とソラとフレムだったかな、それと前世の記憶と星なしという事ですかかね」

なるほど、すべてかどうかはわからないが俺とほぼ同じ内容は聞いているようだな。

「そうだ、ポーションと魔石をもらいました」

「…………はっ？」

「だから、光る青のポーションと赤のポーション。ＳＳＳレベル相当の魔石とか」

「馬鹿か！　もらった？　金はっ！」

「払おうとしたんですが要らないと言われて、寄付だからと」

と言うか、赤のポーション？　確かフレムが病気を癒す赤のポーションを食っていたか？　つまりフレムもポーションを作れるのか。あっいや、アイビーが病気になった時にフレムが治療したとか、言っていた様な気が……。あの時はバタバタしていたから、聞き逃しちまったな。それにしても、何でまたポーションや魔石が？

「寄付をする為に作ったのか？」

「いえ違います。ドルイドの話では、捨て場で必要な物を集めている間に作っていたらしくて。さすがにすべてを持って旅するのは怖いという事で、寄付したいと」

そういう事か。もしかしたらソラとフレムは、旅の足しになるようにと作ったのかもしれないな。

「そうか。むやみに使うなよ。緊急事態の時だけだ」

「もちろんです。ドルイドにもアイビーにも、金に困ったら連絡するように言っておきました。それに使用したら、あれらに見合う金額が払えるとは思いませんが、ある程度支払う予定です」

「そうか。それがいいだろう」

はぁ〜。それにしても最後の最後に、爆弾をおいていくなよ。

「あっそうだ師匠。幸香を町に入れようとしたあの馬鹿どもの処分が決まりました」

幸香か。

「どうなった？」

「幸香を運び込もうとした八代目とそれを援助した七代目は、五五年の奴隷落ちです。手を貸した他の者たちは三〇年の奴隷落ちです」

あ～、確か八代目と呼ばれている男がこの町一番の商屋の現当主だったよな。

「何で幸香なんかに手を出したんだ？」

「八代目に代替わりしてから事業が失敗続き、その為に起死回生を図ろうと幸香に目を付けたようです」

幸香に目を付けたって、あんな物どうするつもりだったんだ？

「それを聞きつけた七代目ですが、六代目を見返してやろうと八代目に手を貸したそうです」

「馬鹿なのか？」

俺の言葉に苦笑いを浮かべるゴトス。そういえば六代目は、商屋をこの町一番にしたやり手だったな。しかし、受け継いですぐに成功をおさめたわけではない。若い時から、町一番を目標に人脈を広げた結果だ。一緒に飲んだ時に、熱く語られたから覚えている。

「まぁ、それは良いわ。それより幸香を町へ持って来てどうするつもりだったんだ？」

「あれ？　言いませんでしたか？」

首を傾げて訊いてくるが、アイビーがやったら可愛いのにゴトスがやったら視界の暴力だな。

「聞いてないぞ」

「そうですか。どうやら魔物の肉と魔石が目的だったようです」

「はっ？」

「町までおびき寄せて、雇った冒険者に狩らせる。冒険者が町から離れれば離れるほど費用が掛かりますから。だったら魔物を町に呼べばいいと考えたようです」

何だその理由。

「それに肉は鮮度が大切ですからね。町へ近いほうがいい値で売れると思ったと言っていました。正規のマジックバッグに入れても、肉だけはなぜか狩ってすぐでないと、すこし鮮度が落ちて取引価格が下がりますから」

「確かにそうだが……はぁ」

幸香は魔物をおびき寄せる。その際、魔物を興奮させる作用がある為通常より危険度が増す。そんな危ない魔物を町に呼ぼうとしたとは。本物の馬鹿だ。アイビーが幸香に気付いてくれて良かったよ、本当に。

「その馬鹿たちの店はどうなるんだ？」

跡継ぎがいるのか？

「六代目が健在なので、落ち着くまで当主として仕事をするそうです」

「そうか。しかし八代目は有望だと噂で聞いたが、嘘だったのか？」

「それは嘘ではないですよ。ただ、有望になれた可能性があったというのが正解ですが」

可能性？

「商売関係のスキルが二つで、どちらも星三つです」

「星が三つか。それは期待されるな」

まぁ、星が一つだろうが三つだろうが、経験を積まない限りは一緒だ。何もしなくても上手く事が進められるなんて、上手い話はない。

「最近、星に頼りすぎて失敗する奴が増えているな」

星が多ければ、何もしなくても大丈夫だと思う奴が増えているという事か？　馬鹿馬鹿しい。

「そうですね。ただ、俺も星が多いほうが有利だと思っていましたが」

「あぁ～？」

「怒らないでください！　仕事を完璧にこなす、アルミは俺より星が多いので」

そうだったか？　忘れたな。

「でもアイビーと出会い、間違いだと気付きました。アイビーは前世の記憶があるからだと言っていましたが、記憶や知識があっても上手く使えるかどうかは本人次第ですから」

そのとおりだ。文献を読めば知識は増える。だが、それをどう生かしていくかそれは経験や直感が必要となってくる。それはけっして星の多さだけでは補えない。

「ドルイドもゴトスも俺も、良い出会いをしたよな」

「そうですね」

本当に不思議な子供だ。

「俺が生きている間に帰って来るといいが」

「大丈夫でしょう。師匠は」

「どういう意味だ？」

「何があっても死にそうにないですから。ハハハ」

褒められているのか？　貶されているのか？　酔いが回って機嫌が良くなったゴトスではわかりづらいな。


「師匠もギルマスもどうしてこうなんですか！」

アルミの声が、二日酔いの頭に響く。ちょっと調子に乗って飲みすぎて、気が付いたら朝だった。

「聞いていますか！」

「「はい、すみません」」

机に載っている空の酒ビンの数は一〇本を超えている。あんなに飲んだ記憶はないのだが……。

213話　アイビーの旅

ハタウ村へ向かって三日目。森の中をシエルを先頭に突き進む事そろそろ一時間。

「えっと、アイビー」

「はい」

道なき道を歩いている為、横ではなく後ろにいるドルイドさん。蔓(つる)が這っている場所なので、気を付けないとこけそうだ。足下に注意しながら、少し大きな声で返事を返す。

「何処へ向かっているんだ？」

「しりませんけど？」

「……そうか。あ～、いつもこんな感じなのか？」

こんな感じ？　どういう事だろう。

「えっと、意味が」

「あぁつまり。一人の時もシエルを先頭にこんな道を歩いていたのか？」

「そうですね」

今日の朝はまだ、村道の近くの比較的歩きやすい場所をハタウ村へ向けて歩いていた。が、途中でシエルが方向を変えて森の奥へ。私としてはいつもの事なので疑問もなく付いて来たのだが、何か問題でもあったかな？　……あっ、そうか。ドルイドさんはシエルとの旅はこれが初めてだから、この先に何があるのかわからないのか。ちゃんと説明をすれば良かったな。失敗した。

「あの、ドルイドさん。シエルが森の奥へ行く時は、その先に何かある場合です」

「そうなのか？」

「はい。薬実があったり、珍しい薬草があったり。だからシエルに付いて行ったほうがいいんです」

「そうか。でも、こんな少人数で森の奥へ行くのは危険だろう？」

危険？　今まで問題なかったけどな。

「ん～、魔物や動物に襲われた事はないですよ。危ない崖とかはシエルが教えてくれますし」

「そうなんだ」

「はい」

「にゃうん」

会話を聞いていたのか、シエルが得意げに鳴く。

「まぁ、大丈夫か」

ドルイドさんも、シエルを信じてくれたようだ。良かった。

「いつも何があるのかワクワクするんですよね」

「ハハハ、俺はドキドキだよ」

「ドキドキ？」

「そう。シエルがいるとはいえ、こんな無防備な状態で森の奥へ来てるから」

ドキドキ……怖い？　不安？

「大丈夫ですよ？」

「ハハハ」

ドルイドさんの言葉を疑問に思いながら、シエルのあとを追う。それからしばらく歩くと、大きな巨木が見えてくる。その木になる青い果実。

「あっ、これってギルマスさんがおすすめしてくれた森の青い果実ですね」

「そうみたいだな。名前知らないのか？」

「長くて覚えられなかったんです。『トトラセラ・セラ……』」

「覚えているじゃないか」

「いえ、このあとにまだまだ続くんです」

「そうなのか？」

「はい。町や村によっては『トト』や『トトセラ』でも通用する事があるそうですが、それぞれ違うそうで。森の青い果実だと、何処でもわかると店の人が教えてくれました」

トトラセラ・セラトラ、何だっけ？　何度か覚えようとしたけど口がもつれそうになる呼び名なんだよね。

「にゃうん」

木の根元でちょこんとお座りするシエル。やはりこの果実の場所へ案内してくれたようだ。

「シエル、ありがとう。頑張って収穫するね」

バッグを出して、青い実を収穫していく。ドルイドさんも手伝ってくれたので、バッグが一杯になるのは早かった。

「すごい量だな」

「ギルマスさんから、この果実は値段が変動しないからおすすめだと聞いているのでちょっと多めに」

「なるほど」

バッグを抱えようとすると横からさっとバッグが取られる。

「ドルイドさん？」

「このぐらいは任せろ」

いいのかな？　ん〜、他にも収穫していくだろうから青い果実はお願いしようかな。

「では、お願いします。次に収穫出来た物は私が持ちます」

「ハハハ、よろしく」

青い果実を収穫したら少し休憩。今いる場所は木々が多く、影になるので少し肌寒い。少し前までは涼しいと思えたのにな。

「しかし、この果実ってこんな森の奥にあるんだな」

「そうですね。この青の果実と黄色の果実は森の奥にありますね」

「黄色の果実って確か『はくとう』と言う名前の奴か？」

「はい。アレ大好きなんです」

「食べた事ないな」

「すごく甘くておいしいですよ」

「……あれもいい値で売れるだろ？」

「さぁ、前の時は食べ切ってしまったので」

「……そうか。確か青い果実とほとんど同じ値段だった様な」

ドルイドさんが小声で何かを言っているけど聞こえない。

「どうしたんですか？」

「いや」

何だろう、ちょっと顔が引きつっている？　疲れたのかな？

「大丈夫ですか？」

「大丈夫だ。さて、そろそろ行こうか」

ドルイドさんの言葉に、すぐさまシエルが先頭を歩き出す。

「えっと、付いて行ったほうがいいんだよな？」

「はい。ここが何処か知りませんから」

シエルのあとを付いて行く時は、方向などまったくわからなくなる。なのですべてシエル頼みになってしまうのだ。最初の頃は、方向だけでも確かめようと思ったのだが無理だった。

「そうだよな。よろしくなシエル」

「にゃうん」

木々の間から空を見上げる。最近は徐々に暗くなるのが早くなってきている。このぶんでは、村道付近に戻るのは無理かな。

周りを見る。やはり村道に戻る前に暗くなり始めてしまった。

「シエル、そろそろ寝床を探そうか」

「にゃうん」

「ぷっぷぷ〜」

「てりゅ〜」

おっフレムが起きたのかな？　バッグを開けるとフレムが欠伸をしていた。

「おはよう。もう夕方だよフレム」

……あれ？　今フレム欠伸していた？　前からしていたっけ？　ん？　まぁ、いいか。

「寝床って……えっと、アイビー。この辺りの事を知っているわけ……は、ないよな」

「はい」

ドルイドさんが何だか困った表情をしている。今日のドルイドさんは少しおかしいな。やはり疲れているんだろうか？　だったら早めに休めるようにしたほうがいいよね。

「ソラ、お願いしていい？」

「ぷっぷぷ～、ぷっぷぷ～」

ソラにお願いすると、うれしそうに鳴いて周りを見渡す。そして、何かを見つけたのかある方向へ向かって飛び跳ねていく。

「行きましょう」

「あ～、うん」

ドルイドさんの声に張りがないな。やはり相当お疲れだ。

「ぷっぷぷ～」

機嫌よく飛びはねていくソラ。そのあとをドルイドさんと追いかける。少し歩くと、大きな木の穴の前でソラが揺れている。どうやらその場所がおすすめの寝床らしい。

「ソラ、ありがとう」

そっと中の様子を窺うと、シエルが入っても問題ない広さ。魔物などが最近使った形跡もない。問題ないようだ。

「ドルイドさん、今日はここを寝床にしましょう」

「ハハハ、何だかね。うん」

「えっ？　どうしたんですか？」

「いや、ハハハ」

おかしいな、ドルイドさんと会話が出来ない。それほど疲れているのか？　まだ旅は三日目なんだけどな。

「にゃうん」

「どうしたのシエル。何かあるの？」

「にゃうん」

「ドルイドさん、シエルが何か見つけたみたいなので行ってきます。疲れている様なのでここで休んでいてください」

「えっ、大丈夫だけど」

「大丈夫ではないですよ。さっきからちょっとおかしいです」

「いや、それは俺の考えていた以上にすごい旅だったからで……」

すごい旅？　特におかしな事はなかった筈だけど。私が首を傾げるとドルイドさんが苦笑いした。

「えっと、とりあえず休憩しておいてくださいね」

「……わかった。寝床の準備だけしておくよ」

「えっそれは。休憩にならないのでは？」

「大丈夫」

「そうですか？　無理はしないでくださいね。えっとフレムをお願いします」

心配だけど、外は暗くなってきている。早めにシエルが見つけた物を収穫して戻って来よう。

「行ってきます」

「気を付けて」


「フレム、アイビーの旅ってすごいな」

「てりゅ～」

「まさか、装備もなくこんな森の奥へ来る事になるとは、さすがの俺でもちょっと怖かったよ」

「てりゅ～」

「しかも、森の中で簡単に寝床を見つけるし。ソラってやっぱりすごいな」

「てりゅ～」

「アイビーの様子からこれが普通なんだよな」

「てりゅ～」

「もしかして俺、すごいチームに参加したのかな？」

「てりゅ～」

「そういえば、森の奥にいるのに魔物とか動物とか見ないな……シエルの存在って大きいな」

「てりゅ～」

「……フレム、俺の話ちゃんと聞いてる？」

フレムを見るとじっと見つめ返される。その瞳を見ていると、気持ちが落ち着いてくる。

「ありがとう。慣れるように頑張るよ」

「りゅっ」

214話　アイビーと洞窟

シエルを先頭に森を歩く。今いる場所は少し開けている場所なのでドルイドさんは隣にいる。彼の様子をそっと窺う。森に入ってから少しおかしい様な気がする。なぜか独り言がふえ、フレムと話している姿をよく見かけるようになった。何かあるなら話してほしいけど……。

「にゃうん」

シエルの鳴き声に前を向くと、少し先に大きな洞窟が見える。入り口もかなり大きい。どうやらシエルはその洞窟に入りたいようだ。

「シエルが入って大丈夫と思うなら、付いて行くよ」

「えっ！」

ドルイドさんが驚いた声を上げる。不思議に思い横を見ると、眉間に深い皺が。

「どうしたの？」

よしっ！　上手く言えた。一緒に旅をするのだから、もっと砕けた話し方のほうがいいと言われた。最近では随分と敬語が抜けていたのだが、まだ硬い話し方に感じたようだ。年上に向かって大丈夫なのかと不安がる私に「家族なのだから敬語はおかしいだろ？」と言われたのでドルイドさんにはお父さんに話しかける感じにしている。正直とても恥ずかしかった。ただ、話し方を変えただけなのに本当の家族に近づけたようでうれしかった。

私の言葉に苦笑いを浮かべ、首を振るドルイドさん。ここ数日この態度もよく見かける。一度、しっかりと話し合ったほうがいいかな？

「にゃうん」

「あっ、ごめんねシエル。ドルイドさん行きましょう」

「ハハハ、そうだね」

笑う要素あったかな？　もしかして疲れているとか？　まだ歩き出して四時間ぐらいだけど。不思議に思いながらもシエルのあとに続いて洞窟に入る。

「アイビー、洞窟を見つけたらいつも入るのか？」

「いいえ？　シエルが入りたいと言ったものだけです。危ないですから」

「あっ、その辺はちゃんとわかっているのか」

わかっている？

「何がですか？」

「洞窟に普通に入って行くから、危険性を知らないのかと思ってね」

「さすがに知ってますよ。だからシエルが入った洞窟しか入りません」

「そうか。シエルが大丈夫と入った洞窟には、魔物などはいないとか？」

「いますよ。色々と」

「いるの？」

かなり驚いた表情をされたけど、何かおかしな事でも言ったかな？

「はい。えっとそれが何か？」

「怖い魔物ではなかったとか？」

「怖い魔物？　暗かったのでどんな魔物なのかよくわからない事が多いんですけど」

「そうか」

「ただ、不意に威嚇されるとさすがに怖いです。でも、すぐにシエルが黙らせてくれるので一瞬ですけど」

「そっ、そうか」

洞窟内にいる動物や魔物に、暗闇から威嚇されるとさすがに怖い。でもすぐにシエルが対処してくれるので、怖いと思うのは一瞬だ。

「あっ、ちょうどあそこ。あの魔物はよく見かけますね」

私が指す方向を見て、なぜかドルイドさんの動きが止まった。視線の先には、洞窟内では比較的よく見る事が出来る大きな爪と牙を持つ魔物が五匹。入り口付近にいる事が多いので、姿が確認出来た魔物の一つだ。本で魔物の種類を探したが、載っていなかったので名前は未だに不明。その魔物が私たちを見つけて、全身で威嚇をしてくる。

「シャー」

シエルがそれに気が付いて、私たちの前に出て一鳴き。すると今まで全身で威嚇していた魔物が、黙り込む。そしてシエルの姿を見つけると、全員で伏せの体勢を見せた。こうなると何もしてこない。最初の頃は正直怖かったのだが、何度も何度も経験をして学んだ。魔物が伏せをした場合は襲ってこないと。

「魔物が伏せしてる？」

「あれをした場合、背中を見せても襲って来ないんですよ」

「……知らなかった。そうなんだ」

あれ？　洞窟だからかな？　ドルイドさんの顔色が悪く見えるんだけど。

「顔色が悪いみたいですけど、休みますか？」

私の言葉にゆっくり首を振るドルイドさん。

「大丈夫、慣れれば問題ないから」

何に慣れればいいんだろう。私にも必要な事かな？

「私も慣れたほうがいい事ですか？」

「……大丈夫、アイビーは絶対に大丈夫」

ものすごく力強く大丈夫だと宣言された。首を傾げながら魔物の隣を通りすぎる。やはり何度見ても鋭い爪に、大きな牙だ。襲われたらひとたまりもないんだろうな。

「結構奥まで行くんだな」

「そうですね。何処まで行くんでしょうね」

前を歩くシエルの様子を見る。まだ尻尾が下向きに揺れているので、目的地まではもう少し掛かるみたいだ。今度は何があるのかワクワクするな。

「アイビー、言葉が戻っているよ」

……そうだっけ？　気を付けているのにな。

「気を付けますじゃなくて、気を付けるね」

「ふっ、話が続くと元に戻るな」

「そうかな？」

そうかもしれない。話に夢中になって他の事に気が向かない。

「にゃうん」

おっ、シエルの尻尾の振りが少し激しくなった。それに鳴き方が少し高めの声になっている。

「ここみたいですね」

周りを見渡すが、特に目立つ何かがあるわけでない。ただ、黒い石が岩の間から少し見えるぐらいだ。他には……ないな。

「ドルイドさん、シエルがここに来た理由がわかりますか？　私にはちょっとわからなくて」

ドルイドさんを見ると岩の間から覗く黒い石を凝視している。シエルが教えてくれたのは、この黒い石なのかな？

「シエル、これを教えてくれたの？」

岩から覗く黒い石を触る。歩いて体が火照っているのか、冷たくて気持ちいい。

「にゃうん」

「何だか、怖くなってきたな」

ドルイドさんの言葉に首を傾げる。周りを見ても、魔物はいない。何が怖いんだ？

「ドルイドさん、あの黒い石は何ですか？」

「あれは、真剣を作る時に必要な黒石だよ」

「黒石、そのままですね」

見たまんまの名前なのだろうか？

「いや、ちゃんとした名前がついているが、覚えてなくてな。悪い」

ドルイドさんにしては珍しいな。

「これって採っていくのか？」

「もちろん！」

「そうか。そうだよな」

岩から出ている黒い石をちょっと引っ張ってみる。少し動いた？　もっと力を入れれば取れたりして。掴んでいた黒石にぐっと力を入れて引っ張る。

ぽこっ。

「ハハハ、採っちゃった」

まさかこれだけで岩から外れるとは、驚きだ。取れた黒石を、見る。ドルイドさんの掌ぐらいの大きさ。思ったより大きかったな。次の黒石に手を伸ばそうとすると。

「今、採った石だけでも金貨三枚ぐらいの価値があるぞ」

「えっ！　たったこれだけで？」

「あぁ、そうだ。剣を作る時に少量を混ぜ込むだけだからな」

「そうなんですか」

伸ばしかけていた腕を下ろす。そして手の中にある黒石を見る。これで金貨三枚分。

「にゃうん？」

手の中の黒石だけしか採らないので、シエルが少し不安そうに鳴く。

「ごめんね。でも見て見て。これだけで金貨三枚だって。なのでこれで十分なんだよ」

ドルイドさんが居なかったら、もっと大量に採って一気に売っていたかもしれない。彼が居てくれて助かった。

「にゃうん」

わかってくれたのか、尻尾が左右に少し激しく揺れる。壁に尻尾があたったようで、黒石がコロコロと岩から落下する。

「……拾ったほうがいいですか？」

「あ～、シエルは拾ってほしそうだな」

「そうですね。あの目を見るとついつい……」

とりあえず、落ちた黒石を拾ってバッグへ入れる。おおよそ一二個。見事な大きさの黒石まであった。

「少しずつ売らないと駄目ですよね？」

「あぁ、特に最後の大きさの黒石は気を付けないとな」

今バッグにある黒石、いったい全部でいくらになるんだろう。先ほどのドルイドさんではないけど、ちょっと怖いな。

215話　旅の常識

黒石を採ったあと、シエルは他の鉱石の場所も教えてくれたのでその都度バッグへと入れていく。というか、この洞窟、すごい。そしてバッグの中身が怖い。採った物を今から行く村ですべて売ると、間違いなく目立つとドルイドさんが言っていた。

「シエルは、すごいな」

ドルイドさんが、採ったばかりの透明な石を見ながら、しみじみ感想を口にした。確かにと思いシエルを褒めたら、次の場所へ誘導されそうになったので慌てて止めた。さすがにこれ以上バッグの中身に恐怖を感じたくない。

「もう十分すぎるぐらいだから。ありがとう」

「にっ」

なぜか不服そうに鳴かれた。でもさすがに、これ以上は心の平穏の為にも無理です。それにそろそろ寝床の場所を探す必要がある。

「ドルイドさん、今日の寝床を探さないと駄目ですね」

「そうだな。そろそろここから出るか。それとアイビー口調が戻ってるよ」

「えっ？」

頭をポンと撫でながら言われた。

また元に戻ってた？　癖を直すのって難しいな。

「ソラ、今日は何処がおすすめ？」

「ぷっぷぷ～」

ソラがぴょんと飛び跳ねて、洞窟の中を移動する。ソラを追いかけると、洞窟の一番大きな通路から少しそれた場所にある穴に入って行く。

「今日の寝床はあそこがおすすめみたいですね」

ソラに続いてそっと中の様子を見る。入り口は少し狭いが中はかなり広い。

「ドルイドさん、ここでいいですか？　あっ、ここでいい？」

「…………」

「ドルイドさん？」

「あっ、あぁ洞窟の中か」

「はい？」

「いや、大丈夫だ。ソラが大丈夫って言ったんだしな」

ドルイドさんの声が小さすぎて聞こえない。大丈夫かな？

ソラが入った穴に入り、魔物の痕跡などを調べていく。少し痕跡があるが問題ないようだ。寝床の用意をしようとバッグを下ろす。ドルイドさんに視線を向けると、フレムと何か話をしていた。彼はフレムと意思疎通が出来るようになったのだろうか？

「ドルイドさん、準備しよう？」

「あっ、悪い。手伝うよ。洞窟内だから火は使わないほうがいいだろうな」

「うん」

洞窟内で火を使うと危ないと冒険者が話しているのを聞いた事がある為、私も火は使わないようにしている。ただ、何が危ないのか理由は知らない。

「どうして洞窟内で火を使うと危ないのですか？」

あっ、しまった口調が。私の表情を見てドルイドさんに笑われてしまった。どうやら顔に出てたらしい。

「魔物を興奮させたり、呼び寄せたりするからな。ここだと逃げ場がないだろう？　あと酸欠になる可能性もある」

なるほど。前に『火に魔物が興奮して襲われそうになった』という話を聞いた事がある。動物は火を見て逃げるが、魔物はそうとも限らないから気を付けろだったかな。周りを見て、入り口は一つ。あそこを魔物に占拠されたら逃げられないか。

「それにしても、こういう洞窟内で二人なのは初めてだな」

「どういう事？」

「あぁ～、普通は入り口に魔物がいる様な洞窟内では寝ないから」

「あの魔物たちはもう大丈夫ですよ？」

伏せをして完全にシエルが上だと認めていた。なので襲われる事はない。

「あの魔物を抑えられる魔物が一緒の冒険者チームなんて俺は知らない」

「……探せばいるかも」

「噂になるからな。そういう冒険者たちは」

もしかして私って、かなり他の冒険者たちとは違う事をしているのだろうか？

「ドルイドさん、私の旅って」

「旅に正解も不正解もないから自由でいいと思うぞ」

……やっぱり、他の人とは違うのか？　ドルイドさんを見ると苦笑い。

「もしかして、そんなに違います？」

えっと、ちょっと不安になってきた。ラットルアさんたちと旅をしたけど、町に戻る為に村道を歩いただけだったし。普通の旅がわからない。

「ちょっと……結構、違うかな」

言い直された！

「そうですか」

「あぁ、それより遅くなるから寝床と夕飯の準備をするぞ」

二人で寝床を作る。シエル用のマットも準備完了。それを見てシエルがうれしそうに尻尾を揺らした。

夕飯は久々に干し肉と果物。そういえばここ数日は、簡単な物だけど作っていたから干し肉とか久しぶりだ。最初の頃の旅に比べると、かなり豪華になったな。

「で、ドルイドさん。私の旅と他の冒険者の旅って何が違うんですか？」

「ん～、そうだな。他の冒険者と一緒になる時もあるからな、頭に入れておいたほうがいいか」

「お願いします」

ずっと二人だけの旅だとは限らない。他の冒険者がいる時に、間違って行動しないように注意しないと。

「とりあえず、さっきも言ったように魔物がいる洞窟内で寝る準備はしないかな。永遠の眠りになるからな」

この点についてはシエルに本当に感謝だな。

「あと、森の奥に入るのに軽装備すぎる。人もこんな少人数では入らない。ついでにこの場所が地図上の何処なのかわからない時点で問題だ。何より、スライムが寝床を探すなんて聞いた事がない」

そんなに？　……一つ一つ考えていこう。えっと、森の奥に入るのに軽装備？　周りを見る、旅に必要な物が詰まったマジックバッグ、ソラたちの食事が入っているマジックバッグ。森の中で手に入れた物を入れたマジックバッグ。ソラたちが入るバッグ。正規品のマジックバッグは有能だ。アレがなければ、かなりつらい旅だっただろうな。って、今はそれは関係ないな。軽装備なのかな？

「装備というのは、戦う為の装備の事だからな」

なるほど、今考えた物はまったく当てはまらない。戦う為の装備？　視線をドルイドさんの横にある剣に向ける。魔石が綺麗に光っている。これだけだ。

「確かに軽装備かもしれませんね」

「森に入るにはそれなりの装備が必要だから、間違っても剣一本はないかな」

あ〜、もしかしたらドルイドさんには不安があったのかもしれないな。申し訳ない事をしてしまった。次が少人数だっけ？

「森に入るにはどれくらいの人数が普通なんですか？」

「ここはおそらく森の奥。それもかなり奥深い場所だろう」

確かにドルイドさんの言うとおりだ。生えている木々や草から判断しても、かなり森の奥に来ている。

「正確にどれくらいなのかはわからないが、最低八人だな」

「八人！」

えっ、そんなに必要？

「森の奥に入れば入るほど、魔物の数も種類も増えてくる」

確かに多くなるな。今も気配を探れば近づく気配はないが、かなりの魔物がいる事が窺える。

「そんな場所では寝ずの番をする人も含めて、最低八人だな」

「もしかして、こんな場所で二人だと他の冒険者から異様に見られるのでは？」

「間違いなく、そうだろうな」

良かった。今までも森の中で遭遇しそうになったら回避してきたけど、間違いではなかったようだ。……あれ？　そういえば、私が離れて行くより冒険者たちが離れて行く気配のほうが早かった事が多々あった。あれってもしかして……不気味に思って逃げていたとか？

「アハハハ」

「アイビー？」

「『森の中には化け物がいる』と、噂があるかもしれない」

「アハハハ。森の中で一人の気配しかなかったら、間違いなく逃げるな。絶対に近づかない」

やはりそうか！　時々不思議に思っていたんだよね。まるで走っているみたいな気配だなって。

「森の中に人の気配を真似る魔物がいて、徐々に王都に近づいているという噂があったりしてな」

ドルイドさんが言った何気ない言葉に、二人で黙り込む。

「「ハハハ」」

私には関係ないや。ただの噂だし、その噂が本当にあるかどうかもわからないし。私は知らない！

216話　シエルの怒り

噂の事は気にしない事にした。あるかないかもわからない噂を、気にしていてもしかたない。

「ギルドで売っている地図が正しいとは限らないが、それでも地図上で場所を確認しておくのが常識だ。今の俺たちのように、まったく何処にいるのかわからない状態はとても危険だ」

確かに言われてみればそのとおりだ。もしも今、シエルがいなくなってしまったら間違いなく路頭に迷う。だけではなく、洞窟内にいる魔物にも襲われるだろうな。

「この状態でシエルがいなくなったら、俺たちは終わりだ」

「うん」

「にゃっ！」

ドルイドさんの言葉にシエルが不服そうに鳴く。見ると、すごい表情でドルイドさんを睨んでいる。ドルイドさんも、シエルの表情を見てビクリと体を震わせた。

「いや、シエルが本当にいなくなると言っているわけではなくてだな。もしもの話だから。もしも！」

ドルイドさんの声がちょっと震えている。さすがのドルイドさんも、今のシエルは怖いらしい。

それもしかたない。今のシエルからは、表情だけでなく何処となく怖い気配も漂っている。

「シエル、ドルイドさんを睨んだら駄目だよ。旅の仕方の勉強中だから」

「にっ？」

「シエルがいなくなるなんて思っていないよ。一緒にいてくれるよね？」

「にゃうん」

ずっと一緒にいてほしいと言いそうになったけど、それはやめておいた。旅の途中、シエルに良い出会いがあるかもしれない。そうなれば旅よりそちらを優先してほしい。寂しいけど！

「ありがとう」

私の言葉にシエルの雰囲気が落ち着く。それを見てドルイドさんの緊張が解けたようだが、その顔は少し青ざめている。

「大丈夫ですか？」

「アハハ、大丈夫。まさかあんなに怒るとは思わなかった」

「そうですね」

シエルがそっと私に顔を寄せる。目が少し垂れている。可愛い。

「大丈夫。シエルを怖がってなんていないよ。シエルが優しいのは知っているからね」

頭をゆっくりと撫でる。ふわふわと揺れる尻尾が可愛い。

「ぷぷ～ぷぷ～」

その尻尾にソラがじゃれている。相変わらずソラは通常運転だ。まったく空気を読まない。

「ごめんなシエル」

「にゃ～ん」

ドルイドさんにも顔を寄せるシエル。良かった、元の二人の雰囲気に戻ってくれた。それにしてもあんなに怒るなんて、驚きだ。ふ～、ちょっと疲れたな。

「ドルイドさん、今日はもう寝ませんか？　えっと、私の旅が他の冒険者たちとは違うという事は理解したので」

その事は、しっかり覚えておかないとな。第三者がいる場所で目立つ行動をしたら、勘ぐられてシエルたちの事がばれてしまうかもしれない。うん、ちゃんと覚えておこう。

「そうしてくれると助かるよ。さっきので疲れた」

シエルの睨みが、ドルイドさんには効いているようだ。青ざめた顔色は戻っているが、疲れがにじみ出ている。

夕飯のあと片付けをして、寝床に潜り込む。何かあった場合すぐ動けるように、こういう場所では靴を脱がない。そして明かりもある程度灯したままとなる。ちょっと窮屈で明るいがしょうがない。もしもの時の対策は必要だ。

「おやすみなさい」

「にゃうん」

「あぁ、おやすみ」

「ぷ～」

「……りゅっ……」

フレムのは寝言だな。

洞窟から外に出る。今日もいいお天気だ。木々の間から日の光が差している。ただ日増しに風が冷たくなってきているのがわかる。村道へ向かったほうがいいかもしれないな。

「俺もアイビー流の旅に慣れてきているな。うん」

洞窟の入り口で、伸びをしているドルイドさん。疲れも取れてすっきりした表情だ。それにしても私流？

「どういう意味ですか？」

あっ、また失敗。

「熟睡してた」

「まぁ、寝ているわけですから」

「そうなんだけど、前までだったら熟睡はしてないな」

あぁ、なるほど。確かに私も、シエルと会う前だったら森の中で熟睡なんて出来なかったな。それこそ木々が擦れる音にだって起きていた。風の強い日などは、寝ていると逆に疲れる事もあった。

「シエルという安心感は駄目だな。警戒心が薄れてしまう」

「それはありますね。ついつい甘えてしまって」

確かに熟睡出来て疲れが取れるのは、シエルという大きな存在に守られているから。シエルがいなくなったら、本当に色々大変だ。

「にゃうん」

私たちの会話を聞いていたのか、シエルは満足そうだが。

「甘えすぎないように気を付けないと駄目ですね」

「そうだな」

「にっ」

今の会話は少し不服そうだけど、甘えてばかりは駄目だからね。気を付けよう。

「ぷ〜」

「てりゅ〜」

二匹の声に視線を向けると、何かが落ちている。近付くと、地面に転がっている黒の球体。

「何ですかこれ？」

ドルイドさんを見るが彼も首を傾げている。もう一度黒の球体を見る。石のように見えるが、よく見ると呼吸をしているのか微かに動いている。指先でちょんと突いてみる。それにビクリと震えて、ギュッと少し小さくなってしまった。どうやら怖がらせてしまったみたいだ。

「ぷ〜」

「てりゅ〜」

ソラとフレムに何かを要求されている。えっとこの場合は……拾ってほしいのかな？

「拾うの？」

「えっ？」

「ぷっぷぷ～」

「てっりゅりゅ～」

ドルイドさんは驚いたようだけど、ソラとフレムの要求は理解した。なので怖がらせないようにそっと黒の球体を拾う。微かに暖かい熱が手に伝わる。やはりこれは生き物のようだ。

「アイビー、拾うのか？」

「はい。ソラとフレムにお願いされましたし」

「そうか。洞窟の中で寝る事に驚いたけど、正体不明の物をそんな簡単に拾うアイビーにも驚きだ」

どうやら私の行動には、少し問題があるようだ。でも、ソラとフレムが私に怪我を負わす様なモノを拾わせる事はないと、信じている。なので、次に同じ様な事があっても普通に拾うだろうな。

「それって生き物だよな」

「たぶん、ちょっと温かさが伝わってきますし、微かに動いています」

丁度私の両手に収まる大きさの黒の球体。じっと見ていても特に動きはない。本当に何々だろう。

「まぁ、ここにいてもしかたないし。行くか」

「うん。フレムおいで」

黒の球体はソラたちのバッグへ入れてフレムを抱きあげる。ソラはピョンと跳ねてドルイドさんの頭の上。そして先頭はシエル。

「シエル、村道の近くに戻ろうか」

「にゃうん」

「バッグの中身は既に怖いぐらいだから、収穫や採取はなしでお願い」

「…………」

「シエル、もう十分すぎるぐらいの収入分だから、何も採らずに村道へ行こう！」

「にゃうん」

ものすごい不服そうな返事が返ってきた。でも、ここは譲らない。今日の朝、整理もかねてバッグの中身を確認した。ドルイドさん曰く『ハタウ村の一番いい宿に泊まれるな』との事。それも二年。ソラとフレムはポーションに魔石。シエルは鉱石に木の実。三匹が頑張ると、やはりこうなったかと苦笑が漏れた。

217話　不思議な生き物

歩きながら肩から提げているバッグを見る。先ほど拾った？　黒い生き物。バッグの中でごそごそと動くので覗くと、ビクンと固まって動かなくなった。可哀想なので、動いても気にしないようにしたのだけど……。

「どうしたんだ？」

「少し前まで動いていたのに、まったく動かなくなったから心配で」

バッグの上から軽く撫でるがピクリともしない。何かあったのかな？　先ほどのように驚かせるのは可哀想だから、バッグを開けるのを躊躇する。

「ソラ」

ドルイドさんの声に、ソラが彼の頭の上でぴょーんと上に一回伸びる。

「おい、ソラ。急に動くと落ちるぞ」

ソラが急に動いた為、ドルイドさんが焦っている。

「ソラ、ドルイドさんで遊ばないの」

「ぷっぷぷ～」

本当にソラは遊ぶのが好きだな。……いや、この場合はドルイドさんをおちょくるのが好きという事になるのだろうか？

「ソラ」

「ぷ～」

「さっきの黒い生き物、動かないけど問題ないか？」

ドルイドさんの質問にプルプルと揺れるソラ。揺れるという事は問題なし。

「大丈夫みたい」

「良かった」

「それにしてもこの子、何々でしょうね？　魔物でしょうか？」

「強くはないが魔力を感じるから間違いなく魔物だと思うが。黒の球体の魔物？」

「噂で聞いた事ありませんか？」

ドルイドさんは冒険者だけあって、色々な魔物や動物の事を知っている。今回旅に出るにあたり、多くの冒険者たちと交流して新しい情報がないか調べてくれていた。

「これだけ特徴があるから聞いていれば覚えているが、思い出さないという事はまだ噂になっていないのかもしれないな」

噂になるには目撃する冒険者が必要となる。森の奥にずっといたなら、もしかしたらまだ誰にも見つかっていなかったのかもしれない。

「発見者第一号？」

私の言葉にドルイドさんが笑う。

「そうなるかもな。すぐにギルドに報告するか？」

ドルイドさんの言葉に首を傾げる。報告はしないと駄目だった筈だけど……。

「てりゅ？」

「あっフレム、おはよう。あとで黒の球体の魔物を紹介するね？」

「りゅ？……りゅ～」

興味がなかったのか、起きたのにまた寝た。腕の中で寝なおしたフレムの体をちょっとゆする。

「起きるのは遅いのに、寝るのは即行だよな」

「ぷっぷ、ぷっぷぷ」

「にゃ」

ソラとシエルが笑った様な気配。確かにドルイドさんの言うとおり、寝るのは即行。しかも場所も時間も選ばず。

「ある意味、良い性格ですよね」

黒の球体の魔物は、攻撃性が見られない事やまだよくわかっていないので様子を見る事になった。冒険者ギルドや商業ギルドに登録している者たちは、新しい魔物を発見した場合、少しでも攻撃性が見られる時は報告する義務があるらしい。が、攻撃性がない場合は、生態系などを調べてから報告しても良いそうだ。それは知らなかった。

「この辺りは歩きやすいな」

ドルイドさんの言葉に頷く。洞窟までの道のりは、足元が悪かった。岩は転がっているし、根っこはあちらこちらから飛び出していた。それに比べて今はかなり平坦な道だ。

「このぶんだと、村道に出るのも早そう」

「そうだな。村道の近くまで来たら、とりあえず地図で場所を確認するか」

「ふふふ、うん」

ドルイドさんは、何処にいるのかわからない状態がかなり不安みたいだ。シエルと旅をしてきた私にとってはいつもの事なのだけど。これに慣れたらダメなのかな?

先頭を歩くシエルを見る。頼もしい背中だな。じっと見ていると、シエルが後ろを振り返って視線が合う。するとうれしそうに尻尾がふわふわと左右に揺れる。

「シエル、ありがとう」

「にゃうん」

うん、可愛い。

そろそろ寝床を探そうか。ドルイドさんの言葉に、立ち止まって腕を伸ばす。今日一日で、かなり歩いた。さすがに少し疲れたな。

「ぷっぷぷ～」

ドルイドさんが立ち止まると同時に、ソラがぴょんと地面に着地する。そしてキョロキョロと視線を走らせる。しばらくすると、ぴょんと飛び跳ねてある方向へと行ってしまう。

「ぷっぷ～、ぷっぷぷ～」

相変わらずだ。ドルイドさんと苦笑いして、見失わないように急いであとを追う。今日の寝床は少し遠いようだ。

「ソラ、急ぎすぎ！」

姿が見えなくなったので声をかけるが、草を踏む音が止まる事はない。私の隣にいるシエルが焦っていないので大丈夫なのだろうけど、姿が見えなくなるのは不安だ。木々の間から立ち止まっているソラの姿が見えた瞬間、体に入っていた力が抜けた。

「ソラ、もう少しゆっくり」

ソラに駆け寄り、周りを見て固まった。ソラから少し離れた場所に、巨大なヘビ。それがじっとこちらを見つめている。ドルイドさんが慌てて私の前に出て、剣を鞘から抜く。

「ぷっぷぷ～」

ソラの声が聞こえた事でちょっと緊張が解けるが、それでも怖い。そっとソラを窺うと、ソラはヘビではなく私を見ている。不思議に思ってソラを見ていると、その視線が私が肩から提げているバッグだと気付く。

「ソラ、あの魔物は敵ではないの？」

私の言葉にプルプルと揺れるソラ。えっと揺れるという事は……何だっけ？　恐怖で少し考えが纏まらない。揺れたから……敵じゃない時だ。

「ドルイドさん、あの魔物は大丈夫みたいです」

私の言葉に息をつくドルイドさん。それでも剣はまだそのままの状態だ。

「ぷ～」

ソラの視線はまだバッグにある。もしかしてきょう拾ったあの黒い生き物だろうか？　そっとバッグを開けて、中の黒の球体の様子を見る。

「うわっ」

ドルイドさんの声に体がびくりと震える。急いで黒の球体からヘビへと視線を向ける。

「うわっ」

思わずドルイドさんと同じ反応をしてしまった。でも、それもしかたないと思う。視線の先には、ヘビの巨大な体のあちこちから黒の球体が飛び出している。いや、飛び出しているのではなく黒の球体が私たちから見える位置に移動してきたようだ。

何だか不気味だ。と、思いながらバッグから洞窟の前で拾った黒の球体を出す。それに気が付いたのか、ヘビの体が左右にゆっくり揺れる。

「ヘビも揺れるんだ」

「アイビーの反応ってちょっとおかしいよな」

「えっ？」

ドルイドさんを見ると肩をすくめられた。不本意だ。話していると、不意に手の中の黒の球体が動いた為落としてしまった。

「ごめん、大丈夫？」

謝ってから落ちた場所を見ると、黒の球体がヘビの方向へと移動していた。仲間がいる様なので、移動するのは特に問題ないのだが……。

「俺としては球体がこう開いて……何ていうか半球体になって、足が出てくるのを想像したんだが」

ドルイドさんの手の動きを見ていると、私が想像したものと似ているかもしれない。私は、前の私の記憶にあるダンゴ虫の様な印象を持っていたのだ。が、まさかの球体のままの状態で足だけがにょきっと出てくるとは……。それにしても、足が短いので頑張っているのだろうが遅い。

ようやくヘビのもとへ辿りついた黒の球体。その姿になぜかホッとしてしまった。途中で落ちていた石に転がるし、輪っかになって飛び出していた根っこに体が挟まるし。その都度、手を貸していた為時間が掛かった。

「どうせここまでヘビに近づくなら、最初からヘビの上に置けば良かったな」

ドルイドさんの言葉に、確かにと苦笑が漏れる。黒の球体を手助けしながら応援していると、気が付いた時には目の前に巨大ヘビ。少し手を伸ばせば、ヘビの体に触れられる距離まで近づいてしまった。気が付いた時に慌てて後ろに下がろうとしたが、下を見ると窪みに嵌まってもがいている黒の球体。黒の球体を助け出して、仲間と合流するのを見ていると後ろに下がる機会を逃した。まぁ、攻撃などしてくる様子もないので大丈夫だろう。というか、黒の球体が走る姿を微笑ましく見ていた様な気がする。……お母さんなのだろうか？

218話　サーペントさん

「ドルイドさん、この巨大なヘビの種類が何かわかりますか？」

「ん〜、真っ黒な体に白い模様だよな？」

「はい、頭の上にも何か模様がありますよね？」

残念ながら私の身長では見えないが、先ほど巨大なヘビが頭を動かした時にちょこっとだけ見えた。

「あぁ……黒の球体でほとんど見えないけど、模様らしき物はあるな」

巨大なヘビの頭にも球体が乗っている為、模様が見えないらしい。

「駄目だ、わからん。そもそもハタウ村の周辺に黒いヘビがいるなんて聞いた事はないんだが」

ドルイドさんがお手上げと、首を横に振る。巨大なヘビの全体を見られるように少し移動して体にある模様を見る。えっ！

「……あのドルイドさん、巨大なヘビの背中でソラが飛び跳ねています」

「えっ？」

黒の球体に紛れてソラが楽しそうに飛び跳ねている。……あれ？　目をこすってもう一度見直す。そしてさっきシエルがいた場所を見る。……いない。

「ドルイドさん、シエルがスライムになって参加しています」

「はっ？　あっ、本当だ」

私たちの視線の先には黒の球体に紛れる二匹のスライム。楽しそうだ。巨大ヘビの様子を見る。首を後ろに回して、ソラたちを見ているようだ。ちょっとヒヤリとしたが、特に反応を示す事なく視線を私たちに戻した。体の上で、遊んでいるけど許してくれるのかな？

「えっと、ソラとシエルが体の上にお邪魔しています。許してね？」

私の言葉が通じたのか微かに顔が上下に動いた。たぶん、私の願望ではない筈。

「ヘビの種類はわからないがこいつはかなり長生きだ」

「長生き？」

「あぁ、ヘビは長く生きるほど巨大化する魔物だから。このサイズだとおそらくサーペントだ」

「サーペント？」

「ヘビの中で一番でかいサイズになる」

一番大きいサイズ。確かに目の前の巨大なヘビは、私が見てきた中でも一番大きい。それほど多く見たわけではないが。

「それにしても、ここまでデカいヘビは久々に目にするな。昔討伐したサーペントがいたが、それより大きいかもしれない」

「……討伐ですか？」

「あぁ、洞窟から出て来ては近くの村民を襲って食っていたからな、討伐依頼があったんだ」

なるほど、それなら討伐もしかたないか。目の前の巨大なヘビを見る。そして一杯いる黒の球体を見る。似た様な子が一杯いる為、拾った子がどの子かは既にわからない。ちょっと残念、もう少し遊びたかった。

それより先ほどのドルイドさんの言葉が気になる。『村民を襲った』。視線を上に向けると、まだ私とドルイドさんを見ている巨大ヘビ、改めサーペント。じっと見ているけど、まさか狙っているわけではないよね？

「サーペントさん、私たちを襲いますか？」

とりあえず、意思を聞いてみよう。

「ヘビに聞くのはどうなんだ？」

ドルイドさんがちょっと呆れた声を出す。が、ヘビは私と視線を合わせて顔を左右に振ってくれた。先ほどの様に微かな動きではなくしっかりと。

「襲わないようですよ」

「……あぁ、まさか意思疎通が出来るとは……。それを普通に受け止めているアイビーも、やっぱり普通ではないよな」

ドルイドさんが何か言っているが、意思疎通が出来たうれしさで聞き逃してしまった。まぁ、問題ないとしておこう。

「あの黒の球体は子供たちですか？」

質問にこくんと一回顔が下がる。

「そっか。もしかして探していました？　私たちが連れ出して迷惑かけちゃいましたか？」

ヘビの首が横に振れる。良かった、迷惑はかけなかったようだ。

「すごい大きいですね。かなり長生きなんですか？」

意思疎通がしっかり出来るうれしさからどんどん訊いてしまう。ヘビの方も私の質問に付き合ってくれるので、うれしい。

「ドルイドさん、百年以上生きているんだって！　ソラたちは問題ないって！」

「みたいだな」

ドルイドさんの方を見るとなぜかものすごく感心した表情で私を見ている。何かあったかな？

首を傾げて彼を見ていると、苦笑された。

「さすがソラの主だと思ってな」

「ん？」

「あっ、ソラ！　さすがにそこは怒られるぞ」

ドルイドさんの視線の先には、サーペントさんの頭の上で飛び跳ねるソラ。さすがに怒るのではとサーペントさんを見るが、私と視線が合うと首を傾げた。良かった。このサーペントさんはとっても優しい。

「ごめんなさいサーペントさん、ソラが頭の上で暴れてしまって」

時間にして五分ほど、ソラとシエルは満足したのか私たちの元に来る。

「ぷっぷぷ～」

「にゃうん」

「お帰り、サーペントさんにお礼を言うんだよ」

私の言葉に二匹がサーペントの前で一回、飛び跳ねた。二匹なりのお礼なのかな？　サーペントを見ると大きく一回頷いている。すごい、わかりあっているようだ。

「さて、俺たちは寝床を探すか」

あっ、寝床を探している最中だった。ドルイドさんに言われるまで、すっかりと忘れていたな。

「そうですね。この周辺を探してみますか？」

「あぁ、そうするか」

「ぷ～」

探す為に動き出そうとするとソラが不満の声を出す。

「どうしたの？　ソラ？」

名前を呼ぶが何だか怒っている。何だ？　あっ！　もしかして。

「ソラ、寝床を探してください」

「ぷっぷぷ～」

私の言葉に一気に機嫌が直ったようだ。

「調子がいいなソラは」

ソラの様子を見ていたドルイドさんがちょっと呆れ気味だ。ソラが飛び跳ねると、サーペントさんの体がスッと動き出す。

「あっ、行っちゃうみたいですね」

「そうだな」

体の上に黒の球体を一杯乗せた状態なのに、そんな事を感じさせない流れる様な動きで森の奥へと入って行く。

「さようなら。ありがとう」

ソラとシエルがお世話になりました。という気持ちを込めて手を振る。その声に反応したのか、サーペントさんの動きが止まる。そして、しばらくそのまま動かない。

「何かあったのかな？」

どうしようかと思っていると、サーペントさんが首を後ろに回す。そしてまた視線が合う。

「「………⁉」」

困惑していると、ぐっとサーペントさんの顔が近くなる。不意の事だったので、体が少し後ろにのけ反ってしまった。

「びっくりした。ん？」

小さく息を吐き出すと、目の前に黒の球体。サーペントの舌に乗っている。どうしていいのか考えていると、舌が伸びて球体がぐっと押し付けられる。手にすると先ほどとは違い、手に伝わる温度は冷たい。どうやら子供ではないようだ。

「くれるの？」

舌が口の中に戻るとまたじっと私を見つめて、しばらくすると森へと戻っていった。

「もらっちゃいました」

「あぁ。それ何々だろうな？」

「冷たいので生き物ではないみたいです」

ドルイドさんが手に持って目の高さまで持ち上げる。そして色々見回す。

「まったく何かわからない」

「しかたないですよ」

それにしてもかっこ良かったな。黒の体に白い模様で、心が広くて優しい。ドルイドさんとサーペントさんが消えた方向を見る。短かったけど不思議な出会いだったな。

しばらくすると少し離れた所からソラの声が森に響き渡る。しまった、寝床を探してもらっていたのに放置してしまった。慌てて、ソラを探すといつもより目が吊り上っているソラ。

「ごめん」

「ぷ～」

怒りで「ぷ」が「ぶ」になってしまっている。

「悪かった」

ドルイドさんも謝っているが、ソラはぷいっと横を向いてしまう。

「ぶ〜！」

どうやって機嫌を直してもらおうかな？

219話　中間地点

「お〜、道が見えた」

森の奥にあった洞窟を出てから七日目。ようやく村道が見える場所まで来る事が出来た。ドルイドさんは、かなりうれしそうだ。そんなに森の中は不安だったのだろうか？

「とりあえず、今いる場所が何処か確かめる必要があるな」

ドルイドさんがマジックバッグから地図を取り出す。

「何か目印になる物がないか探すね」

「あぁ、頼む」

地図で場所を確定する為には、目印となるモノを探す必要がある。特徴的な大きな岩や、川、湖などが理想的。それ以外にも、珍しい花や実を付ける巨木なども目印として利用される。

見通しの良い場所を探して周りを確認する。何度か場所を移動して挑戦するが、見つけられない。もしかして何もないのかな？

「ドルイドさん、何もないのですけど」

「そうか」

ドルイドさんの返答に首を傾げる。今の情報では場所は特定出来ないと思うのだけど、特に焦っているとか困っている雰囲気は感じない。どうするのだろう？

「ここか、ここか？　いや、ここは遠すぎるからないか？」

すごいな、私の情報で場所を数ヶ所に絞っている。地図を見ると、ドルイドさんの指は順番に三ヶ所を指していく。そして何かぶつぶつと言っている。ん〜、小さすぎて聞こえない。

指した場所を見ると、どれも地図上では何もない場所のようだ。目印となる石の情報や川の情報などが一切書き込まれていない。なるほど、目印のない場所を探したのか。

「二つの場所まで絞れたけど、どちらかは不明だ」

どうやってこの二ヶ所に絞ったのだろう？

「おそらくオール町に近い村道の方だと思う。遠い方の場所は距離を考えると難しい気がする」

地図でオール町を確認して、ドルイドさんが示す二ヶ所を確認する。オール町に近い村道だと、おそらく余裕で来れる位置だ。もう一つ指した村道は町を出てからの日数を考えると、少し無理がある位置だ。

「どちらの道も、少し歩けば目印があるみたいですね」

近い方の村道には川が、遠い方の村道には不思議な花が一年中咲く巨木があるらしい。

「村道を歩いてとりあえず目印を探しましょうか？」

「そうだな、場所だけ確実に掴んでおきたいから、そうしようか？」

ドルイドさんが地図をバッグへとしまう。

「では、行こう」

ドルイドさんの言葉に、シエルがアダンダラの姿からスライムに変化する。村道を歩く時は、見られた場合の事を考えてお願いしておいたのだ。

「ありがとう」

「にゃうん」

スライムからアダンダラの可愛い声。まだ少し違和感を感じてしまうな。

周りに人がいないか気配を探る。魔物の気配は微かにするが人の気配はまったくしない。これだったらソラたちをバッグに入れる必要はないかな。ソラとシエルに声をかけてから、ドルイドさんと一緒に村道を目指す。村道に着いたらもう一度周りを確認。やはり目印になる様なモノはなかった。

ハタウ村へ向かって歩く。やはり整備されている道は歩きやすいな。ソラとシエルも飛び跳ねやすいようで二匹でずっと遊んでいる。フレムを起こしてみたが、大あくびを数回繰り返して寝なおしてしまった。フレムは運動不足から病気になったりしないかな？　少し不安だ。

村道を歩き出してから三時間ほど、少しずつ暗くなり始める時間。目の前に大きな巨木がある。しかも見た事がない花が咲いている。

「……川ではなくて花ですね」

「あぁ、何時の間にあの距離を移動したんだ？」

オール町からこの花の咲く巨木まで寄り道を考えて二五日ほどを考えていた。今日は、町を出てから一八日目。

「えっと、とりあえず場所の確認が出来たね」

「そうだな」

この場所は丁度、オール町とハタウ村の中間地点。旅もあと半分。

「さて、そろそろ寝床を探そうか」

ドルイドさんの言葉に彼の頭の上のソラがうれしそうに揺れる。

「ソラ、暴れるな。危ないぞ」

ドルイドさんの言葉に揺れるのを止めて、ぴょんと飛び降りるソラ。そのまま、私たちの周りをピョンピョン飛び跳ねている。随分ご機嫌だ。

「ソラ、寝床を探してもらってもいい？」

「ぷっぷぷ～」

ご機嫌のまま寝床を探し始めるソラ。相変わらず迷いがない。

「さて、見失う前に行こう」

「はい」

ご機嫌の為いつもより飛び跳ね方が激しいソラのあとを追う。時々飛び跳ねすぎて木に激突しているが、大丈夫なのかな？

「ん？　ソラ待った！　捨て場がある」

ドルイドさんの言葉に視線をソラから、ドルイドさんが見ている方向へと移す。確かに結構な大きさの捨て場がある。

「冒険者どもの捨て場だな。こんな場所に作る馬鹿がいるとは」

ドルイドさんが大きな溜め息をつく。

「森の中で結構な数の捨て場を見かけましたけど、駄目なんですか？」

まぁ、無断で捨てているから駄目なんだろうけど……。

「駄目だな。捨て場はなるべく町や村の近くに作る。重要な事なんだ」

そういえば、冒険者たちがつくる捨て場も村や町の近くに多かった。まったく違う場所にある捨て場もあったけど。

「捨て場には色々な物が捨てられるだろう？」

「はい」

捨て場の近くまで来て、捨ててある物を見る。確かに多種多様な物が捨ててある。まぁ、町や村から遠い為冒険者が出すごみのほうが圧倒的に多いが。

「あれ、わかるか？」

ドルイドさんが差す方向を見る。破れたマジックバッグが捨てられている。

「マジックバッグですよね？」

「そうだ。あれには少量だが魔力が糸に編み込まれている」

マジックアイテムを動かす力は魔力。それは旅をしていれば必ず耳に入る情報のひとつだ。

「はい。知っています」

「破れていても魔力はまだあそこに存在している」

糸に編み込まれているならそうだろう。

「その魔力を吸収する魔物がいるんだ」

魔力を吸収する魔物ってどういう事だろう。

「どの魔物も魔力を吸収するのではないのですか？」

「ん？　あぁ、グルバルみたいにか？」

「はい」

「あれは溢れた魔力が多かったから、どの魔物でも吸収する事が出来たんだ。残っている魔力は少ない場合は通常の魔物では吸収出来ない」

そうなんだ。まだまだ、知らない事が多いな。

「魔力を吸収するだけなら問題ないのだが、凶暴化したり突然変異する事もある」

「凶暴化ってグルバルみたいに？　それに突然変異？」

それは怖い。

「あぁ、特に怖いのは突然変異だ。姿は知っている魔物なのに、力が倍増していたり使える魔法が変わっていたり、対処に時間が掛かる事がある」

「ゴミになったマジックバッグにそんな力が……」

「といっても、あんなバッグ一個に入っている魔力では変異したりはしないがな。ゴミは集まってくるからな」

凶暴化も突然変異もかなりの魔力が必要となるのか。

「だから、ここのように管理されていない捨て場は危険なんだ」

確かに、この捨て場にはかなりの量のゴミがある。もしもすべてに少量の魔力が含まれていて、全部を吸収出来たとしたら結構な魔力量になる筈。

「どれくらいの魔力が集まったら、突然変異するのですか？」

「色々な者たちが研究しているみたいだけど、まだ詳しくはわかっていないよ。だからギルドでも、捨て場には警戒している。数年前に突然変異した魔物に、村が一日で壊滅させられた事もあるしな」

そんな事があったのか。

「冒険者ギルドに登録する際に、ちゃんと説明を受けている筈なんだが。はぁ」

人は誰にも見られていないと思ったら、楽な方法を選んでしまう事がある。だからここに捨て場がある。知らなかったとはいえ、私も冒険者が作った捨て場にゴミを捨てた事がある。これからは気を付けないとな。

「アイビー、目印になる物があるかな？　ハタウ村のギルドに報告したい」

回りを見て少し離れた場所に川を発見。ドルイドさんは地図に捨て場の情報を書き込んでいる。

「少し離れた所に川があるみたい」

「ありがとう。ん？　ソラが捨て場の問題に挑戦中みたいだ」

ドルイドさんの視線を追うと、うれしそうに剣を食べているソラ。相変わらず、頭に剣が刺さったように見える食べ方だ。

「よし、書けた。とりあえず、ソラたちの食料を確保するか」

「はい」

220話　自慢の仲間

「綺麗ですね」

「そうだな」

「………」

目の前に並ぶ、光り輝く青のポーションと赤のポーション。捨て場でソラとフレムの食料を確保中に、二匹が作り出したポーションでどちらも五本ずつある。そしてフレムの周りには赤い魔石がごろごろ。

「ぷっぷ～」

「てっりゅ～」

二匹の様子はちょっと自慢げ？

「にっ」

反対に、なぜかシエルは少し不満げに見える。何々だ？　三匹の様子を見比べて首を傾げる。いつもは仲がいいのに、ケンカ中なのかな？

「もしかして、悔しかったのかな？」

「悔しかった？」

誰がだろう？

「旅を始めてからずっと、シエルが先頭切って色々してくれただろ？　洞窟では収入源まで見つけてくれたし」

確かに。そのお蔭でバッグの中身がすごい事になっている。

「ソラとフレムは自分たちも役立つところを見せたかったのかもな。だからあれ」

ドルイドさんが指すのは光るポーション。そして得意げな様子のソラとフレム。

「役立つところ……」

ソラは寝床を見つけてくれるし、フレムは魔石を復活させてくれる。充分なのに。

「まぁ、臆測だけどな。でも三匹の様子を見ると、何となくそんな気がする。今度はシエルが悔しそうにしているみたいだから、次はシエルか？」

もう一度三匹を見る。ありえるかもしれない。

「ドルイドさん、今ソラとフレムを褒めたらどうなると思いますか？」

「確実に森の奥へ誘導されるだろうな。もしくはシエル自身が、森の中からレアを持って来るかも」

それは駄目だ。これ以上、頭が痛くなる要素を増やしたくない。肩から提げているバッグの中身だけで十分だ。まぁ、光っているポーションは足される事が決定してしまったけど。これ以上は本当に勘弁してほしい。

「説得しないと駄目ですね」

「そうだな」

ドルイドさんと視線が合うと、二人して苦笑いしてしまう。ソラもシエルも少し頑固なところがある。フレムは二匹ほど頑固ではない……と思う。まだ少し性格を把握しきれていない。だが大丈夫だろ、たぶん。そう信じたい。

どう言えばいいのかな? 悪い事をしているわけではないし。正直に『もう充分だから要らない』と言ったほうがいいのか？ それであの状態の三匹を、落ち着かせる事が出来るだろうか？

困ったな、良い案が思い浮かばない。どうしよう。

それにしても、贅沢な悩みだな。収入源となる物を、要らないと言うのだから。肩から提げているバッグを見る。ドルイドさん曰く、このバッグだけで金貨が一杯もらえるだろうと教えてくれた。……何度考えても怖い。そんな物を肩から提げているとか、本当に怖すぎる。これ以上は精神衛生上良くない。最近は朝起きたらまず一番にバッグを確認してしまうぐらい、落ち着かないのに！ 頑張って止めよう。

「えっと、ポーションをありがとう」

色々考えたけど、やはりお礼は必要だと思った。だって二匹は悪い事をしているのではなく、旅に必要な物を生み出してくれたのだから。ただそれが、最上級を超える物だってだけで。まぁ、そこが問題なのだけど。

「ソラ、フレム、シエル。色々手助けしてくれてありがとう。旅の助けになる物も沢山採ってくれたり生み出してくれたり、本当に感謝しています」

私の言葉に三匹はそれぞれうれしそうな反応を示す。良かった、ちゃんと伝わっている。

「でね、もう充分なんだ」

どう言えばいいんだ！　あ～シエルが不思議そうに首を傾げてしまった。

「えっと、バッグの中には十分な物があって、もう必要ないかな。だから採るのも生み出すのも必要がなくて」

あっ、フレムが不満そう。やはり君も頑固なの？

「えっと……ドルイドさん」

説得ってどうやればいいのかさっぱりわからない。

「何て言えばいいんだろうな？　つまり、旅費にするには十分すぎるぐらいもう集まっているんだよ。これ以上は今は必要ない状態。だから鉱物などを採るのも、ポーションを生み出すのも控えてほしいんだ」

「ぷ～」

ソラが不満げに鳴く。他の二匹も同じだ。フレムの視線が私とポーションとを行き来している。

もしかしたらもっと作りたいのかな？　それは本当にやめてほしい。

それにしても今わかった事だけど、私もドルイドさんも説得が下手だ。ここは正直に気持ちを話したほうが伝わるかもしれない。

「あのね、私はみんなとのんびりと旅をしたい。その為にはあまり目立つ行動はしたくない。ソラもフレムもレアスライムで、かなり珍しい力を持ってるの。誰かに見られたら騒がれる可能性がある。それはシエルも一緒。アダンダラはその存在だけでもかなりレア。それがテイムされているとなったら相当な話題になる」

「もし、目を付けられたら冒険者たちが押し寄せるだろう。王都から使者が来る可能性もある。そうなるとみんなでのんびりと旅を続ける事は無理になる」

ドルイドさんが説明を続けてくれたけど、王都から使者？　えっ、何それ？　ドルイドさんから飛び出した言葉に驚いて、彼を凝視してしまう。

「ぷ～」

「てりゅ～」

「にゃうん」

三匹の寂しそうな声に慌てて視線を戻すと、困った表情というか情けない雰囲気が伝わってくる。もしかしたら伝わったのかな？

「採るのも、生み出すのも加減をしてくれる？」

「ぷっぷぷ～」

「てっりゅりゅ～」

「にゃうん」

良かった。本当に良かった。

「ありがとう。今までみんなが私にくれたモノは少しずつ売って旅費にするね」

その言葉にうれしそうに揺れるソラとフレム。尻尾が暴走しているシエル。

「何とかわかってもらえたな」

「はい。って王都からの使者って何ですか？」

「ソラの力がばれたら、間違いなく王都から遣いが来る」

「そうなんですか？」

「あぁ、王から直々の手紙をもってな」

「うれしくないです」

「ぷっぷ～」

ソラを見ると少し不安そうだ。

「大丈夫だよ。ソラは私がテイムしているんだもん、ずっと一緒だよ」

「ぷっぷぷ～」

周りを見ると暗くなりつつある。

「さて、急いで寝床を探してほしいな？　ソラ？」

「ぷっぷぷ～」

「お～ソラ頼もしい。今日もよろしくな」

ソラが勢いよく周りを飛び跳ねている。どうやらドルイドさんの言葉がうれしかったようだ。

「てりゅ〜」

フレムを見ると、ソラをじっと見て小さな声で鳴いている。

「フレム？」

「りゅ〜」

何とも力のない鳴き声が返って来た。ん〜、どうしたのかな？　ソラとフレムを交互に見る。あっ、もしかして。

「行こうか？」

ドルイドさんの声にフレムを抱き上げ、ソラのあとを追う。

「フレム。ソラは寝床を探す事が出来るけど、フレムにはポーションを生み出す事も魔石を復活させる事も出来る、だから自分とソラを比較して落ち込まないで。フレムにはフレムの良い所があるんだから」

「りゅ〜？」

フレムが腕の中で私を見上げている。それを優しく撫でる。

「ソラもシエルもフレムもみんな、私の自慢の仲間なんだよ。世界中の人に自慢したいぐらい」

「てりゅっ」

あっ声に元気が出てきた。

「自慢したいけど、みんなでゆっくり旅を続けたいから内緒なんだよな」

ドルイドさんが残念だと、私の腕の中にいるフレムの頭をそっと撫でる。

「そうなんですよ。本当は声を大にして私の自慢の仲間たちと叫びたいのに」

ハハハとドルイドさんに笑われる。でも、自慢したいのは本当の話。だれかれ構わず、私の自慢の仲間と紹介したいと思ってしまう。まぁ、無理だけど。

それにしても、役立つところを見せたいなんて……。私の接し方が悪かったのかな？　あとでドルイドさんに相談してみよう。

221話　競ってます

「おはよう」

「おはよう」

巨木の下に出来た大きな穴から出て、腕を伸ばす。背筋が伸びて気持ちがいい。隣でドルイドさんも伸びをしている。

「ぷっぷ〜」

その横でソラが縦に伸びている。スライムも背伸び？　は気持ちがいいのだろうか？

「ソラ、伸びたら気持ちいいの？」

「……」

無言が返ってきた。どうやら気持ちがいいという感覚ではないようだ。では、どうして伸びるんだろう？　不思議だ。

「にゃふん」

シエルの眠たそうな鳴き声が可愛い。今日の寝床は、アダンダラの大きさでは狭すぎたのでスライムに変化中だ。スライムのシエルはソラと同様に縦に伸びる。

「に～」

何とも気持ち良さそうな鳴き声が聞こえるけど、シエルは気持ちがいいのかな？

「シエル、伸びをしたら気持ちいいの？」

「にゃうん」

気持ちがいいらしい。シエルのスライムはソラのスライムとは違うのかな？　あとでフレムが伸びをしている時に感想を聞いてみよう。もう一度腕を上に伸ばす。何だろう、今日はちょっと体が重いな。疲れが上手く取れなかったのかもしれない、気を付けないとな。

寝床のあと片付けをドルイドさんに任せて、朝食の準備を始める。と言っても、昨日の夜に作っておいたスープを温めるだけなので簡単。あとは果物を切るぐらいだ。朝晩が冷え込みだした今の季節には、うれしい温かな朝食。これだけで一日頑張れる。

昨日の夜ドルイドさんに、私の態度が原因でソラたちが競ってしまったのではないかと相談した。原因が私ならば、注意をしておかないとまた三匹を煽ってしまう。ドルイドさんは、私の対応に『問題はない』と言ってくれた。三匹を煽る様な声掛けはしていないし、一匹だけを可愛がる事もしていないと。ではどうしていきなりソラたちは、シエルに対抗してしまったのか。二人で考えてもよくわからず、とりあえず様子を見る事にした。

朝食を食べながら三匹の様子を見る。なぜかシエルはスライムのままで揺れている。謎だ。ソラとフレムは相変わらずの食欲で、すごい勢いでポーションが消えていく。ソラに至っては剣もあっという間に消化されていく。スライムには味わうという感覚はあるのかな？

「ソラ、フレム。おいしい？」

「ぷっぷぷ～」

「てっりゅりゅ～」

おいしいんだ。ポーションって飲んだ事あるけど、それほどおいしくなかったよね。味覚が違うって事なんだろうな。朝食を食べ終わったら、少し休憩。そろそろあと片付けをしようと、ソラとフレムに視線を向けると。

「あ～、フレムまた……ぅわ～、よだれが」

相変わらずフレムはある程度お腹が膨らむと、物を口に入れたまま寝てしまう。口からあふれたよだれからフレムを救出して、汚れた体を拭く。その間、口に咥えていた劣化版ポーションがゆっくりと消化されていく。寝ながら食べるとか、器用だなっと感心してしまう。

使った鍋を洗いバッグに入れて、忘れ物がないか周辺を確認。問題ない様なのでバッグにフレムをそっと入れて肩から提げる。

「みんな、行こうか」

「うん。ソラ、シエル行こう」

「ぷっぷ～」

「にゃうん」

昨日見つけた村道をハタウ村に向かって歩く。私は村道を少しずれた森の中を歩こうとしたが、シエルがスライムになっている状態なので問題ないだろうという事になった。誰かに見られたとしても、アダンダラの事が噂になる事はないと。まぁ、今のシエルを見てアダンダラだとわかったらある意味すごいを通り越して怖い。

「歩きやすいな」

「そうですね」

村道の歩きやすさに、二人でほのぼのしてしまう。木の根とか草の蔓とかを気にせず歩けるって楽だ。

「ぷっぷ～」

「にゃ～」

二匹の声に視線を、少し前を飛び跳ねているソラとシエルに向ける。なぜか二匹で思いっきり飛び跳ねている。何をしているのだろう？

様子を見ながら歩いていると、どうやらどちらが高く飛び跳ねられるか競っているようだ。ソラが高くなるとドヤ顔なんだろうな、そんな雰囲気で胸を張ってシエルを見る。それを見てシエルがソラより高く跳ぼうと躍起になって……どうやら越したようだ。今度はシエルがソラに胸を張っている。

「遊ぶのもいいけど怪我はしないようにね」

「ぷっぷぷ～」

「にゃうん」

聞こえているようだが、本当に気を付けてくれるのだろうか？　それにしてもよく跳ぶな。見ているこっちがハラハラして疲れる。

ピョン……バキッ！

「あっ、シエル！　大丈夫？」

やっぱりぶつかった。勢いよく飛び跳ねて、上にあった太目の枝に体が思いっきりぶつかった。かなり痛そうな音が聞こえた。枝を見ると折れている。いったいどれぐらいの力でぶつかったら、太目の枝が折れるんだ？

「大丈夫？」

駆け寄ってシエルの体をさする。ソラも心配そうにシエルを見ている。

「にゃうん」

ちょっとさすったら痛みが引いたのか、プルプルと揺れてまたソラと少し先を飛び跳ねだした。君たち、懲りないね。

「もう」

「なぁ、アイビー」

「はい？」

ドルイドさんを見ると眉間に皺を寄せて何か考えている。何かあったかな？　周りを見るが特に変わった物は見られない。こちらに近づく気配もない。

「どうしたの？」

「シエルが鉱物のある場所に誘導したり、ソラがポーションを生み出したのってあれだったんじゃないか？」

ドルイドさんが指す方向を見ると、今も飛び跳ねる高さを競っているソラとシエル。あれだった？　えっと飛び跳ねる事と、鉱物とかポーションがどう関わるんだろう？

「どちらが役立っているかを競っていたとは、考えられないか？」

あっ、間違えた。そうだよね、飛び跳ねる高さと鉱物は関係ないよね。ちょっと考えればわかる事だ……恥ずかしい。口に出さなくて良かった。

「アイビー？　どうした？」

「いえ、何でもないです」

そっと頬に手を当てる、微かに熱くなっているかもしれない。

「アイビー？」

私のおかしな行動を心配そうに見ているドルイドさん。

「ハハハ、大丈夫です」

えっと、何だっけ？　あっそうだ、競っている可能性についてだ。

「あるかもしれない」

前を行く二匹を見ると、かなり興奮しているのか飛び跳ね方が荒くなっている。また、木にぶつかったりしないかな。ちょっとヒヤヒヤしながら二匹を見る。

「あいつ等に聞いてみるか」

「うん。そうですね」

そうだよね。わからない事は訊けばいいんだから。何だろう、ちょっとふわふわするな。

「ちょっと待った」

ドルイドさんに腕を掴まれて立ち止まる。そして向かい合うように立つ。

「本当に大丈夫か？」

何だろう、ものすごく心配されている。でも、いたって普通なんだけど。ちょっとふわっとするぐらいで。

「ぷっぷ〜？」

「にゃん？」

ソラとシエルが私たちの様子を心配そうに見ている。いつの間に戻って来たのか。

「だいじょうふだよ」

ん？　何だか口が上手く回らない？　不意に額に冷たい物あたる。その気持ち良さに目を閉じる。

「気持ちいい」

って何が私の額に当たっているんだろう？

「……アイビー。熱があるな」

ねつ？　…………………ねつ？

「急に朝の冷え込みが深まったから、体調を崩してしまったんだろう。大丈夫か？」

「ねつ？」

「そう」

「ねつ？」

「大丈夫ではないな」

ねつ？　熱が何か思い出そうとしてると肩から提げているバッグがごそごそと動く。あ〜フレムが出たいのか。その場に座り込んでバッグからフレムを出す。

「てりゅ〜？」

目の前にフレムがいる……あ、何だろう目が回る。

222話　体調管理

ふっと意識が浮上する。目を開けると、薄暗く自分が何処にいるのかわからない。寝ている状態で周りを見るが、暗すぎてよくわからない。何とか目を凝らして見えたのは、ごつごつした岩の壁。

「洞窟？」

ゆっくりと起き上がると、少し離れた所にマジックアイテムの灯りが確認出来た。

「何処だろうここ？　あれ？　そもそもどうして私寝ていたんだっけ？」

えっと確かハタウ村に向かって村道を歩いていて。それで、ソラとシエルが競っているから……

何だっけ？　おかしいな、記憶があやふやだ。

「てりゅ～」

ん？　フレムの声がした様な気がする。周りを見渡すが、残念ながら暗すぎて見つけられない。

聞き間違いだったのかな？

「フレム？」

「てりゅ～」

あっ、やっぱりフレムだ。声を頼りに視線を向けると、うっすらとその存在を確認する事が出来た。と言っても輪郭だけなのだけど。

「おはようフレム。ここは何処だろう。知ってる？」

私が声をかけると、コロコロと転がって私のもとまで来る。それで、ようやくその姿をしっかりと見る事が出来た。フレムをそっと抱き上げて、転がった時に付いた土などを払って膝にのせる。

膝の上のフレムはプルプルと揺れてうれしそうだ。

あれ？　そういえば、朝から感じていた体の重さが消えている様な気がする。寝不足だったのかな？　腕を伸ばしながら体の調子を見ていると、暗かった空間が明るくなる。

「起きたか？」

声に視線を向けると洞窟の出入り口と思われる場所から、灯りを持ったドルイドさんが入ってくるところだった。

「はい。えっと私どうして寝ていたの？」

色々考えたがやはり思い出せなかった。こういう時は聞くのが一番。

「熱が出たのを覚えているか？」

熱？　そういえばドルイドさんと熱の話をしていた様な。確か、そうだ私に熱があるとか……あっ、もしかして。

「話をしていると熱が上がったのか、急に倒れたんだよ」

やっぱり！

「ごめんなさい。迷惑かけて」

朝から体が重かったのは、熱のせいだったのか。

「謝るな、誰だって体調を崩す時はあるから」

「うん。ありがとう」

ドルイドさんがスッと手を額に当てる。ぽかぽかした暖かさが伝わる。

「熱は引いたな。しんどくないか？」

自分でも額を触って熱を確かめる。掌から伝わる熱は、平常通りだ。

「大丈夫。あの、私ってどれくらい寝てたかな？」

ここ数日の朝の冷え込み方から、急いだほうがいいかもしれないと話をしていたのに。

「二時間ぐらいだと思う」

「二時間……良かった」

私がホッと胸を撫でおろしていると、ゆっくり頭が撫でられる。見るとドルイドさんが苦笑いしている。

「旅の予定は余裕を持って考えているから焦らなくて大丈夫。それと今日と明日はここでゆっくり体を休めようと思う」

「でも」

「大丈夫。シエルのお蔭で、ここまでくる日数が知らない間に短縮されていたのは覚えているだろう?」

「うん」

森の中を突っ切ったからなのか、旅に出る前に立てた予定より早く、折り返し地点に到着している事は知っている。でも、私のせいで。

「アイビー」

「はい」

「もう少し気持ちに余裕を持って旅をしよう」

余裕を持って?

「たぶん一人で旅をしていた癖が抜けていないんだろうな。一人で何でも背負い込もうとしている」

そうかな?

「俺やソラたちに、もう少し頼ってくれてもいいと思うぞ。それと旅の予定は狂うのが当たり前だから、気にしない事」

頼っていると思うけど。それより旅の予定は狂う物なの？

「旅は自然の環境に影響を受けやすいからな。まぁ、それも見越して予定を立てるんだけど予定通りのほうが少ないから」

そうなんだ。でも、今回は私のせいだし。

「すみません」

「謝る必要はない。ん〜、それでも気になるなら体の調子が少しでもいつもと違ったら教えてくれるか？」

「えっ？」

体の調子がおかしくなったら？

「朝起きてちょっと喉が痛いとか、頭が重く感じるとか」

「そんな事でいいんですか？」

「あぁ、俺も体調がおかしかったら相談するな」

相談？

「休憩を増やすとか、その日はそれ以上体調を悪化させない為に、休憩日にするなどの対策だな」

「……わかった」

えっと、つまり今日のように体が重たく感じたら相談するって事だよね。でも、相談してまた体憩日になったら。

「アイビー、体調を悪化させるほうが大変な事になるから、忘れるな」

見透かされた気がする。

「はい」

そういえば、一人の時は体調がどんなに悪くても移動し続けていたな。だって、森の中でゆっくり休憩するとか危なくて出来ないし。それだったら移動を続けて、少しでも早く村や町の広場を目指したほうがいい。そのほうがゆっくり出来るから。

「そうだ、今回の熱。フレムの作ったポーションを一口飲んだらあっという間に治ったぞ。やはりあの光るポーションの効果はすごいな」

フレムのポーション。あの赤い奴か。

「フレム、ありがとう」

「てりゅ～」

フレムをそっと撫でるとうれしそうにプルプルと揺れている。可愛いな。

「ドルイドさん、ここは何処ですか？」

洞窟の中にいる為、場所がさっぱりわからない。

「アイビーが倒れた場所から、それほど離れていない場所だ」

話を聞くと倒れた私をアダンダラに戻ったシエルが運んでくれたらしい。そういえば、シエルの姿もソラの姿もない。何処にいるんだろう？

「あの、シエルとソラは？」

「それがいつの間にか二匹ともいなくなっていて。フレムに聞いたら狩りに行っただけらしいんだが」

そういえば、シエルの前の狩りから三日目か。そろそろシエルのお腹が空く頃だな。

「フレム」

「てりゅ～」

「シエルの狩りに、ソラも一緒に行ったの？」

「てっりゅりゅ～」

本当なのか。今まで一緒に狩りに行く事なんてなかったのに。大丈夫かな？

「あの二匹なら大丈夫だろう。それよりもう少し寝ていたほうがいい」

「大丈夫だよ。体も軽いし」

「そうか？　無理はするなよ」

「うん」

何だか前回の熱で倒れた時も思ったけど、心配されるのってこそばゆいな。二人と一匹でゆっくり話をしていると、洞窟の外から何か物が落ちる音がした。

「何でしょうか？」

あっ、焦って言葉が元に戻ってしまった。

「言葉も無理しなくていいから。それより見てくるな」

「私も行きます……行く！」

膝の上にいたフレムを、毛布の上に置いて立ち上がる。

「大丈夫か？　ふらついたりしないか？」

立ち上がった私の背中を支えながら、ドルイドさんが訊いてくる。そういえば、彼はものすごく心配性だった。……当分の間、旅の休憩回数が増えるかも。

「大丈夫です！」

「本当に？」

「うん。本当に」

目をじっと見て伝えるが、心配な雰囲気がまったく消えない。これは確実に休憩回数が増えるな。あまり増やさないように説得しないと。背中を支えられながら、洞窟を出る。

「にゃうん」

「ぷっぷぷ～」

洞窟から出るとソラとシエルがうれしそうに迎えてくれる。

「良かっ……」

二匹の姿にホッとして声をかけようとするが、視界に入った物体で体が固まる。ソラとシエルの後ろに大きな何か。毛が見えることから動物か魔物だと思うけど。えっ、狩りの成果を持ってきたの？

223話　贈り物

「これはまたすごい大物を捕まえてきたな」

「すごい大物？」

「珍しい魔物だから、これを目標に旅をしている冒険者チームもいるんだ」

旅の目標になる魔物。えっ、それをシエルとソラが狩ってきたの？　かなりすごい事だよね。

「これ、たぶんアイビーへの贈り物だと思うぞ」

「なぜですか？」

「この魔物はグースという名前なんだけど、体にいい魔力を作り出す事で有名なんだ」

「体にいい魔力？」

「グースの中にある魔力が変化するんだよ。俺たちが食べると体にいい働きをする魔力に」

「えっ？　そんな魔力があるのですか？」

「あぁ、変化を起こす要因は不明なんだけどな」

へ〜、そんな魔物がいるのか。グースを観察しながらゆっくり移動する。足は太く、短いが体つきはガッシリしている。速く走る事は苦手そうな体型だ。倒れている為正確な大きさはわからないが、私ぐらいの高さはありそう。顔の見える位置に移動する。

「こわっ」

思わずつぶやいてしまうほど、何とも言えない怖い顔があった。一番目につくのは大きな口に不揃いに並んだ牙。見ているだけで、恐ろしく感じる。

「病気や怪我の治療にはポーションがいいんだけど、体力を戻したり日常のちょっとした疲れを取るならグースの魔力のほうがおすすめだ」

病気になったらポーション、日頃の体力維持ならグースって事か。でも、グースなんて言う名前の魔物、聞いた事ないのだけど。もしかしたら場所ごとに名前が違うのかな？

「グースってどの村や町でも同じ名前ですか？」

「たぶん同じだと思うぞ。それにしても、いつ見ても怖い顔だな」

ドルイドさんの顔の感想に、つい何度も頷いてしまう。それほど、グースというちょっと可愛い名前とはかけ離れた顔をしている。夜は絶対に見たくない顔だ。

「私、グースという名前の魔物がいる事を聞いた事がなくて」

「効能から年配者に有名な魔物だ。若い冒険者たちが知らないのは、目撃者が少ないせいかもな」

「そうなんですか？」

「あぁ、森の奥から出てこないから」

森の奥か。そうなると、会えるのは上位冒険者ぐらいになるな。目撃者が少ない魔物の情報は極端に少なくなるから、私が聞いた事がなくてもしかたないか。

「こいつらは狩るのも大変なんだ。群れで行動しているから」

群れ、この顔の魔物が一杯？　それは恐ろしい。

「ぷ～？」

ソラの声に視線を向けると、少し不安そうに私を見ている。どうしたんだろう？　……あっ、グースは私への贈り物だとドルイドさんが言っていたのに、返事をしていない。せっかく狩ってきてくれた魔物なのに。

「このグースという魔物はもらっていいの？」

「ぷっぷぷ～」

「にゃうん」

「ありがとう、うれしいよ」

二匹の機嫌がぐっと上がったのがわかる。かなりうれしそうにソラが揺れているし、シエルの尻尾の振りで土ぼこりがすごい。

「ありがとう。シエルちょっとだけ落ち着こうね」

「……にゃ～」

シエルはそっと後ろを見て、項垂れてしまった。わかっていても機嫌が良くなると、ついつい力一杯振ってしまう尻尾に落ち込んでいるようだ。確かにちょっと土が舞い上がったりして大変だが、私としては気持ちが知れてうれしい。

「落ち込まないで、その尻尾も私大好きだから」

ここは森だから少しぐらい被害が出てもいいだろう。そう細い木の一本ぐらい、尻尾の威力に負けて倒れたって問題ない筈だ。

「それにしてもシエルたちは何処まで狩りに行ってきたんだろうな?」

「どうして?」

「オール町やハタウ村周辺にはグースはいないと言われているからさ」

もしかして、私が考えている以上に頑張ってくれたのかも。

「ありがとう」

シエルとソラをゆっくりと何度も何度も撫でる。二匹とも目を閉じて気持ち良さそうだ。ふと二匹がいる反対を見ると、フレムがじっとソラたちを見ている。

「フレム、ポーションを作ってくれてありがとう。助かったよ、とても」

お礼を言ってフレムを撫でる。プルプルと揺れたフレムは、しばらくすると気持ち良さそうな寝息が聞こえ出した。

「フレムは何というか相変わらずだな」

三匹を順番に撫でる。腕が二本しかないのでちょっと忙しい。

「アイビー、グースの解体を川でしてくるな」

慌てて周りを見ると、少し離れた場所に見える川の周辺に解体の準備が終わっている。しまった、みんなとまったりしすぎた。

「手伝います!」

「いや、倒れたんだからゆっくりしていたらいいよ」

「もう大丈夫です！　だから手伝います」

「大丈夫か？」

「はい」

「本当に？」

ドルイドさんの心配性は健在だ。

「本当に、本当に大丈夫です。少しでも異変を感じたら休憩します」

「異変を感じたら俺に言ってくれ」

「わかりました」

「……………じゃあ、手伝ってくれ」

許可をくれたけど、ものすごく心配そうな表情だ。大丈夫という事をちゃんとわかってもらわないとな。

解体の為川辺まで魔物を運ぼうとすると、シエルが手伝ってくれてあっという間に移動完了。

「シエルって、すごい力持ちだよな」

確かにシエルより大きな魔物を、簡単に移動させてしまうのだから。すごい力持ちだ。

「シエル、ありがとう」

あんなに大きな魔物を解体した事ないからドキドキする。ドルイドさんの邪魔にならないように、がんばろう。

「これで終わりだ」

ドルイドさんが最後に適当な大きさに肉を切り分けて終了。ふ～、さすがに疲れた。ここまで大きな魔物を解体した事はなかったので、ドルイドさんに指示をもらいながら手伝った。それにしても、すごい量の肉だな。バナの葉で包みながら、肉の数を確認して行く。包みの数は八五個。これでも途中でシエルに半分、処理をしてもらった残りだ。本当に大きかった。

「えっと、切り分けたお肉で夕飯作りますね。お肉が大きいからお肉の煮込みにしましょう」

「疲れていないか？」

「はい。大丈夫です」

「そうか、あとの処理をしてくるから夕飯は頼んでいいか？」

良かった、もう大丈夫だと納得してくれたみたいだ。

「はい。任せてください」

「異変を感じたら休憩して良いからな」

ハハハ、まだ無理だったか。

解体している間に随分と日が傾いた。急いで夕飯を作ってしまおう。

しばらくすると、辺りに肉と野菜の良い匂いが広がる。肉の味を確かめたが、柔らかくちょっと味に癖があるがおいしい。煮込みにして正解だった。

「ただいま」

解体のあと処理をしたドルイドさんが洞窟まで戻ってくる。

「お帰りなさい。あと少しで出来上がります」

「いい匂い」

「今日はグースの肉と果物の煮込み料理です」

「果物と？」

「はい。味見しますか？」

「いや、あとの楽しみにしておく」

そう言うと、ドルイドさんは洞窟の中に入って行く。体を拭く為のお湯を沸かしておいたので、声をかけて洞窟の前に置いておく。大きな魔物や動物の解体をすると、どうしても体に血の匂いがついてしまう。その匂いに魔物が引き付けられないように、解体後は体を綺麗に拭いて服を替える必要がある。

「ありがとう」

「いえ」

お湯を持って洞窟に戻るドルイドさんを確認して、お肉の仕上げに入る。よし、完了。マジックアイテムの机と椅子を出す。ソラとフレムのポーションを並べていると、もぞもぞとフレムが起き出してソラと一緒に食べ始めた。フレムって、食事の時だけはすぐに起きるんだよね。……いい性格をしているよ。

お肉をお皿に装って、あとは……黒パンがまだ残っていたな。それとお茶。

「すごい豪華だな」

「はい、シエルのお蔭です。ごめん、シエル、食事時だけ尻尾は抑えてほしいかな」

「……にゃうん」

「ありがとう」

ごめんね。さすがに食事時に土ぼこりが舞うのは遠慮したいです。

224話　高級肉

「旨いな」

「うん、おいしい」

短い煮込み時間に、少し不安があったがどうやら問題なかったようだ。果物もあまり主張せず甘味とコクを足してくれている。ただ、もう少し煮込めばもっとお肉がトロトロになっただろうなとは思う。次はトロトロを目指そう。とはいえ、短時間で作ったわりには大満足の出来だ。ただ、黒パンを選んだのは失敗だったけど。

「久々に黒パンを食べたけど、あれだな」

「残っていたので出したのですが。今度はスープを作った時に出しますね」

ドルイドさんが言うあれとは、口の中の水分が全部取られてしまうので食べにくいという事だろう。私も久々に食べて驚いた。こんなに水分を持っていかれたかと。お肉の煮込みソースを黒パンに浸けて食べるとおいしいが、水分が足りない。もそもそする黒パンをお茶で流し込む。

「ご馳走様」

「お粗末様です」

「初めてグースを食べたけど、あのちょっと独特の味が癖になるな」

「えっ、初めて？」

「あぁ、何せグースは高いから」

高い……先ほど大量のグースの肉を入れたマジックバッグを見る。

「そんなに高いの？」

「珍しい肉だからな、拳ぐらいの大きさが一ラダルで売られているところを見た事があるよ」

一ラダルって金貨一枚！　拳の大きさの肉が金貨一枚！　もう一度グースの肉が入っているマジックバッグを見る。……気にしない、あれはただの肉。バッグを見つめてグッと拳を握っていると、ドルイドさんに心配されてしまった。ものすごく、恥ずかしい。

「そういえば最近、何処かの町でグースの肉を巡って争いが起きていたな」

「争い？」

「あぁ、狩りに成功した冒険者たちを、金持ちに雇われた冒険者たちが襲ったとか」

「はぁ、何だかすごい話ですね」

「まぁ、グースを狩れる力を持った冒険者たちが金で雇われた二流の冒険者たちに負けるわけないからな。返り討ちにあって、雇った奴も一緒に奴隷落ちだ」

「何と言うか……」

「金を出した奴も、金を受け取って襲った奴らも馬鹿だろ?」

「ハハハ、そう思います」

それにしても肉を巡ってそんな争いまで起こるとか、怖いな。

「馬鹿どもが暴走した原因は、グースの肉を食べたら若返りが出来るという噂が広まったせいなんだけどな」

「若返り? 出来るんですか?」

「いや、無理だよ。グースの肉に含まれている魔力に出来る事は、体に溜まった疲れを取ったり、体力を復活させる事ぐらいだ。若返りとか絶対無理」

「そうですか」

まぁ、本当に若返る事が出来るなら、グースは既に滅ぼされていただろうな。

「そういえば、何でそんな噂が流れたの?」

「その辺りの情報は流れて来なかったからわからないが。まぁ、食べた奴が『若い頃に戻ったようだ』と言った感想を、『若返った』と聞き間違えたんだろう」

なるほど。聞き間違いは、私もよくあるから何とも言えないな。

「さて、あと片付けをして寝ようか」

「うん」

残った煮込み料理をお鍋ごとバッグに入れる。明日の朝食用に作った、具だくさんスープもいい感じに味が染み込んで出来上がっている。これもバッグに入れて、良し、あと片付け完了。

「体は拭いた？」

「いえ、まだです」

「だったら先に戻って体を拭いておいで、しばらくしたら俺も寝に戻るから」

「はい。ソラ、フレム、シエル行こうか」

「ぷっぷぷ～」

「てっりゅりゅ～」

「にゃうん」

フレムを抱き上げてから洞窟へ戻る。今日のシエルはアダンダラのまま。洞窟はかなり広かったので、今日は本来の姿で休憩出来るようだ。

それにしてもグースという肉は、本当にすごいかもしれない。フレムのポーションのお蔭で、熱は引いていたが旅の疲れはそう簡単にとれる事はない。少しずつ溜まっていく疲れで、一日寝たぐらいで体力は完全には回復しないのだ。それが今、そのずっと感じていた疲れを感じない。食事が終わったあたりから、少しずつ体が軽くなる感覚がしていた。最初は気のせいかと思ったのだけど、あと片付けをしている時に気が付いた。溜まっていた疲れがないと。

洞窟に戻って体を拭いて、少し体をほぐす運動をする。今日は寝ている時間がいつもより長かったので、体が少し硬くなっている。少し運動をすると、いつも以上にほぐれるのが早い。これもグースの肉の効果なのだろうか？　もしそうだとするなら『若返った』と錯覚してもしかたないかもしれない。

「どうしたんだ？」

ドルイドさんが洞窟に戻って来た。

「グースの肉のお蔭なんでしょうか？　旅の疲れが消えました」

「……やっぱり疲れを感じていたんだな」

失敗した。

「今はまったく感じません！」

「アイビー」

「本当ですよ。それに旅の道中で溜まる疲れはある程度はしかたないと思います」

「まぁ、そうなんだが」

「そうなんです！」

うわ～、溜め息つかれた。笑って誤魔化しておこう。

「まったく。それにしても、アイビーの言うようにグースはすごいな」

「やっぱり？」

「あぁ、疲れが抜けて体が軽い」

「これだと、若返っていると間違ってもしかたないですよね」

「確かにな。さて、寝ようか。疲れが取れても寝不足だと意味がないからな」

「うん。みんな、お休み」

みんなの声を聞きながら体を横にする。本当に何だろう、どう表現していいかわからないけど体がスッキリしている。残りのグースのお肉、ハタウ村まで保つようにしっかり計算して使っていこう。

朝から目覚めがいい。というか、体がものすごく軽く感じる。昨日の食後以上だ。

朝食を食べながら、休憩ではなくハタウ村へ向かう予定に変更してもらった。ドルイドさんも自身の体で感じているのか、あまり説得しなくても賛成してくれた。

「それにしても、本当に体が軽いな」

「はい。グースのお肉すごいです。シエル、ソラ、持って来てくれてありがとう」

ソラたちに声をかけると、ソラとスライムに変化したシエルがプルプルと揺れた。フレムは横で大あくび。まだまだ眠いようだ。そんなフレムをバッグに入れて村道へ戻る。

「また競っているな」

「本当ですね」

少し先ではソラとシエルが何かしている。同じ行動をしているという事はまた競っているのだろう。

「……何を勝負しているんでしょう?」

「それがよくわからなくて」

バキッ。

少し前から木が折れる音がする。見るとソラがぶつかった枝が折れている。それを見ていたシエルが、ソラが折った枝より太い枝にぶつかっていく。

「…………」

何度かシエルが体当たりをした枝は、バキッと音を立てて折れる。

「…………はぁ～」

二人同時に溜め息をついてしまう。今日は体当たりをしてどちらが太い枝を折れるかの争いをしているようだ。何でまたそんな事を競っているのか。

「止めたほうがいいかな？」

「止めたら、違う何かをやり出すと思わないか？」

確かに、絶対に他の事で競い出す。まだ、枝を折るぐらいなら被害は少ないのかな？

バキッ。

あ、ソラが折った。

「ぷっぷぷ～」

「にっ！」

バキッ。

次はシエルか、しかし二匹とも随分と太い枝を簡単に折るな。

「にゃ～う」

「ぷっ！」

村道に落ちている枝を、邪魔にならない場所に移動させながら二匹の後ろを歩く。この競い合いっていつまで続くんだろう。いつか飽きてくれるよね？

番外編 ✿ 師匠は弟子の為に考える

The Weakest Tamer
Began a Journey to
Pick Up Trash.

―師匠視点―


「ゴトス、ドルイドは何処だ？」

ゴトスの家の扉を遠慮なく開けると視線の先には、寝ていたのだろう。飛び起きたゴトスの情けない姿があった。

「うぉっ。驚かさないでくださいよ！」

相変わらず家の中だと気が緩んでいるな。まぁ、家だからしかたないんだが。仕事で忙しかったから、ちょっとイラつく。ゴトスも連れていけば良かったな。そうすれば、もっと簡単に終わった筈だ。

「別に脅かしてねぇだろうが。で、ドルイドは何処だ？」

「家にいる筈ですよ」

それにしてもゴトスの家は汚い。もっと掃除をしろ。というか物が多すぎる。ドルイドの家は、あれはあれで駄目だ。最低限の物しか置いてない。いや、必要な物すら置いてなかったな。

「いたら訊かねぇよ」

家は確かめたし、知り合いにも訊いたが今日は会っていないという返事ばかりだ。ゴトスが知らないとなると……。

「おい。最近の仕事でやばそうなのはあったか？」

「えっ？　あっ！　近くで新しい洞窟が見つかったと報告があって、その洞窟の調査依頼が確かきてたような……」

洞窟調査？　最低でも四人のチームが必要なあれか。

「あの馬鹿、一人で受けやがったな」

「ドルイドに何かあったんですか？」

「下の方の兄が、ドルイドに懐いていた奴にケンカを売ったらしい。それで二人とも怪我をしたそうだ」

「またですか？」

あの馬鹿兄二人、いい加減成長すりゃいいものを。いまだに子供のように駄々をこねてドルイドに絡みやがる。話をつけてわかるなら、そうするが。拗れる事が予想されるから、余計な事は出来ないし。ドルイドの親も、馬鹿兄二人をとっとと見切ればいいのに、同情なのか知らないが変に優しくしやがって。

「はぁ」

「お疲れですね」

「まぁな」

「他にも何か？」

「ギルマスから注意が来た。ドルイドは仕事が出来るが、不安定だとな」

どうにかしたいと思っても、ドルイドが望まない。どうしたもんかな。

「少し前に、一緒に仕事しましたけど。確かに少し危ない感じを受けましたね」

「何かあったのか？」

かなり無茶な任務を受けるが、今まで死ぬかもしれないと不安に思った事はなかった。苛立ちをぶつける様な姿には、痛々しさを感じたが。

「何か……どういえばいいかな。ほんの一瞬、見え隠れするんですよ。何処かに行ってしまいそうな、そんな雰囲気が。魔物を前にして戦う事をやめるんじゃないかって。それに、俺には愚痴る事もあったのに、最近はそれも無くて……」

ゴトスが一緒の時は、まだ気持ちを出せていたが……。

「あいつは自分のスキルに苦しんでますからね。気持ちを理解したくても……ドルイドが拒否する し。それでも今までは何とか隣にいたんだけど……」

「大丈夫だ、ゴトス。ドルイドにとってゴトスは、かけがえのない存在だ。これは絶対にドルイドの中で揺るがない」

スキルの星を奪う、未知のスキル。そんな物を持っていたら、人を寄せ付けなくなって当然だ。被害者になったのが、問題を持っていた実の兄2人だったのも運が悪い。あの二人は、星の数で人の価値が決まると思い込んでいたからな。少しは人として成長するかと思えば、すべてをドルイドのせいにして暴れやがった。周りに人がいないのも、星が消えた事で馬鹿にされたのも、ドルイドのせいじゃない。すべて、あの二人が招いた結果だ。だが、本当にすべてを幼いドルイドのせいにしやがった。それがいまだに続いている。星が消えたのなんて何年も前にもかかわらずだ。

「ドルイドの両親が悪いわけじゃないんです。彼らも長男と次男のスキルが消えた事に驚いて、きっとどうしていいかわからなかった筈だから。でも、少しでいいから不安に押しつぶされそうだったドルイドの気持ちに寄り添ってほしかった」

ゴトスの言うとおりだ。少しで良かったんだ。星が消えて暴れている二人ではなく、静かに耐えていたドルイドに目を向けてほしかった。まぁ、もう手遅れだがな。ドルイドは、家族に対して何も期待しなくなってしまった。

「どの洞窟だ？」

「町から二日ぐらい歩く場所にある洞窟です。行くんですか？」

「あぁ」

怪我をしても放置する時があるからな。見張りがいないと。

「マルアルさんとタンバスさんも一緒に？」

「あいつらもドルイドの事は心配しているからな。一緒に来るだろう」

「なら俺——」

「ゴトスは来るな」

「はっ？　何でですか？」

ははっ、すごく不服そうだな。

「考え事でもしてたのか？」

俺の言葉に目を逸らすゴトス。気付かないとでも思っているのか、こいつは。

「酷いのか？」

「ただのかすり傷ですよ。ちょっと毒を持ってた魔物だったので様子を見てるだけです」

まぁ、顔色も悪くないし、大丈夫だろう。しかし、かすり傷ね。最近は、そんな失敗してなかった。何か気になる事でも……あっ。

「ギルマスから、何か聞いたのか？」

今回の仕事に行く前に、ギルマスが「そろそろゴトスに話す」と言っていたからな。

「えぇ、次のギルマスに指名したいという話なら聞きました。でも別にそれじゃないです」

「随分と落ち着いているな。普通は指名したいなんて言われたら。もっと慌てないか？」

「少し前から次のギルマスは俺だという噂が流れていたので、そうなのかと覚悟してましたから。それより師匠が俺を推薦したと訊いたんですが、本当ですか？」

「推薦ってわけじゃない。誰がいいかとギルマスが訊いてきたから、『ゴトスが良い』と、言っただけだ。俺の中ではお前以上に適任者はいないしな」

俺の言葉にゴトスが俺をじっと見る。そして小さく溜め息を吐いた。

「ギルマスにはなります。ただ、何かちょっと……」

ギルマスになる事は決めたが、あと一歩が踏み出せないという奴か。まぁ、生半可な気持ちではなれないからな。ゴトスにとってのあと一歩……。こいつを動かすのは、いつでもドルイドなんだよな。なら、少し発破を掛けるか。耳に入れときたい事もあるし。

「ドルイドのスキル。あれは星を奪うだけだと思うか？」

「はっ？　どういう意味ですか？」

「言葉のまんまだ。星を奪うスキル。それだけだと思うか？」

ドルイドに書いてもらったあの暗号の様なモノ。二つの記号の間に斜め線。何となくだが、2つの意味がある様な気がしてならない。まぁ、気のせいかもしれないが。だが、もし2つの意味があるとしたら？　今わかっているのは、星を奪う力だ。もしも奪うだけでなく、与える事が出来るとしたら。俺の気のせいならいい。だが、もしも二つの意味があるなら奪うと対になる与えるが有力だ。そしてもし俺の考えた当たっているなら、何が何でも隠さなければならない。

「まだ何かあるって言うんですか？　これ以上あいつが苦しむのは見たくないですけど」

「さすがにあの記号を読み解く事は出来ないが、もしかしたら奪うだけじゃなく与える事も出来るんじゃないかと思っている」

「……それは……」

ゴトスが俺の顔をじっと見る。こいつは本当に、まっすぐ人を見る奴だ。だからギルマスも、こいつをあと釜にしようとしているんだろうな。自慢じゃないが、いい奴だ。そして、ギルマスになってもこいつなら潰れずにやっていけるだろう。だが、一人では無理だあの場所は、残酷な場所だからな。そんな場所に送ろうとしている俺は最低な奴だな。だが、ゴトスなら。こいつならきっと、いいギルマスになると信じられる。ちょっと甘い所がある事はあるが、それは周りが手助けすればいい。

「もし師匠の言う様な力があるなら、危ないじゃないですか」

「そうだ。間違いなく狙われるな」

「ドルイドを守る為にギルマスになれって事ですか？」

「違う。ドルイドがそんな事許すわけないだろうが。ゴトスなら、この町を良くすると確信しているからギルマスにお前の名前を告げたんだ」

「……うわっ、何か今褒められた？」

何で疑問系なんだよ。まったく。

「ギルドマスターという立場が、どんな場所か知ってるだろ？」

「当たり前ですよ。俺はギルマスが何をしてきたか、しっかり見てきたんで」

ギルドマスターは、町を存続させる為に時には非道と思う様な判断をしなければならない。そのせいで仲間が死ぬとわかっていたとしても。今のギルマスは、幾度となくその判断をしてきた。それだけ、この村の周辺が不安定だったという事なんだが。それに気付けない村の一部の者たちや若い冒険者たちが、ギルマスは非道だ、残虐だと非難する。理解している者たちも多いが、擁護する声より非難する声のほうがよく聞こえるモノだ。だが、その声が届きながらギルマスはけっして揺るがなかった。

「俺はあの人を尊敬しています」

「あぁ、俺も尊敬している。だが、ギルマスも年だからな」

「……そうなんですよね。この間、後ろ姿見てちょっと驚きました」

後ろ姿？

「俺より小さかったんですよ。あんなに大きな存在だと思っていたのに」

「そうか」

「ギルマスのように出来るのか、正直不安なんです」

そりゃ、今すぐには無理だろう。出来るわけがない。まぁ、ゴトスの顔を見れば、それはわかっているようだから言う必要はないな。これ以上はゴトスの背を押すべきではなく、こいつが自分自身で前へ進むのを見守るべきなんだが。教会の動きが気になるんだよな。見回りの話しでは、見かけない者たちが数名、目撃されているし。

「まだ確かめていない情報なんだが、教会がドルイドを狙っている可能性がある」

「あっ？　本当に？」

驚いた、何処から声を出してんだよ。迫力がありすぎるだろう。

「あぁ、弱ってるドルイドに漬け込む気だろうな。まぁ、奴らもスキルの星を奪われたら困るから、様子を見ているようだ。だが、近々動く可能性が出てきた」

教会が平和を祈る場所なら、気にしない。だが、あそこに仕える奴を見て、ぜったいに何かあると感じる。別に証拠があるわけでも、何か見たわけでもない。だが、場数をこなしてきた冒険者なら気付く筈だ。あそこにいる奴らは、おかしいと。

「そういえばゴトスも教会連中が嫌いだな。何かあったのか？」

「あいつら拒否しやがった」

拒否？

「星を奪うスキルだと知ったドルイドが助けを求めたのに、あいつら手を払いやがった」

そういえば、ドルイドのスキルが星を奪うとわかった時、ゴトスも近くにいたんだったな。

「そうか」

「そうです。……俺がギルマスになったら、教会を抑えられますかね？」

「無理だ。教会はそんな簡単に手が出せる場所じゃない」

教会を抑えるのは無理だ。だから違う形でドルイドを守る。そして同時にドルイドにも役目を与える。

「ならどうやって、ドルイドを守るんです？」

守るか。ふっ、俺の考えている方法だと守っている事にはならないかもしれないな。だが、ゴトスにとってもドルイドにとっても、おそらく最適な方法だ。

「ギルドとギルマスにとって、必要な者になってもらう」

「はっ？」

俺の言葉に不審気な表情をするゴトス。

「ゴトスが背中を預けてもいいと思う奴は？」

「ドルイドですよ。もっとも信頼しているので」

「だろ？」

「えっ？　えぇ……それが何々です？　あぁ、補佐にするって事ですか？」

補佐も確かにいいが、それだとギルドのルールに縛られる。

「違う。ドルイドは一般の冒険者のままでいてもらう。スキルの事があるから中位冒険者だな。そのランクで、ギルマスに最も信頼している冒険者だと周りに認識させる」

「はぁ、それで?」

「ドルイドには少し無理をさせる事になるが、当分の間きつい仕事をこなしてもらう」

ゴトスが唖然として俺を見る。そうだろうな、守ると言いながらきつい仕事をさせるというのだから。

「あの、よくわからないんですが……」

「今のドルイドを止めるのは、やめたほうがいいだろう」

ゴトスの話を聞く限り、かなり追い詰められてしまっているみたいだから、八つ当たりする場所が必要だ。

「確かに、止めたら何処かに行ってしまいそうです」

「止めるのが無理なら、暴れられる場所を与えればいいんだよ」

俺の言葉に、驚いた表情を見せるゴトス。

「俺がギルマスになれば、その采配を俺が出来るようになるんだ。それに、ドルイドにチームを付ける事も出来る」

「あぁ」

「なるほど」

「ゴトスは、ドルイドの功績を使って足場を固めろ。そしてドルイドの重要性を周りに知らしめろ。

まぁ、危ない任務をこなす冒険者だ。何個かこなせばおのずと噂にはなる。それを利用して、この村のギルドにとって重要な人物だと認識させろ」

教会は上位冒険者には手を出さない。上位冒険者に手を出せば、多くの冒険者が敵に回るからだ。ドルイドを上位冒険者に出来ればいいが、スキルの問題がある為無理だ。ドルイド自身、拒否しているしな。それならどうするか。簡単だ。中位冒険者でも、上位冒険者と同等の価値があると冒険者たちに思わせればいい。少し時間が掛かる方法だが、俺が目を光らせておけば教会も手出しはしないだろう。

そしてドルイドが暴れる事はゴトスにとって追い風になる。ドルイドがきつい仕事を成功させれば、それは命令をしたゴトスの評価になるからな。そしてゴトスとドルイドが俺の弟子だという事は知られている。ゴトスの為にドルイドが率先して動いていると、勝手に噂が広がるだろう。ギルマスが代替わりする時は色々と問題が持ち上がるが、一番心配されるのがギルマスに選ばれた者の資質だ。命を懸けて、ゴトスの命令を聞く者が傍にいるとわかれば、その不安は払拭されるだろう。命を懸けるほどの価値があるギルマスだとな。冒険者は強い者に惹かれるからな。

「師匠」

「何だ？」

「ドルイドに、この事は？」

あいつは鋭い所があるからなぁ。

「知らせるつもりはないが。バレるだろうな。たぶん早い段階で」

「やっぱり」

「あぁ、だがやめる事はないだろう。ゴトス、本気でギルマスになりたいんだよな？」

「はい」

「本気でやりたいと思っているなら、ドルイドはけっして邪魔はしない」

ゴトスが本気だと知ったら、間違いなくゴトスの足場を固める為に動く。まぁ、無茶をするって事なんだが。当分の間はマルアルとタンバスに見張ってもらうか。あいつらだったら、ドルイドがどう動けばゴトスの為になるか、さりげなく誘導してくれる筈だ。

「師匠、俺の足場が固まるまでこの村にいてくださいね」

目つきが変わったな。

「何を甘えてやがる。だが、まぁ師匠として見届けてやるよ」

教会が何処までドルイドに目を付けているかわからないが、俺が傍にいるとわかれば引き離しにくる可能性があるな。やるとしたら、任務でこの村から遠ざける方法だな。それをさせない為には……冒険者を引退するか。上位冒険者だから冒険者をやめたとしても、この村に大きな問題が起きれば出動命令が下るが、それ以外では俺に命令が出来なくなる。かなりきつい仕事をこなしてきたから、金はあるし。冒険者をやめて困る事は……まったくないな。よしっ、やめよう。

「さて、ドルイドを迎えに行くか」

洞窟の調査だったな。ドルイドの事だから、怪我はするだろうが無事だろう。会ったらちょっと説教して、旨いもんでも食いに行くか。

「あっ？　来る必要はないと言っただろ？」

何でゴトスまで立ち上がっているんだ？

「一緒に行くに決まっているでしょ？」

「傷に触るぞ」

「ポーション飲むんで、大丈夫です」

やっぱりな。まったく、こいつは。ドルイドの痛みを少しでも理解したいと、わざと傷を治さない時がある。その方法ではわからないと言った筈なんだが。

「とっとと飲め」

ポーションを飲むゴトスを確認する。

「行くぞ」

さて、久々に会うドルイドはどんな表情をするかな？　昔のように表情がなかったら、俺が暴れそうだな。

「あっ」

「どうしたんです？」

「ドルイドに、二つ名を付けてやろうと思ってな」

ギルドにとって重要な者だと思わせるなら、二つ名があったほうがいいよな。二つ名のほうが浸透しやすいだろうし。

「それはやめて――」

「何がいいと思う？」

「師匠、やめてあげてほしいんですが」

「ギルマスの陰？」

「聞いてますか？　師匠？」

「いや、もっと親しみやすいほうがいいか？」

「……悪いドルイド。俺では止められない……」

あとがき

皆様、お久しぶりです。ほのぼのる５００です。この度は、「最弱テイマーはゴミ拾いの旅を始めました。四巻」を、お手に取ってくださり有難うございます。イラスト担当のなま様、今回も素敵な絵をありがとうございます。なんと、この挨拶も今回で四回目！　皆様のお陰です。そして二〇二一年四月一五日にはコミカライズ二巻が発売されました。本当にありがたいです。そしてなんと一巻～三巻まで重版しました！　本当に感謝感謝です。

四巻では新たな関係と新しい門出を描きました。一番悩んだのは、ドルイドと家族の関係です。実はアイビーが米を購入した店の店主と、ドルイドのお父さんは最初は別人だったんです。でも、ドルイドが一歩前へ進むには、やはり家族との関係性が重要だと感じ、急遽、店主をドルイドのお父さんに変更。この変更で大きく話の筋を変える事になったのですが、ドルイドが家族と触れ合いながら変化していく様子を描けたので、良かったと思います。家族の個性も描けましたし。

そして次に悩んだのが仲直りです。ドルイドの兄たちが謝ったら、すぐに許すべきか許さないべきか。かなり悩みました。新しい一歩を踏み出すのなら、やっぱり解決していくべきか。でも自分だったらどうかと考え、絶対無理だと思いました。なので四巻では謝罪だけを描き、許す事はしませんでした。これからの関係に期待です。

アイビーの仲間は今回も大活躍します。ソラとフレムの新たな能力が発覚するシーンは、大げさにならないように気を付けました。日常の中で、さらっとすごい事をしちゃう二匹を描きたかったんです。何とか成功したかな？　と思っています。

ＴＯブックスの皆様、今回も本当に有難うございます。担当者Ｋ様には、今回も色々と迷惑をおかけしちゃいました。皆様のおかげで無事に四巻を出版する事が出来ました。心から御礼を申し上げます。これからも引き続き、よろしくお願いいたします。長く関係が続けられるように頑張ります！

最後に、この本を手に取って読んで下さった方に心から感謝を。そして、嬉しい報告があります。多くの方に買っていただけたので五巻でお会い出来る事になりました！　コミカライズと共にどうぞよろしくお願いいたします。また、「異世界に落とされた…浄化は基本！」のライトノベルと、コミカライズもよろしくお願いいたします。

二〇二一年四月　ほのぼのる５００

最弱テイマーはゴミ拾いの旅を始めました。4

2021年5月　1日　第1刷発行
2024年1月30日　第4刷発行

著　者　ほのぼのる500

発行者　本田武市

発行所　TOブックス
〒150-0002
東京都渋谷区渋谷三丁目1番1号　PMO渋谷Ⅱ　11階
TEL 0120-933-772（営業フリーダイヤル）
FAX 050-3156-0508

印刷・製本　中央精版印刷株式会社

ISBN978-4-86699-199-3